Seit Tagen wartet die Dokumentarfilmerin Andrea mit ihrem Team auf Richard Wechsler in seinem Heimatort in der Schweiz. Bei ersten Aufnahmen in Paris hatte der bekannte Schriftsteller wenig von sich preisgeben wollen und nun droht der ganze Film zu scheitern. In den kleinen Straßen und Gassen des Ortes sucht Andrea entgegen der Absprache nach Spuren von Wechslers Leben. Doch erst als sie wieder seine Bücher liest, entdeckt sie einen Hinweis auf eine Jugendliebe, die noch immer in dem kleinen Ort leben könnte. Eine Jugendliebe, die sein ganzes Leben beeinflusst hat und von der nie jemand wusste.

Peter Stamm, geboren 1963, lebt in der Schweiz. Seit 1990 arbeitet er als freier Autor. Sein Romandebüt »Agnes« veröffentlichte er 1998, seitdem erschienen acht weitere Romane, fünf Erzählungssammlungen und ein Band mit Theaterstücken, zuletzt die Romane »Die sanfte Gleichgültigkeit der Welt«, »Das Archiv der Gefühle«, die Erzählung »Marcia aus Vermont« und der Roman »In einer dunkelblauen Stunde«. Unter dem Titel »Eine Fantasie der Zeit« erschienen 2024 seine Zürcher Poetikvorlesungen. »Die sanfte Gleichgültigkeit der Welt« wurde ausgezeichnet mit dem Schweizer Buchpreis 2018.

Weitere Informationen finden Sie auf www.fischerverlage.de

Peter Stamm

IN EINER DUNKELBLAUEN STUNDE

Roman

FISCHER Taschenbuch

MIX
Papier | Fördert gute Waldnutzung
FSC® C083411

Erschienen bei FISCHER Taschenbuch
Frankfurt am Main, August 2024

Satz: Dörlemann Satz, Lemförde
Druck und Bindung: CPI books GmbH, Leck
ISBN 978-3-596-70704-1

I know not what tomorrow will bring …

FERNANDO PESSOA

I

Ich weiß nicht, wie viel Zeit mir bleibt, sagt Wechsler, aber wer weiß das schon? Es gab Momente, in denen mir das Ende näher schien als jetzt.

Er steht am Ufer der Seine, der Himmel ist bedeckt, ein paar Tauben fliegen vorüber. Wechsler macht eine unbestimmte Handbewegung, als wolle er den Gedanken verscheuchen. Im Hintergrund ist ein Touristenschiff zu sehen, das mit überraschend hoher Geschwindigkeit vorüberfährt. Wechsler dreht sich von der Kamera weg, schaut auf den Fluss, zuckt mit den Schultern.

Damit könnten wir doch anfangen.

Das war, nachdem er uns von jenem Unfall in den Bergen erzählt hat, nicht wahr?, sagt Tom. Er sitzt auf dem Bett und liest etwas.

Was liest du da? Es war kein Unfall. Nur beinah.

Für Wechsler war das ein Schlüsselmoment.

Sollen wir mit ihm in die Berge fahren und filmen, wie er da herumstolpert und sich erinnert? Wenn er überhaupt kommt. Die Geschichte haben wir doch schon. Thomas.

Seit kurzem will er, dass ich ihn Thomas nenne. Warum will jemand, der vierzig Jahre lang Tom gewesen ist, plötzlich Thomas sein? Ich springe zurück.

Es wäre schön, wenn wir die Aufnahme in den Bergen machen könnten, sagt Tom. Berge sind immer schön. Paris, das Dorf, die Berge.

Vermutlich wird die Geschichte mit jedem Mal erzählen etwas dramatischer. Was liest du da?

Den Hotelprospekt. Eine kleine Entdeckungsreise durch unser Hotel, umgeben von einer abwechslungsreichen Landschaft in einem verträumten Weinbauerndorf. Eine hochstehende Gastronomielandschaft, die für jeden Gaumen etwas Passendes bereithält. Bei uns lassen sich Arbeit und Vergnügen bestens verbinden. Nichtraucherzimmer, freier Internetzugang, ein Eldorado für jeden Geschäftsmann.

Und für die Geschäftsfrau?

Da ist es. Ich schalte auf normale Geschwindigkeit.

… hatte mich im Weg geirrt, sagt Wechsler, aber statt zurückzugehen … ich habe es immer gehasst, Wege zurückzugehen. Das Gelände wurde steiler und steiler, alles rutschte, es kam mir vor, als sei die ganze Welt in Bewegung, nichts mehr fest. Und dann waren da plötzlich Felsen. Da habe ich gedacht, jetzt … dass ich sterblich bin, wurde mir da erst so richtig … habe ich da erst begriffen.

Er hat die unangenehme Angewohnheit, Sätze nicht zu Ende zu sprechen. Man weiß zwar, was er meint, aber er sagt es nicht. Wir können keinen Film aus lauter angefangenen Sätzen machen.

Ich drücke auf schnellen Vorlauf.

… wer weiß das schon, sagt Wechsler. Es gab Momente, in denen mir das Ende näher schien als jetzt.

Wir könnten das auch ganz an den Schluss nehmen, sagt Tom. Quasi als Ausblick. Der Film ist zu Ende, aber das Leben geht weiter. Und dann verschwindet er in den Sonnenuntergang, da an dem kleinen See. So endet doch eines seiner Bücher.

Das war am Meer, sage ich. Ich möchte mein eigenes Zimmer.

Ich gehe spazieren, sagt Tom. Thomas.

Thomas? Ich muss grinsen, wenn ich ihn so nenne.

Andrea?, sagt er und hebt die Augenbrauen. Er bewegt sich mit einem Ächzen vom Bett herunter und zieht die Schuhe an.

Warum haben deine Schuhe keine Schnürsenkel? Und warum fällt mir das jetzt erst auf?

Die kommen aus Japan.

Und Japaner können keine Schuhe binden? Ach was! Ich müsste auch mal an die frische Luft. Ich drehe hier noch durch.

Tom ist den ganzen Nachmittag nicht zurückgekommen. Ich hätte auch Lust gehabt spazieren zu gehen, aber wir sind nicht zum Vergnügen hier, wir haben nur so und so viele Drehtage. Schon in Paris haben wir das Budget arg strapaziert, die Hotelzimmer, das Essen. Auch wenn wir im Moment nicht viel machen können, wenigstens da sein sollten wir, Präsenz markieren. Das ist so ein Wechsler-Wort: Präsenz. Heute sollte er kommen, ich bin zum Bahnhof gegangen, um ihn abzuholen, aber er war nicht im verabredeten Zug. Vielleicht hat er sich um einen Tag vertan.

Ruf ihn doch an, hat Tom gesagt.

Er hat kein Handy.

Natürlich hat er ein Handy, ich habe es selbst gesehen.

Jedenfalls hat er uns seine Nummer nicht gegeben. Ich schreibe ihm eine Mail.

Ich habe ihm eine Mail geschrieben. Das war vor dem Mittag, bis jetzt hat er sich nicht gemeldet. Ich habe noch gar nichts gegessen heute.

Ich nehme ein Blatt Papier und schreibe darauf: Kindheit, Berge, Wasser, Paris, Frauen. Und dann noch: Bücher. Wer ist die Frau?, schreibe ich. Ich zerknülle das Blatt und werfe es in den Papierkorb.

Ich spiele mit dem Material herum, füge ein paar Aufnahmen zu einem kleinen Video zusammen. Wechsler geht. Er geht über den Friedhof Montparnasse, er geht einen breiten Boulevard entlang, er geht durch den Jardin du Luxembourg. Er geht einen anderen Boulevard hinunter, er spaziert am Ufer der Seine, schaut sich die Auslagen der Bouquinisten an, zieht ein Buch aus einer der Kisten, einen Fotoband, blättert darin, bezahlt. Er geht durch eine schmale Straße, die Kamera ist ihm dicht auf den Fersen. Er kommt auf die Kamera zu, macht etwas mit der Hand im Gesicht, das sieht hübsch aus. Obwohl er immer so weltfremd tut, weiß er schon ziemlich gut, wie er vor der Kamera Wirkung erzeugen kann. Er geht an der Kamera vorbei. Ich könnte einen zweistündigen Film darüber machen, wie Wechsler durch Paris spaziert. Er betritt eine Bäckerei, kommt wieder heraus, sagt etwas und lacht. Da hat er Croissants für uns alle gekauft. Manchmal kann er ganz nett sein.

Mir ist etwas aufgefallen, ohne dass ich recht weiß, was es ist. Dass irgendetwas ungewöhnlich ist. Ich schaue mir die Aufnahmen noch einmal an. Jetzt sehe ich, dass im Hintergrund einmal auf dem Friedhof, einmal auf dem Boulevard, dieselbe Frau zu sehen ist. Sie ist zu weit weg und in der Unschärfe, ich kann ihr Gesicht nicht erkennen, aber sie trägt einen hellgrünen Regenmantel, und davon gibt es nicht viele. Auch wie sie sich bewegt, irgendwie hüpfend, ist unverkennbar, es muss dieselbe Frau sein. Vielleicht ist es Zufall, aber die Aufnahmen entstanden in einigem zeitlichen Abstand. Seltsam. Auch so ein Wort, das Wechsler dauernd benutzt: Seltsam.

Wo Tom nur bleibt?

An dem Tag hatte sich etwas verändert, da ist etwas geschehen, ich weiß nicht genau was, aber nichts Gutes.

Es war am letzten Drehtag in Paris, wir hatten uns wie immer in jenem Café an der Rue du Bac getroffen, dem Café Les Mouettes. Ich kenne keinen Ort auf der Welt, an dem man weniger mit Möwen rechnen würde als dort. Vielleicht noch in der Wüste Gobi oder am Südpol. Erst hatten wir gedacht, es sei Wechslers Stammlokal, aber dann stellte sich heraus, dass er es zufällig ausgewählt hatte und nie vorher dort gewesen war. Ich glaube, er wollte uns auf neutralem Grund begegnen. Oder uns auf eine falsche Fährte locken. Es könnte mein Stammlokal sein, sagte er, wenn ich eines hätte.

Bei unserem ersten Treffen im Café Les Mouettes hatte er uns auf ein unscheinbares Tor hingewiesen, das in einen Hof führte und zur Chapelle de l'Epiphanie der Missions Etrangères. Von hier aus seien Tausende Missionare in die ganze Welt geschickt worden, um die Heiden … Er bemerkte den Nespresso-Shop gleich daneben, lachte. Das sind die neuen Missionare. Kaffee für alle, die Epiphanie des Geschmacks.

An jenem Tag gegen Ende des Drehs merkte ich gleich, dass Wechsler schlechte Laune hatte, dass ihn etwas irritierte. Früher Nachmittag, Durchhänger, typisch. Es gab ein Gefummel mit dem Mikrophon, Wechsler war ungeduldig, auch wenn er es zu verbergen suchte. Er versucht ja immer, alles zu verbergen. Diesmal sollte Tom das Gespräch führen.

Diese namenlosen Erzähler in Ihren Büchern, sind das Sie?

Ich hatte ihm eingebläut, diese Frage nie zu stellen, vermutlich war es deshalb das Erste, was er wissen wollte, das Einzige, woran er sich erinnern konnte.

Das bin nicht ich, sagt Wechsler zu Tom, das sind Sie, haben Sie das denn gar nicht gemerkt?

Ich musste lachen über Toms verdutzten Gesichtsausdruck. Zum Glück hört man das nicht auf der Tonspur. Da hat Wechsler noch gelächelt.

Reden wir über Frauen, sagt Tom jetzt aus dem Off. In Ihren Büchern spielen sie eine wichtige Rolle, trotzdem waren Sie nie verheiratet.

Wechslers Gesicht wirkt wie eingefroren, er blickt starr in die Kamera. Ich war mir kurz nicht sicher, das weiß ich noch, ob er die Frage überhaupt gehört hatte oder ob er in Gedanken anderswo war. Dann sagt er ganz langsam und mit müder Stimme, als müsse er einem begriffsstutzigen Kind etwas erklären, worüber soll ich denn sonst schreiben? Über Kaninchen? Tom lacht gequält. Er hatte mir am Abend vorher seine Theorie über Wechsler und die Frauen dargelegt, ein kompliziertes Gedankengebäude, in dem es um Begehren und Verführung ging, um Narzissmus und auch um Wechslers Mutter, wenn ich mich nicht irre oder um seinen Vater. Und er hatte auch eine Theorie über konfrontierende Kommunikation, die er offenbar gerade ausprobierte. Jetzt scheint er nicht weiterzuwissen, jedenfalls ist es lange still.

Ist es Ihnen wichtiger zu lieben oder geliebt zu werden?, fragt er schließlich. Was ist das denn für eine Frage?

Was ist das für eine Frage!, sagt Wechsler. Geht es in diesem Film um Literatur oder um Bettgeschichten? Ich schreibe über Frauen und Männer, weil unsere Welt nun mal von Frauen und Männern bewohnt wird. Er steht auf, ich versuche, ihm mit der Kamera zu folgen. Er verlässt das Café.

Die Kamera bleibt auf der Tür stehen, schwankt ein wenig, man sieht Wechsler draußen vor dem Café, er zündet sich eine Zigarette an, Leute gehen vorbei, etwas Grünes, ist das wieder die Frau mit dem Regenmantel? Der Verkehr auf der Straße, ein Bus, ein Fahrradkurier mit orangefarbener Jacke. Auf der Tonspur ist der Lärm der Autos zu hören und ganz leise Wechslers Stimme, er hat immer noch das Mikro am Kittel. Ich muss die Stelle zweimal laufen lassen, um die Worte zu verstehen: Das führt doch nirgendwo hin. Später hat er sich für sein Benehmen entschuldigt.

An dem Tag hatte ich mich zum ersten Mal gefragt, weshalb Wechsler überhaupt mitmachte bei unserem Projekt, wenn er doch nichts von sich preisgeben mochte. Schon bei einem unserer Vorgespräche hatte er Pessoa zitiert: Wenn ihr nach meinem Tode meine Biographie schreiben wollt, so ist nichts leichter als das. Sie hat nur zwei Daten – Geburt und Todestag. Alle Tage dazwischen gehören mir. Was hat er sich dann von unserem Film versprochen?

Um sechs taucht Tom wieder auf. Er klopft nicht mal an die Tür, bevor er reinkommt, aber ich habe keine Lust, ihn zu erziehen; das ist endgültig vorbei.

Ich habe den Metzger gefunden, sagt er.

Jetzt geh ich erst ein bisschen raus. Ich brauche auch mal frische Luft.

An der Tür drehe ich mich zu ihm um. Und, ist es dir wichtiger zu lieben oder geliebt zu werden?

Er schaut mich belämmert an.

Ich verstehe diesen Ort nicht. Ich finde mich nicht zurecht, obwohl das Zentrum beileibe nicht groß ist. Dauernd verlaufe ich mich und weiß nicht mehr, wo ich bin. Ich hätte schwören können, dass gegenüber des Hotels ein Supermarkt steht, jetzt ist da ein großer, fast leerer Parkplatz.

Überall gibt es Durchgänge, Fußwege, Verbindungsgassen, in denen man sich verirren kann. Ich habe mir ein paar Orte notiert, die Wechsler in den Gesprächen erwähnt hat, das Schulhaus, die Kirche, die Kneipe, in der er mit seinen Freunden verkehrte, auch die Adresse seines Elternhauses, das steht auf der anderen Seite der Bahnlinie. Ich frage mich, wie es sich anfühlen würde, wenn mir das alles vertraut wäre, diese Straßen, diese Häuser, die Menschen, ein Gewebe von Geschichten und Erinnerungen. Für mich ist es ein Ort wie jeder andere, nicht besonders schön, nicht besonders hässlich, nicht groß, aber auch nicht klein.

Als ich zum Bahnhof komme, fährt eben ein Güterzug vorbei. Ich muss die Wagen zählen, wie ich es schon als Kind immer getan habe. Dreizehn. Kann es sein, dass die Güterzüge früher länger waren? Oder kommt mir das nur so vor, wirken sie kürzer, weil ich größer geworden bin? Weil ich besser zählen kann?

Ich nehme die Unterführung und komme in eine Siedlung mit Einfamilienhäusern. Es ist erstaunlich kühl für die Jahreszeit, ich hätte einen Pullover anziehen sollen.

Nichts ist auffällig hier. Die Häuser scheinen aus den vierziger, fünfziger Jahren zu stammen, einige wenige sind Neubauten. Die Gärten wirken gepflegt. Kinder spielen auf der Straße. Wie es hier vor fünfzig Jahren wohl ausgesehen hat? Vermutlich nicht viel anders. Nur die Carports und Garagen, die inzwischen offenbar jedes Haus braucht, wirken neu. Damals hat vielleicht Wechsler auf der Straße gespielt, ist mit dem Fahrrad herumgefahren, hat auf dem Zaun gesessen und mit den Nachbarskindern geschwatzt. Ob da schon alles in ihm steckte? Die dunkle Erwartung des Schmerzes? Was wohl aus diesen Kindern hier einmal wird? Schreiner, Lehrerinnen, Buchhalter, Schriftstellerinnen. Plötzlich sind sie erwachsen und nichts ist mehr, wie es einmal war.

Ein Dorf brauchst du, hat Wechsler während eines der Gespräche jemanden zitiert, damit du nicht allein bist. In den Menschen, in den Pflanzen, in der Erde lebt ein Stück von dir, das, auch wenn du selbst nicht da bist, bleibt und auf dich wartet. Endlich Sätze, die er zu Ende sprach. Aber die waren halt nicht von ihm. Von wem war das noch mal? Und ob es stimmt? Lebt hier noch etwas von Wechsler? Oder lebt nicht viel eher etwas von hier in ihm?

Achtzehn, zwanzig, zweiundzwanzig, das Nächste muss das Haus sein, in dem er aufgewachsen ist. Eine Frau mittleren Alters steht am Gartentor, es wirkt, als warte sie auf jemanden. Vielleicht ist sie seine Schwester, seine Schwägerin. Hat er überhaupt Geschwister? Keine Ahnung. Ist das wichtig?

Ich überlege mir, ob ich die Frau ansprechen soll, aber noch bevor ich sie erreicht habe, dreht sie sich um und geht zurück ins Haus, als wollte sie sich vor mir verstecken. Der Name am Briefkasten sagt mir nichts.

Ich weiß nicht, ob wir Wechsler helfen wollten oder uns selbst, was seine Beweggründe waren und was unsere. Vielleicht spielt das auch gar keine Rolle. Irgendetwas muss man ja tun, um die Tage herumzubringen. Ein Grund hat viele Gründe, wer hat das gesagt? Wir hatten alle drei nicht viel zu Stande gebracht in den letzten Jahren, er einen Band mit kurzen Texten, die alle schon einmal erschienen waren, wir ein paar nie realisierte Projekte, für die wir Entwicklungsförderung gekriegt hatten, von der wir mehr schlecht als recht lebten, und ein paar Filmchen für ein Museum. Da lernten wir Wechsler auch kennen. Autorinnen und Autoren sagen etwas zu einem Kunstwerk aus der Sammlung. Er hatte ein Bild von Hopper ausgewählt, nein, stimmt nicht, von Vallotton. Wie komme ich auf Hopper?

Der Künstler ist der Liebhaber, der das Modell oder die Landschaft berührt und von ihnen berührt wird. Er feiert ihre Schönheit, das Bild ist eine Art Liebesakt. So was in der Art. Es gibt Künstlerinnen und Künstler, die fast verschwinden hinter ihrer Kunst, Félix Vallotton ist in seinen Bildern präsent wie wenige andere. Und doch wissen wir nicht viel über ihn.

Und was wissen wir über Richard Wechsler? Wir wissen erstaunlich wenig über ihn, wenn man bedenkt, dass wir einen Film über ihn drehen. Den Wikipedia-Artikel, ein paar Zeitungsinterviews. Bei einer Lesung waren wir, und seine Bücher haben wir gelesen, die meisten. Aber für einen Film braucht es auch nicht viel. Schöne Bilder.

Ich habe mir das Filmchen aus dem Museum noch einmal angeschaut, nach meiner Rückkehr ins Hotel. Wechsler liest alles ab, es klingt hölzern. Ich frage mich, ob er in seinen Werken präsent ist. Und in welcher Art? Der Liebhaber seiner Figuren? Das klingt ein bisschen, na ja. Pathetisch? Pornographisch? Pervers?

Große Kunst hinterlässt in uns Spuren, sagt Wechsler, die Bilder und Texte mögen in der Erinnerung verblassen oder sich verändern, aber was sie mit uns gemacht haben, bleibt. Die Narben. Ein seltsames Wort in diesem Zusammenhang. Was machen seine Texte mit mir? Ist er dafür verantwortlich? Ist das alles gewollt, oder bin ich nur ein zufälliges Opfer? Wie heißt es immer so schön? Ist meine Reaktion ein Kollateralschaden? Ich weiß nur noch, dass er als Mensch dieselbe Wirkung auf mich hatte wie seine Texte, aber vielleicht hatte das mehr mit mir selbst zu tun als mit ihm. Es fühlte sich an, als sei etwas zugleich ganz richtig und ganz falsch. Tom war ohnehin schon seit langem ein Fan, er hatte alle Bücher von Wechsler gelesen und sie mir dann untergejubelt. Ich hatte erst nur zwei oder drei gelesen, als Vorbereitung auf den Film dann natürlich die anderen auch, fast alle, die meisten. Ob die Bücher dasselbe mit Tom machten wie mit mir? Ich bezweifle es. Wenn wir über sie sprachen, hatte ich den Eindruck, wir hätten völlig verschiedene Geschichten gelesen.

Von wem kam die Idee, diesen Film zu machen? Ich glaube, es war Tom, der zuerst davon sprach, aber Wechsler hatte ihn, hatte uns an einen Punkt gebracht, an dem es nur noch darum ging, das auszusprechen, was uns schon allen klar war. Ich wollte ihn wiedersehen, das war mir sofort bewusst. Weil ich herausfinden musste, was dieses richtige Falsche, dieses falsche Richtige war. Gerade weil er uns so beiläufig behandelte. Höflich, aber beiläufig. Er war gar nicht wirklich da im Museum. Hätte er sich um uns bemüht, sich vor uns produziert, hätte ich wohl schnell das Interesse an ihm verloren und die Sache wäre erledigt gewesen, aber ich hatte den Eindruck, das alles gehe völlig an ihm vorbei, es könnte ihm nicht gleichgültiger sein. So blieb nach dem Dreh eine Leere zurück. Er saugt mich aus, das war eine der ersten Notizen, die ich mir machte. Er ist ein Vampir, der vom Blut anderer Menschen lebt. So ein Quatsch.

Dabei hat Wechsler uns einmal Menschenfresser genannt. Sie leben vom Herzblut der Menschen, die Sie sich einverleiben, hat er gesagt, ein höchst zweifelhaftes Metier. Darum ist es so wichtig, dass Sie es mit Liebe und mit Ehrlichkeit betreiben, mit Ehrlichkeit, aber auch mit Takt. Das sind Sie mir schuldig.

Tom denkt nicht über so was nach. Er ist im Grunde ein einfaches Gemüt. Ein freundlicher Mensch, der niemandem etwas zuleide tut, aber ein Simpel. Wenn alle Männer wie er wären, sähe die Welt anders aus, besser wohl, aber auch langweiliger. Tomcat habe ich ihn am Anfang manchmal genannt, das hat ihm gefallen, dabei hat er eher etwas von einem Hund. Ein treuer Gefährte, der alles mit sich machen lässt. Irgendwann hat er mich nur noch genervt. Und jetzt will er Thomas sein, das macht die Sache noch trauriger. Rex the Runt, Rex der Kümmerling, das waren doch diese Trickfilme mit den flachen Hunden. So sollte ich Tom nennen.

Es war peinlich, wie er sich während des Drehs benahm. Herr Wechsler hier, Herr Wechsler da. Stört das Mikrophon? Darf ich Ihnen ein Glas Wasser bringen? Ich habe nur darauf gewartet, dass er sich auf den Rücken legt und sich den Bauch kraulen lässt. Meine Beziehung zu Wechsler war von Anfang an anders, ein Kräftemessen. Wäre er zehn Jahre jünger, hätte er bestimmt versucht, mit mir zu flirten, jetzt deutete er es nur an, machte mir Komplimente, sagte, ich erinnere ihn an jemanden.

An eine Frau, die Sie mochten?

Noch eine Frage, die er nicht beantwortet hat. Vielleicht kann ich deshalb nicht von ihm lassen, weil er mir so viele Antworten schuldet. Was sind denn meine Gefühle für ihn? Er nervt, aber anders als Tom. Wie geht diese Redewendung? Er reicht mir den kleinen Finger … Nein, das passt hier nicht.

Willst du das verwenden?, fragt Tom.

Er ist hinter mich getreten, als ich mir den Museumsfilm noch einmal anschaue. Ich mag es nicht, wenn mir jemand über die Schulter schaut. Nicht, dass ich etwas zu verbergen hätte, ich mag es einfach nicht.

Natürlich nicht, ich schaue es mir nur an. Vielleicht bringt mich das auf eine Idee.

Das ist eine völlig andere Bildsprache.

Das weiß ich auch.

Er legt mir eine Hand auf die Schulter. Ich stehe auf und öffne das Fenster. Es hat zu regnen begonnen, der Regen klingt ein bisschen wie ferner Applaus. Ich möchte etwas kaufen, eine Jeans oder ein T-Shirt, ein Paar Schuhe, Unterwäsche, irgendwas. Einen Gürtel könnte ich brauchen. Aber jetzt sind alle Geschäfte geschlossen.

Die besten Gespräche hat man immer, wenn die Kamera nicht läuft. Einmal, wir hatten am Ufer der Seine gefilmt, räumten Tom und Sascha, die in Paris den Ton machte, ihre Ausrüstung zusammen. Wechsler und ich rauchten eine Zigarette, da habe ich noch geraucht. Ein Schwarm Tauben flog dicht über unsere Köpfe, es kam mir vor wie ein Angriff, den sie im letzten Moment abbrachen.

Wir sprachen über Sinn und Unsinn solcher Portraitfilme. Das jetzt aus dem Gedächtnis: Ich glaube, sagte Wechsler, ich habe mir von diesem Film versprochen, etwas über mich selbst zu erfahren durch Ihren Blick auf mich. Aber das ist Unsinn. Warum sollte jemand, der mich kaum kennt, etwas über mich herausfinden, was ich nicht längst weiß? Sie zeigen genau das, was ich von mir zeigen will oder kann, mehr nicht. Vermutlich sogar viel weniger. Und morgen bin ich ein anderer.

Ich sagte, ich hätte schon den Anspruch, einen Menschen, den ich portraitierte, zu erkennen, etwas Gültiges über ihn auszusagen. In einer Stunde wollen Sie etwas von einem Menschen erkennen?, sagte er. Das habe ich in meinem ganzen Leben nicht geschafft.

Die Arbeit am Film dauert länger als eine Stunde.

Er lächelt.

Er hat etwas Blaues in sich, ich weiß nicht, wie ich es anders ausdrücken soll. Es ist glatt und glänzend und durchsichtig, mal scheint es fest wie Glas, mal wie ein Wassertropfen, der zerfließen könnte, wenn man ihn berührt. Das Blaue ist nicht sehr groß. Wenn er nicht aufpasst, sieht man es manchmal in seinen Augen. Aber wenn er auf der Hut ist, sind seine Augen wie Spiegel, in denen er mich nichts als mich selbst sehen lässt. Aus dem Blauen kommen seine Geschichten, nicht alle, aber die besten. Dieses Blaue ist durch nichts zu trüben. Wenn ich es schaffen würde, das zu zeigen. Gab es nicht mal einen Film, der nur aus Blau bestand? Eine Stunde lang oder so sieht man nichts als eine blaue Leinwand. Stimmt, der war von Derek Jarman, als er schon fast erblindet war durch seine AIDS-Erkrankung. Eigentlich ist es nur eine Tonspur mit Tagebucheinträgen, Erinnerungen, philosophischen Gedanken, Exkursen über Politik und Ästhetik, spirituelles Geschwurbel und dazu esoterische Musik, alles ziemlich wehleidig, prätentiös und, am allerschlimmsten, langweilig. Darf man das sagen, wenn einer am Sterben ist? Darf man. Aber die Idee fand ich toll, einen Film ohne Bilder zu machen. Man schließt die Augen, und der Raum öffnet sich.

Musik ohne Töne, das waren die vier Minuten und dreiunddreißig Sekunden Stille von John Cage. Ein Bild, das nur als Rahmen existiert, ein Loch in der Decke, die Skyspaces von James Turrell. Ein Buch ohne Worte, hat das schon jemand gemacht? Ließe sich das machen?

Ich habe im Hotel in Paris die ganze Zeit das Fenster offen stehen lassen. Tom meckerte, aber ich mochte den Lärm der Straße, der bis spät nachts anhielt, dieses anschwellende und abebbende, sich dauernd verändernde Rauschen von Autos und Lieferwagen, von Lastern und Motorrädern. Manchmal verstummt es fast für einige Sekunden, um dann wieder anzuheben. Eine Hupe ist zu hören, nicht aggressiv, eher wie ein Zuruf, das Quietschen einer Bremse, Stimmen, ein Lachen. Ich stehe nackt am Hotelfenster, die Stadt wird aus mir geboren. Eine Sirene, die näher kommt und sich dann wieder entfernt. Hinter jeder dieser Sirenen steckt eine spannendere Geschichte als in all meinen Büchern zusammen, sagt Wechsler. Vor dem Hotel stehen Platanen, durch das Laub hindurch kann ich den Fluss sehen.

Mein roter Koffer liegt auf dem Bett. Ich packe meine Sachen, gehe hin und her. Wechsler schaut mir zu, lächelt, er spielt mit einem Kugelschreiber, nimmt einen Schluck Wasser, räuspert sich. Ja? Will er etwas sagen? Was macht er überhaupt hier? Ich ziehe frische Sachen an, raffe die schmutzige Wäsche zusammen, hole die Toilettentasche aus dem Bad, Bücher, all das Papier, das so eine Produktion mit sich bringt, die Festplatten, ein paar Dinge, die ich gekauft habe, ein

Parfum, L'Heure Bleue von Guerlain. Ich benutze nie Parfum, ich habe es nur wegen des Namens gekauft. In einer blauen, dunkelblauen Stunde, und wenn sie ging, weiß keiner, ob sie war.

Wechsler drückt die Zigarette aus, macht ein paar Schritte zum nächsten Mülleimer. Ich folge ihm, werfe auch meine Kippe weg. Ich hätte Lust, mit ihm etwas trinken zu gehen. Er scheint nachzudenken, zögert.

Tom und Sascha haben ihre Sachen endlich zusammengepackt und kommen auf uns zu, sind vielleicht noch hundert Meter entfernt. Wechsler wirkt plötzlich scheu, unsicher, jetzt ist das Blaue deutlich zu sehen, dann verschwindet es. Gehen wir, sagt er schnell. Wir laufen tatsächlich einfach davon. Tom ruft etwas, aber mit der schweren Tasche und dem Stativ ist er langsamer als wir. Ich drehe mich nicht einmal mehr um. Ich gehe einfach mit Wechsler davon und lache vor Erleichterung.

Ich bin in Hochstimmung, weil ich Tom und Sascha stehen gelassen habe. Ich weiß, dass ich mich schlecht benehme, grundlos, das macht die Freude daran nur noch größer. Ich komme mir vor wie früher, beim Schule schwänzen, ein bisschen abenteuerlich. Und Wechsler ist mein Komplize.

Wir sitzen in einem Café auf einer der Seine-Inseln, weit sind wir nicht gekommen, ich trinke ein Glas Weißwein, einen Pouilly fumé, den hat Wechsler mir empfohlen. Es gibt eine ganze Geschichte zu diesem Wein, die er mir erzählt, aber die hier nichts zur Sache tut. Er kann manchmal endlos drauflosreden, ohne dass irgendetwas dabei herauskommt, und plötzlich verliert er das Interesse am Thema und schweigt.

Wechsler trinkt einen Ricard, auch dazu gäbe es eine Geschichte. Wie er Ricard erst nicht mochte und dann doch angefangen hat, ihn zu trinken. Es gibt zu allem eine Geschichte, es ist wie bei diesen Mandelbrotbäumen, wo in jedem Muster neue, noch feinere Muster stecken, man kann so nahe herangehen, wie man will, es hört nie auf, eine Geschichte in der Geschichte in der Geschichte in der Geschichte.

Die meisten anderen Gäste scheinen Touristen zu sein, sie trinken Bier, trotzdem wirkt alles sehr authentisch. Dieser lauschige Platz am Fluss mit den zwei Bäumen, sind das Linden? Die Terrasse, die kleinen Tische und die geflochtenen Stühle. Der Kellner mit seiner höflichen Beiläufigkeit, sogar die Tauben, obwohl es die wirklich überall gibt. Aber hier gehören sie hin. Die Stadt gibt keinen Deut auf uns, das hat etwas Befreiendes.

Habe ich Ihnen erzählt, dass ich noch nie in Paris war?

Und?, fragt er, als interessiere ihn das.

Es sieht genauso aus, wie ich es mir vorgestellt habe. Es kommt mir vor, als würde ich schon alles kennen.

Die Stadt sieht nicht überall so aus wie hier.

Später sagt Wechsler: Ich bin immer weggegangen. Das war meine Lösung in jeder unangenehmen oder schwierigen Situation. Weggehen. Solange man in Bewegung bleibt, kann einem nicht viel passieren.

Aber Sie leben seit dreißig Jahren hier, sage ich, seit dreiunddreißig Jahren, nicht wahr?

Er antwortet nicht.

Später: Ich habe nie wirklich glauben können, dass eine Frau mich liebt. Dass ich es wert bin, geliebt zu werden.

Würde er das sagen? Zu jemandem, den er kaum kennt? Oder gerade zu jemandem, den er kaum kennt? Ist es Taktik? Flirtet er mit mir? Aber das kann er bestimmt besser. Da fällt man nicht gleich mit der Tür ins Haus.

Das ist ein bisschen traurig.

Eigentlich nicht, sagt er, es hat auch etwas Befreiendes. Die Angst ist die Möglichkeit der Freiheit.

Welche Angst?

Vor der Einsamkeit.

So etwas würden Sie mir nie in die Kamera sagen.

Natürlich nicht. Er lacht. Ich bin doch nicht verrückt.

Ich sollte einen Spielfilm über Ihr Leben drehen, dann könnte ich all das unterbringen. All die Dinge, die Sie mir off the record sagen, all die Dinge, die ich nur spüre, aber nicht beweisen kann. Das Blaue.

Führen Sie einen Prozess gegen mich?

Niemand klagt Sie an, wenn Sie es nicht selbst tun.

Nicht einmal das, sagt er mit einem traurigen Lächeln.

Thomas hat eine Theorie über Ihr Verhältnis zu den Frauen.

Zweifellos, sagt Wechsler. Aber Sie glauben nicht an diesen Unsinn, nicht wahr? Die Frauen. Wer sind die Frauen? Gibt es die überhaupt, die Frauen? Außerdem sind Filme nicht dazu da, Theorien zu transportieren.

Wozu sind sie denn da?

Da ist Schweigen viel wirkungsvoller, als irgendeinen Quatsch zu sagen.

Sie finden Ihr Hotel?

Das wäre der Moment, aber er ergreift die Gelegenheit nicht. Vermutlich ist ihm die Situation zu kompliziert. Weiß er, dass ich mit Tom zusammen bin? Dass wir in einer Krise stecken? Das hat er bestimmt gespürt. Würde der Film in Frage gestellt, wenn er, wenn wir … Vielleicht gefalle ich ihm nicht. Mag er Frauen in Jeans und Fleecejacke? Mag er kurze Haare? Mag er breite Hüften und kleine Brüste? Steht er auf Frauen, die aussehen, als hätten sie einen Hund? Gefällt er denn mir? Oder wäre er nur eine Trophäe? Ist das von Bedeutung?

Das Hotel liegt an der Seine, da kann ich mich nicht groß verlaufen.

Stromaufwärts oder stromabwärts?

Da lang.

Ich muss in die andere Richtung. Er zeigt zum gegenüberliegenden Ufer. Bis morgen.

Aber er bewegt sich nicht. Ich zünde mir eine Zigarette an, warte darauf, dass er geht. Er wirkt wieder unsicher, vermutlich wartet er darauf, dass ich als Erste aufbreche. Wieder so ein Kräftemessen.

Dass bei ihm zu Hause nicht gefilmt wird, hat er uns gleich beim ersten Vorgespräch klargemacht. Aber er hat auch verhindert, dass wir seine Adresse erfahren: Er sei am besten per E-Mail erreichbar. Als ich ihm alte Filme von uns schicken wollte: Ich solle sie mitbringen, wenn wir uns das nächste Mal träfen. Vertrag und alles: Läuft über den Verlag. Wir stehen immer noch da vor dem Café wie zwei Komparsen, die auf ihren Einsatz warten. Tom wundert sich bestimmt, wo ich bleibe. Ich schaue auf die Uhr.

Also …, sagt er, macht eine fahrige Handbewegung, als wolle er etwas wegwischen und geht los. Schon nach ein paar Metern muss er an einer Ampel stehen bleiben. Er dreht sich noch einmal um. Ich stehe immer noch da, winke ihm zu, lächle. Eins zu null für mich. Jetzt überquert er die Straße, obwohl die Ampel noch auf Rot steht, ziemlich riskant, ein Auto hupt. Es kommt mir vor, als fliehe er vor mir.

Ich habe ihm einen kleinen Vorsprung gelassen, dann bin ich ihm gefolgt. Er ist über die Brücke gegangen und dann immer den Quai entlang, kein sehr wohnlicher Ort, eine mehrspurige Straße, etwas heruntergekommene Wohnhäuser, vermutlich aus den siebziger Jahren, ein paar Bäume.

Ich stelle mir vor, wir wären gleich alt. Nein, er ist noch ein wenig jünger als ich. Er hat eben seinen ersten Roman veröffentlicht, An den Rändern des Schlafs. Was ist meine Rolle? Egal. Nein, ich brauche eine Rolle, es muss realistisch sein. Ich bin nach Paris gekommen, um ein kurzes Portrait über ihn zu machen für eine Kultursendung. Nur ein paar Minuten, ein lokaler Kameramann, ein Tag Aufnahmen. Noch besser: Ich arbeite fürs Radio. Kein Kameramann, keine Bilder, nur wir zwei und ein Aufnahmegerät. Was hatte man damals? Minidisk oder eher DAT? Ich bin die erfahrene Kulturredakteurin, er der junge, unerfahrene Autor. Wir haben uns in einem Café getroffen, aber es ist zu laut, die Kaffeemaschine, das Geklirre der Tassen und Gläser, die Gespräche der anderen Gäste.

Wir können in mein Hotelzimmer gehen, da ist es ruhig. Ich lache.

Ganz schön gewagt. Andererseits muss nichts dabei sein. Wir sind erwachsene Leute. Aber er ist hungrig, und ich bin es auch.

Wie Sie wollen.

Das Hotel liegt in der Nähe, wir gehen schweigend hin, er immer einen Schritt hinter mir. Ich schleppe ihn ab, sozusagen.

Sind Herrenbesuche hier erlaubt?, fragt er, als wir

an der Rezeption vorbei zum Lift gehen. Frecher Kerl! Ich reagiere nicht darauf.

Oben gehe ich ins Bad, mache mich frisch, öffne einen Knopf meiner Bluse, betrachte mich im Spiegel und schließe ihn wieder.

Als ich zurück ins Zimmer trete, steht er am Fenster und schaut schweigend hinaus. Er hat einen hübschen Po. Es gibt nur einen Sessel im Zimmer. Ich rücke ihn näher zum Bett. Nehmen Sie Platz. Ich setze mich auf das Bett, ziehe den Kopfhörer an. Eins, zwei, drei. Können Sie ein paar Worte sagen? Was haben Sie zum Frühstück gegessen? Unsere Knie berühren sich.

Die Gegend wird noch unansehnlicher, die Schnellstraße hat jetzt vier Spuren und führt in einer leicht abfallenden Rampe unter einer Brücke hindurch. Wir gehen auf dem Fahrradweg zwischen Straße und Fluss. Zum Glück dreht Wechsler sich nie um. Weit und breit ist niemand zu sehen, und hier könnte ich mich unmöglich verstecken. Ich lasse die Distanz zwischen uns etwas größer werden. Die Rampe steigt wieder an, kurz darauf biegt Wechsler links in eine Seitenstraße ein, an deren Ende ein großes Gebäude zu sehen ist. Das muss der Bahnhof sein, an dem wir angekommen sind, ich erkenne den Turm mit der Uhr.

Wechsler betritt den Bahnhof durch einen Seiteneingang im Untergeschoss. Ich renne ein paar Schritte, muss über eine große Wasserlache springen, als ich in den Bahnhof trete, ist nichts mehr von ihm zu sehen. Links geht es zu den Fernzügen, ich nehme die unscheinbare Treppe, die auf der anderen Seite in den Untergrund führt zum Nahverkehr. Plötzlich stehe ich in einer niedrigen, aber weitläufigen Halle voller Menschen mit ganz vielen Ein- und Ausgängen, Drehkreuzen, Wegweisern zu verschiedenen Métrolinien, zur RER. Wechsler ist weg, verschwunden.

Ich bin danach hochgegangen in die Bahnhofshalle, habe mir einen Kaffee gekauft, auf der Anzeige die Destinationen der nächsten Züge gelesen, Marseille, Nice, Grenoble, Toulon, ich muss Zeit gewinnen.

Vor den Schranken verabschiedet sich ein junges Paar. Sie küssen sich, der Mann trägt eine riesige Reisetasche, aber dann gibt er sie der Frau, und sie tritt durch die Schranke. Auf der anderen Seite dreht sie sich noch einmal um und wirft ihm eine Kusshand zu, was mir ein bisschen lächerlich vorkommt, theatralisch. Habe ich jemals jemandem eine Kusshand zugeworfen? Ich meine ernsthaft?

Der Mann ist etwa so alt wie ich, vielleicht ein bisschen jünger. Als er an mir vorbeigeht, schaut er mir kurz in die Augen. Hat er bemerkt, dass ich ihn und seine Freundin beobachtet habe? Vielleicht ist sie seine Frau.

Ich folge ihm aus dem Bahnhof hinaus, diesmal bin ich weniger vorsichtig und gehe dicht hinter ihm, er kennt mich nicht, und ich habe nichts zu verlieren.

Ich denke daran, mir die Haare wachsen zu lassen. Die jungen Frauen heute tragen die Haare alle lang. Warum eigentlich nicht?

Was haben Sie zum Frühstück gegessen.

Nichts.

Unsere Knie berühren sich. Er senkt den Blick, schaut auf meine Knie, legt eine Hand darauf und schiebt meinen Rock ein wenig hoch. Ich bin ungewöhnlich passiv in dieser Situation, weiß nicht, wohin mit dem Mikrophon, mit dem Aufnahmegerät, wohin mit meinen Händen. Wir müssten aufstehen, dann hätte ich mehr Spielraum. Wir stehen auf, umarmen und küssen uns. Er ist etwas größer als ich. Jetzt geht er in die Knie, um meinen Rock hochzuheben. Er drückt sein Becken gegen meines. Ich spüre, dass er erregt ist. Ich bin es auch.

Nachdem der junge Mann ein Stück weit den Boulevard hinuntergegangen ist, setzt er sich an einen der kleinen Tische vor einem Café. Ich setze mich zwei Tische von ihm entfernt, aber er bemerkt mich erst, als der Kellner kommt und unsere Bestellungen aufnimmt. Ich nehme dasselbe wie er, la même chose que monsieur. In den Augen des jungen Mannes sehe ich, dass er darüber nachdenkt, wo er mich schon gesehen hat. Dann scheint es ihm einzufallen. Er lächelt.

Ich bin in dieser Nacht spät ins Hotel zurückgekommen. Tom hat mir eine Szene gemacht. Was los sei? Was ich mir dabei gedacht hätte? Wir seien doch ein Team. Er ist tatsächlich ein bisschen wütend, so wütend, wie er eben werden kann. So könnte er mir fast wieder gefallen. Ich öffne das Fenster, die Nacht dringt herein. Ich stehe am Fenster und dirigiere die Stadt. Tom meckert immer noch. Ich drehe mich um und küsse ihn auf den Mund. Reg dich nicht auf. Ich dusche, danach schlafen wir miteinander. Haben wir lange nicht gemacht.

Am Morgen, bevor alles anfängt, das hat Wechsler auch gesagt an jenem Abend im Café, die frische Luft, die ersten Sonnenstrahlen. Wenn alles neu beginnt, wenn alles beginnt, wenn alles weitergeht. Wieder so ein Zitat von irgendwem. Er hat den Namen des Autors genannt, aber ich kannte ihn nicht und habe ihn gleich wieder vergessen. Ich habe mich nie daran gewöhnt, neben jemandem aufzuwachen, hat er gesagt. Meine Beziehungen sind eigentlich immer gegen meinen Willen entstanden. Sie haben mir gutgetan, ohne sie hätte ich kaum so lange überlebt. Aber ich habe große Nähe nie über längere Zeit ertragen, ich wäre wohl ein guter Seemann geworden, einer, der genauso gerne nach Hause kommt, wie er wieder aufbricht.

Später: Wenn ich die Wahl gehabt hätte, wäre ich wohl allein geblieben, hätte nichts gemacht, nur die Welt betrachtet.

Sie haben doch die Wahl.

Einfach in einem Café sitzen und die Leute beobachten, den Verkehr, die Autos und Busse, die Fahrräder, Motorräder. Und die Vögel vor allem. Und alles aufschreiben. Der Versuch, einen Ort zu erfassen, nichts mehr.

Warum die Vögel?

Ich weiß es nicht. Seltsam, das ist das Wort, das mir immer zu allem einfällt. Das ist alles sehr seltsam. Etrange. Fremd. Nichts tun, einfach nur warten und zuschauen, wie die Zeit vergeht, und alles aufschreiben, festhalten. Am Morgen.

Der Metzger. Tom hat ihn gefunden, darauf ist er stolz. Guter Junge, hier hast du einen Keks. Der Metzger ist ein Jugendfreund von Wechsler, sie sind zusammen zur Schule gegangen. Wir treffen ihn am nächsten Morgen. Wechsler ist immer noch nicht gekommen, also haben wir beschlossen, mit ein paar Leuten zu reden, die ihn gekannt haben. Eigentlich ist das gegen die Vereinbarung, aber er hält sich auch nicht daran. Wir brauchen das Material ja nicht zu verwenden. Jedenfalls ist es besser zu filmen, als den ganzen Tag in diesem traurigen Hotelzimmer zu sitzen und nicht zu wissen, was tun.

Der Metzger. Wir sind auf ihn gekommen, weil Wechsler mal was in einer Kolumne über ihn geschrieben hat. Über das Würste machen. Dass er sich einen Tag lang mit jemandem, mit einem alten Freund, unterhalten kann, der Würste macht, weil das genauso eine Kunst sei wie Bücher schreiben. Die Metapher hat er dann noch ein bisschen weiter gemolken. Ist es eine Kunst? Nicht wirklich. Aber irgendetwas muss man halt schreiben, manchmal, wenn die Zeit drängt, auch unter seinem Niveau. Wechsler hat gelacht. Jedenfalls hat Tom gestern Nachmittag alle Metzger im Ort abgeklappert, so viele waren es nicht, eigentlich nur zwei, und herausgefunden, welcher damals mit Wechsler zur Schule gegangen ist. Er hat einen kleinen Laden auf der anderen Seite der Bahnlinie.

Sie sind mit Richard Wechsler zur Schule gegangen?

Schon als wir ihm das Mikro an den weißen Kittel klammern, weiß ich, dass er nichts sagen wird. Mit Tom ein bisschen reden, wenn gerade kein Kunde im Laden ist, das ist etwas anderes. Aber jetzt steht er vor seinem Geschäft, ein Mikro unter der Nase, eine Kamera vor dem Gesicht. Er grüßt jede und jeden, die oder der vorbeigeht. Die Leute machen dumme Bemerkungen, kommst du ins Fernsehen? Hast du etwas ausgefressen? Hast du einen Preis gewonnen mit deinen Bratwürsten? Sein scheues Lächeln, sein geflissentliches Lächeln. Natürlich ist ihm das peinlich, aber diese Leute sind auch seine Kunden.

Wie beim Soundcheck immer alle verstummen. Sie quatschen den ganzen Tag, aber sobald sie mal auf Kommando etwas sagen sollen, wissen sie nicht was. Ich frage sie dann immer, was sie zum Frühstück gegessen haben. Dann kann Wechsler sagen: Nichts. Und ist wieder still. Der Metzger hat gefrühstückt.

Ich habe mir nachher die Aufnahme in Zeitlupe angeschaut. Es war faszinierend, wie die Emotionen in schneller Folge sein Gesicht veränderten, wie Böen bewegten sie seine Züge. Verlegenheit, Erstaunen, Scheu, die ehrliche Anstrengung, sich zu erinnern und dann Verschlossenheit, fast Trotz, das sage ich denen nicht.

Gesagt hat er wirklich kaum etwas. Nur das: Er ist mit Wechsler zur Schule gegangen. Wechsler war ein guter Schüler, ein Witzbold, aber auch verschlossen. Er war immer entweder im Mittelpunkt oder allein, nie ein Mitläufer. Sie haben auch zusammen Tischtennis gespielt. Eigentlich wusste niemand etwas über ihn. Dann verwendet der Metzger noch ein überraschendes Wort. Er sagt: Wechsler war sehr sorgfältig. In allem. Tom hakt nicht nach, er hakt nie nach, da merkt man dann eben, dass er Kameramann ist und kein Journalist.

Hat er mal ein Buch von Wechsler gelesen? Der Metzger lacht und schüttelt den Kopf. Ich bin kein großer Leser.

Der Metzger erzählt: Er war einmal mit Wechsler und einem Freund und einer Freundin in Paris, also drei Männer und eine Frau. Sie wohnten alle noch im Dorf, aber Wechsler hatte schon eine Verbindung zu Paris, da ist der Metzger etwas unklar. Vielleicht erinnert er sich tatsächlich nicht daran. Oder wohnte Wechsler schon in Paris? Dann hätten sie bestimmt kein Hotel genommen. Sie sind in ein Restaurant gegangen, in dem es Steaks gab, ein halbes Kilo schwer.

Das war sogar mir etwas zu viel, sagt der Metzger und lacht. Aber gutes Fleisch. Die Franzosen schneiden gewisse Stücke anders als wir.

War die Frau mit Wechsler zusammen?, fragt Tom. Er hat darauf bestanden, das Interview zu führen, schließlich hat er den Metzger gefunden. Ich mache die Kamera. Eigentlich ist das sonst seine Aufgabe, aber wir haben es immer so gehalten, dass auch er gelegentlich ein Gespräch führt. Er kann es gut mit einfachen Leuten. Weil ich selbst einer von ihnen bin, das sagt er so oft, dass kein Mensch ihm mehr glaubt. Einfache Leute, was heißt das schon. Der Metzger ist jedenfalls nicht einfach, das habe ich gleich gesehen. Wir waren nur Freunde, sagt er, Schulfreunde. Warum sollte er uns irgendetwas erzählen? Was hätte er davon? In seinen Augen sehe ich, dass er uns Dinge verheimlicht. Er lacht stattdessen.

Was er nicht sagt: Sie hatten zwei Zweierzimmer genommen. Sie hatten ausgelost, wer mit wem das Zimmer teilen sollte. Wechsler war mit der Frau im Zimmer. Die Frau sagte zu ihm: Egal, was passiert, wir bleiben Freunde. Am nächsten Tag, als sie in einem Museum waren, überraschte der Metzger Wechsler und die Frau dabei, wie sie sich küssten. Sie waren etwas zurückgeblieben, der Metzger suchte die Toilette, was weiß ich, jedenfalls ging er noch einmal zurück, kam um eine Ecke, und da standen die beiden und küssten sich leidenschaftlich. Er drehte auf dem Absatz um und tat, als hätte er sie nicht gesehen. Aber Wechsler hatte ihn bemerkt. Das erzählt der Metzger nicht. Warum ich es dann weiß? Die Szene kommt in einem von Wechslers Büchern vor. Ob sie je stattgefunden hat? Ein bisschen unwahrscheinlich, aber eine schöne Vorstellung.

Wir waren nur Freunde, sagt der Metzger. Er lacht unsicher, grüßt eine Passantin mit Namen, nimmt sich das Mikrophon vom Kittel.

Wer sagt denn, dass das die Frau ist, die immer wieder in seinen Büchern auftaucht? Diese Jugendliebe?

Tom hat den Metzger nach den Namen der Freunde gefragt, die mit in Paris waren, wenigstens das. Der hat die Frage nur weggelacht und gesagt, das sei Ewigkeiten her. Das Mädchen war die Tochter des Pfarrers, das hat er gesagt und noch einmal gelacht, aber es war kein unanständiges Lachen, eher ein erstauntes. Judith heißt sie. Klar, so heißen Pfarrerstöchter. In Wechslers Geschichte heißt die Frau anders. Und der Metzger ist auch kein Metzger. Und der Erzähler ist nicht er.

Am Mittag hat es wieder zu regnen angefangen. Es würde ein anderer Film, wenn es nicht regnen würde, ein komischer Gedanke. Es geht nicht um dieses Dorf und nicht um diesen Tag und schon gar nicht ums Wetter, trotzdem bin ich überzeugt davon, dass der Film eine andere Wendung nehmen würde, wenn heute die Sonne schiene.

Also sind wir im Hotel geblieben. Tom sitzt wieder auf dem Bett, ich auf dem Sessel am Fenster. Ich suche im Internet herum und finde tatsächlich eine Liste aller Pfarrer, die seit dem Mittelalter hier amtierten. Die Liste beginnt im sechzehnten Jahrhundert, ziemlich beeindruckend. Einer hatte das Pfarramt von 1968 bis 1981 inne, das muss der Vater des Mädchens gewesen sein. Ich google seinen Namen, finde ein paar Einträge zu ihm, nichts Interessantes, Pfarrer hier, Pfarrer da, Mitglied dieser oder jener Kommission, auf Google Books ein kleiner Ausschnitt aus den Schriften des Vereins für die Geschichte des Bodensees und seiner Umgebung von 1976, in dem nur Orte und Namen aufgezählt werden … Herrn Dr. Müller aus Tägerwilen, Herrn Rutishauser aus Steckborn, Herrn Gemperli aus Diessenhofen, Herrn Dr. Good aus Hüttlingen, Herrn Dr. Dantz aus Hörhausen, Herrn Pfarrer Imbach … Schließlich ein Nachruf, der mit einem Zitat des Pfarrers selbst endet, dessen Herkunft nicht ausgewiesen wird. Seine letzten Worte? Ein Brief, im Falle seines Todes zu öffnen? Das alles gehörte zu meinem Leben: dieser ganze Reichtum an Nehmendürfen, an Gebendürfen und an Sehendürfen. Ich schreibe diese Zeilen in großer Dankbarkeit dem gegenüber, der das alles schenkte, und im dankbaren Zurückdenken an all die Menschen, mit denen ich diese Wege habe gehen dürfen.

Das erinnert mich an etwas, aber ich weiß nicht an

was. Ein Mensch zieht Bilanz im Angesicht des Todes. Da fällt es mir ein: das Tagebuch des Polarforschers Robert Falcon Scott, die letzten Eintragungen, als er auf dem Rückweg vom Südpol weiß, dass er nicht weitergehen kann und sterben wird: Draußen vor dem Zelt ist die ganze Landschaft ein wirbelndes Schneegestöber. Wir können jetzt nicht mehr auf Besserung hoffen. Aber wir werden bis zum Ende aushalten; der Tod kann nicht mehr fern sein. Es ist ein Jammer, aber ich glaube nicht, dass ich noch weiterschreiben kann. Sorgt für unsere Angehörigen!

Der Pfarrer hat nichts mit dem Film, mit Wechsler zu tun. Ich vertue meine Zeit. Wenigstens habe ich jetzt Vor- und Nachnamen des Mädchens. Wenn sie nicht geheiratet hat. Damals haben Frauen noch die Namen ihrer Ehemänner angenommen, das fand ich immer schräg. Jedenfalls wäre sie dann kaum zu finden.

Ich suche den Namen, ein paar wenige Resultate. Eine Judith Imbach hat vor vier Jahren beim Sudoku-Wettbewerb eines Kundenmagazins einen Einkaufsgutschein über hundert Franken gewonnen. Eine andere Frau dieses Namens kommt im Supplement zum allgemeinen helvetisch-eidgenössischen Lexicon von Johann Jakob Holzhalb vor, erschienen im Jahr 1795. In einer langen Aufzählung von Mitgliedern der Familie Uttinger oder Uttiger taucht sie auf, Franziskus Johann Jakob, ältester Sohn, geb. 1712, Kaplan an der Kappel der alten Stadt Cham, verehlichet mit Judith

Maria Imbach, erzeugte 6 Töchter, 4 Söhne, davon aber 3 frühzeitig gestorben. Eine andere Judith Imbach ist vor sieben Jahren gestorben, die war zweiundneunzig Jahre alt, das kann sie nicht gewesen sein. Sie ist von Gott, in dessen Händen unser Leben liegt, in das neue Leben der Auferstehung gerufen worden. Ihre Sorge und Liebe galt ihrer Familie. Der Trauergottesdienst fand in der Pfarrkirche Inwil statt, katholisch, nicht einmal die Religion stimmt.

Ich google Inwil, das Dorf liegt in der Innerschweiz, in einer Gegend, in der ich noch nie war. Die Einwohnerzahl ist in fünfzig Jahren um das Zehnfache gewachsen. Ein Einheimischer sagt, er sei nicht glücklich über diese Entwicklung, er könne sich noch an die Zeit erinnern, als im Dorf vierhundert Leute lebten und man immer wusste, wer gerade Bauchweh oder wer Zahnweh hatte.

Was, wenn Wechsler dort geboren wäre? Ein anderes Leben, ein anderer Mensch. Vielleicht wäre er Buchhalter geworden oder Priester oder Polizist.

Was machst du?, fragt Tom vom Bett aus.

Er liest in einem von Wechslers Büchern, Alle Tage meines Lebens, vor fünf Jahren erschienen, das letzte richtige Buch, das er veröffentlicht hat. Nicht dass darin viel Verwertbares stehen würde. Es sind die immer gleichen Szenen, die in seinen Büchern vorkommen, die immer gleichen Schauplätze, das Dorf seiner Kindheit, Paris, ansonsten namenlose Orte, Provinznester, Agglomeration, Industrielandschaften und Gewässer, Flüsse, Seen, Weiher. Und ganz oft diese Frau, diese Jugendliebe, von der er besessen zu sein scheint. Eigentlich ist es erstaunlich, dass das überhaupt jemand liest.

Ich schaue mir Todesanzeigen an.

Tom zieht die Augenbrauen hoch, aber er sagt nichts. Er hat das Buch weggelegt und den Laptop aufgeklappt.

Ich habe die Seite mit den Todesanzeigen geschlossen und google einige meiner früheren Liebhaber. Was aus denen nicht alles geworden ist! Einer taucht auf der Seite eines Golfclubs auf. Dick ist der geworden. Ein anderer macht jetzt etwas im Bereich der alternativen Medizin, eine dieser Therapieformen, die wie Kampfsportarten heißen und die ich nicht auseinanderhalten kann. Der sieht immer noch ganz gut aus, aber der war so furchtbar eifersüchtig, dass ich ihm irgendwann den Laufpass gegeben habe. Ich schaue nach, wie das Wetter in Paris ist. Leichter Niederschlag, vierzehn Grad.

Hast du gewusst, dass es weltweit mehr als sechshundert verschiedene Arten von Teigwaren gibt?, sagt Tom.

Er zählt auf: Spaghetti, Cannelloni, Pappardelle, Fusilli, Orecchiette. Er zählt mit den Fingern mit wie ein Kind. Reisnudeln, Glasnudeln, Udonnudeln. Das war es schon.

Wenn du dreißig aufzählen kannst, kriegst du ein Eis.

Ich schaue, wie das Wetter in Moskau ist, in New York, in Los Angeles, in Buenos Aires, in Ouagadougou, obwohl ich keine Ahnung habe, wo das liegt.

Zwei Schweden haben … nein, ein Schwede und ein Deutsch-Franzose haben einen Film gemacht über Leute, die zum ersten Mal von einem Zehnmeterturm springen, sagt Tom. Das hätte uns mal einfallen sollen. Die zeigen einfach den Turm. Und die Leute, die springen. Oder nicht springen. Ich schicke dir mal den Link.

Das Wetter in Kuala Lumpur, in Tokio, in Sidney. Das Wetter am Südpol. Die Temperatur steigt auf maximal minus 58 Grad Celsius. In der Nacht sinkt sie auf minus 60 Grad. Die Niederschlagswahrscheinlichkeit: null Prozent. Verbleibende Sonnenstunden: null.

Tom sagt, er gehe raus, um das Dorf zu filmen, Stimmungsbilder, den Marktplatz, das Schulhaus, alte Leute, junge Leute, eine Katze im Regen.

Vögel, rufe ich ihm nach. Mach Aufnahmen von Vögeln. Wechsler liebt Vögel.

Die Schweden. Ich habe ein Interview mit ihnen gefunden. Namen, die man sich nicht merken kann, vor allem jenen nicht von dem, der gar kein Schwede ist, der Belgier oder Franzose. Axel, der richtige Schwede, sagt: Ich war es leid, Realität in Geschichten zu zwingen, und suchte nach einer Form, bei der das Bild genügt. Er sagt: Ich will jedenfalls nicht noch mal einen Film machen, in dem ich über das Leben lüge. Ein Protagonist, ein Antagonist, ein Konflikt, eine Geschichte, eine Moral. Alles wird nach diesem Schema abgehandelt.

Tun wir das? Der Protagonist: Wechsler. Der Antagonist: die geheimnisvolle Frau? Oder die Zeit, die vergeht? Und der Konflikt? Der Tod? Die Geschichte? Die Moral? Ist es eine Lösung, Menschen zu zeigen, die vom Zehnmeterturm springen? Oder nicht springen?

Aber ich verstehe die Schweden, beziehungsweise den Schweden und den Belgier. Geht mir auch manchmal so. Zu viele Geschichten überall, alle gleich gebaut, Plot Point eins, Plot Point zwei, Auflösung. Jede verdammte Autowerbung erzählt schon eine Geschichte. Das Paradies wäre der Ort, an dem es keine Geschichten gibt.

E-Mails, E-Mails, E-Mails, die Produzentin hat geschrieben, Sascha, die Tonfrau. Der Vermieter. Was will der denn? Stoßlüften? Was ist das? Manchmal habe ich einfach nicht die Kraft, all die Mails zu beantworten. Und je weniger ich beantworte, desto mehr werden es, und desto weniger habe ich die Kraft, auch nur eine einzige zu beantworten. Gibt es eine Steigerung von desto weniger? Desto noch weniger? Aber Teigwarenarten aufzählen? So weit bin ich noch nicht.

Die Frau zu finden ist dann ganz einfach. Sie lebt hier im Dorf, ist verheiratet, wie ich gedacht habe, aber hat ihren Namen behalten. Sie ist Pfarrerin wie ihr Vater.

Ich habe es nicht mehr ausgehalten im Hotel, außerdem hatte der Regen nachgelassen, und Tom trieb sich immer noch rum und fing Atmosphäre ein. Also bin ich auf die Straße und habe einfach Leute angesprochen, etwas ältere, von denen ich annehmen konnte, dass sie sich an den Pfarrer erinnern würden. Das war dann auch so.

Klar, Pfarrer Imbach. Und eine alte Frau, eine richtig alte Frau mit Rollator und allem Drum und Dran, meinte, seine Tochter sei jetzt Pfarrerin im Dorf. Nach Wechsler habe ich sie auch noch gefragt, sie kennt ihn dem Namen nach, aber sie hat nie etwas von ihm gelesen. Nein, sagt sie und winkt lachend ab, als hätte ich sie gefragt, ob sie schon mal vom Zehnmeterturm gesprungen sei. Ich kannte seine Eltern, sagt sie. Angenehme Leute, unauffällig. Der Vater war Lehrer an der Realschule. Das wusste ich schon.

Homepage der Evangelischen Kirchgemeinde. Monatslosung: Ihr sät viel und bringt wenig ein; ihr esst und werdet doch nicht satt; ihr trinkt und bleibt doch durstig; ihr kleidet euch, und keinem wird warm; und wer Geld verdient, der legt's in einen löchrigen Beutel. Haggai, 1,6. Na, das ist doch eine frohe Botschaft.

Als Kinder mussten wir alle Bücher der Bibel auswendig lernen, es gab so ein Sprüchlein, das man herunterbeten konnte als Gedankenstütze. Mose, Josua und Richter, Ruth und zwei von Daniel. Aber das Buch Haggai? Gehört das zu den Apokryphen?

Hier. Kontakt. Pfarramt. Die evangelische Kirchgemeinde wird von drei Pfarrpersonen betreut. Ein Mann und zwei Frauen. Da ist sie, Judith Imbach. Eine schöne Frau, ungefähr in Wechslers Alter. Grau meliertes Haar, das ihr ins Gesicht fällt, blaue Augen, ein warmes Lächeln. Sogar ihre Handynummer steht da.

Es ist zwar schon fünf, aber man kann es ja versuchen, Pfarrer haben keinen Feierabend. Eine routiniert freundliche Stimme meldet sich. Ich sage der Frau, worum es geht. Ein Film über Richard Wechsler. Ein Schweigen, das mehr ist als Stille. Oder besser: weniger. Stille ist der akustische Nullpunkt, aber dieses Schweigen hat etwas Saugendes, als könnte es Worte anziehen und verschlucken. Der Sog der Erwartung.

Sie hat eingewilligt, mich zu treffen, heute, gleich jetzt. Wir sind nur noch kurz im Dorf, habe ich gesagt. Also gut. Mögen Sie in meinem Büro vorbeikommen? An der Kirchgasse. Wo denn sonst.

Ich bin in fünf Minuten da.

Über Religion haben Wechsler und ich an jenem Abend im Café auch geredet. Es ist schon erstaunlich, über wie viele Dinge man sich in ein paar Stunden unterhalten kann. Andererseits hat vor allem er geredet, und ich habe zugehört. Aber es war nicht dieses übliche Geschwätz von weißen alten Männern, die uns Frauen die Welt erklären. Es kam mir eher vor, als denke er laut nach, und ich hörte ihm dabei zu. Das war die Rollenverteilung: er erklärt sich, ich nehme es auf. Schließlich soll ich einen Film über ihn machen und nicht umgekehrt.

Er sei fasziniert von großen Gefühlen, sagte er, und wo gebe es die heute in der westlichen Welt noch? In der Liebe, in der Krankheit und im Tod, in der Religion. Manchmal noch in der Politik, aber da nur bei Verrückten, und die seien nicht interessant. Texte bräuchten große Gefühle, die seien der Treibstoff, der die Geschichten am Laufen halte.

Irgendein Gefühl?

Irgendein Gefühl. Hauptsache, es ist groß und unbedingt.

Ob er nie am Geschichtenerzählen zweifelt wie die zwei Schweden? Das würde ich ihn gerne fragen. Was wäre das für ein Buch, in dem Leute vom Zehnmeterturm springen? Ein bisschen langweilig vielleicht?

Kürzlich habe ich eine Erzählung von Wechsler gelesen, die war in einer Anthologie, die er uns gegeben hatte. Der Text beschrieb akribisch genau ein YouTube-Video. Jedes Wort, das gesprochen wird, jede noch so kleine Geste, jeder Gesichtsausdruck. Und zwar von einer Performance von Britain's got talent. Nein, es waren zwei Performances, die er gegeneinander geschnitten hatte, zwei Kandidaten, zweimal genau dieselbe Geschichte, dasselbe Märchen: das Mauerblümchen, das zum Superstar wird. Einmal war es diese arbeitslose Schottin und einmal ein walisischer Handyverkäufer. Die Namen habe ich vergessen. Die Geschichte war, ehrlich gesagt, ziemlich langweilig.

Und später, in einem anderen Zusammenhang: Er finde Religion immer etwas peinlich. Das sei eigentlich ihre herausragendste Eigenschaft. Trotzdem fasziniere es ihn, dass vernünftige Leute an solche Dinge glaubten, an Gott, die Schöpfung, Auferstehung, Wunder. Gescheite Leute, die verstünden, wie ein Ottomotor funktioniere, oder die die Differentialrechnung beherrschten, gebildete Leute, die ihre Klassiker gelesen hatten, glaubten an solche Dinge. Das gehe ihm nicht in den Kopf. Ob er da an seine Pfarrerin gedacht hat?

Ich habe ihn nicht nach seinem Glauben gefragt und er mich nicht nach meinem. Ich hatte den Eindruck, Gott sei für ihn nur als Idee interessant, als Variable in seinen Gedankengebäuden, als Figur in einer Geschichte.

Die Existenz Gottes würde nichts ändern, sagte er. Bevor Sie geboren werden, ist das Leben nichts, es ist an Ihnen, ihm einen Sinn zu geben, und sein Wert ist nichts anderes als dieser Sinn, den Sie für sich wählen. Noch ein Glas Wein?

Unterwegs zur Pfarrerin sehe ich tatsächlich Tom, der eine Katze filmt. Oh, Tom!

Dieses Gefühl: Solange wir reden, wird sie nichts sagen.

Sie hat mir gleich das Du angeboten, vielleicht dachte sie, ich sei mit Wechsler befreundet und wir gehörten zum selben Kreis. Trotzdem ist sie auf der Hut. Sie will von mir etwas über den Film erfahren, vielleicht will sie Zeit gewinnen.

Das Konzept des Films. Ja, was ist das Konzept des Films? Ich könnte aus dem Eingabedossier zitieren, mit dem wir die Fördergelder beantragt haben: Unser Film zeigt Richard Wechsler in seiner Wahlheimat Paris und begleitet ihn auf einer Reise zurück in das Dorf seiner Kindheit. Wir treffen Weggefährten und unterhalten uns mit Literatursachverständigen über Richard Wechslers Werk. In längeren Interviewsequenzen erzählt uns der Autor von seinem Schreiben und seinem Leben und lässt uns an der Entstehung eines neuen Romans teilhaben, von der ersten Idee bis zum fertigen Buch. Aber ist das wirklich der Film, den wir machen? Als wir ihn nach seinem Leben fragten, sagte er: Warum wollen Sie das wissen? Fragen Sie den Erstbesten auf der Straße, und ich bin sicher, er hat ein genauso interessantes Leben geführt wie ich. Meinen Sie, es sei mein Leben, das mich ausmacht? Meinen Sie, es sei sein Leben, das irgendjemanden ausmacht? Aber was dann?

Und der neue Roman? Er redet nicht gern über Bücher, an denen er arbeitet. Aber wie geht er vor? In einem Gespräch, ich glaube, das war unten an der Seine, an jenem Tag, an dem wir später vor Tom und Sascha davongelaufen sind, hat er darüber gesprochen, wie er arbeitet. Er plane nie im Voraus. Was als Nächstes geschehe in einem Buch, wisse er erst in dem Moment, wo er es niederschreibe. Das sei zentral, nur so könne ein lebendiges Werk entstehen. Es müsse in die Welt hineinwachsen wie ein Organismus. Am schönsten sei es, wenn eine Geschichte eine völlig unvorhersehbare Wendung nehme wie das Leben selbst.

Wenn Wechsler gestorben wäre, denke ich plötzlich, das wäre eine unvorhergesehene Wendung. Mitten während der Filmaufnahmen, zack, ist er tot. Von einem Bus überfahren in Paris, auf dem Weg zum Bahnhof, vor die Métro gestürzt, durch einen Herzschlag gestorben, einfach so, erstochen bei einem Raubüberfall. Ich muss mal seinen Namen googeln, wenn ich wieder im Hotel bin. Vielleicht ist er deshalb nicht gekommen.

Wir sammeln erst Material über ihn, über sein Leben, sprechen mit ihm, mit Leuten, die ihn kennen, die ihn gekannt haben. Dann schauen wir, was daraus wird, wie wir das alles zusammenfügen können zu etwas Sinnvollem.

Die Pfarrerin lächelt vorsichtig.

Etwas Sinnvolles? Und wie seid ihr ausgerechnet auf mich gekommen?

Wir haben gehört, dass ihr befreundet gewesen seid.

Wir suchen Leute, die ihn als jungen Mann gekannt haben, bevor er Schriftsteller wurde.

Wir haben gehört, dass ihr eine Affäre hattet. Das sage ich nicht. So was sagt man nicht zu einer Pfarrerin. Eigentlich sagt man das zu niemandem.

Wenn du bereit wärst, mit uns zu sprechen, dann würde ich den Kameramann verständigen und wir könnten heute noch oder morgen ein kurzes Gespräch führen.

Aber ich habe keine Lust, dass Tom dazukommt. Ich will mit ihr allein sein. Sie gefällt mir, unser Zusammensein gefällt mir, dieses stille, vertrauensvolle Gespräch ohne das indiskrete Auge der Kamera. Ich verstehe, dass Wechsler in sie verliebt war. Wenn er es war.

Ich schaue mich um. Das Büro ist nicht besonders attraktiv, wie alle Büros. Moderne Möbel aus hellem Holz, wenig loses Papier, sie hält Ordnung, eine langweilige, aber erstaunlich fitte Topfpflanze, ein Regal voller säuberlich beschrifteter Ordner. Sie hat eine großzügige Handschrift. Wenigstens hängen keine Bibelsprüche an den Wänden, darauf reagiere ich allergisch. Nein, stattdessen ziemlich schöne Landschaftsaufnahmen, vermutlich von einem ambitionierten Amateur.

Hast du die gemacht?

Mein Mann.

Ist er Fotograf?

Das ist Schmeichelei. Wäre er Fotograf, wären die

Bilder besser. Man merkt das vor allem am Licht. Und an der Qualität der Abzüge.

Er ist Werklehrer an der Realschule. Und Sport unterrichtet er auch.

An der Schule, an der Wechslers Vater gearbeitet hat?

Sie haben die Zimmer ausgelost. Es gibt einen kurzen Moment der Peinlichkeit. Alle drei Männer sind ein bisschen in die Frau verliebt, so wie junge Männer eben verliebt sind, nicht wirklich ernsthaft und doch voller Leidenschaft. Testosteron.

Am Abend waren sie in jenem Restaurant, in dem der Metzger sein Riesensteak gegessen hat. Sie haben alle ein bisschen zu viel getrunken, sogar Judith. Sie sind, sagen wir, um die zwanzig.

Im Zimmer gibt es nur ein Doppelbett, eher Queensize als Kingsize. Als Wechsler es sieht, kriegt er Herzklopfen. Hat er schon mal mit einer Frau geschlafen? Vielleicht. Hat Judith schon mal mit einem Mann geschlafen? Bestimmt. Sie geht zuerst ins Bad, braucht nicht lange, als sie zurückkommt, trägt sie einen Pyjama. Vielleicht auch ein Nachthemd, aber sicher nichts Aufreizendes, das hat sie nicht nötig in ihrem Alter. Und es wäre ihr bestimmt peinlich. Jetzt geht Wechsler ins Bad. Es kommt mir seltsam vor, ihn mir als jungen Mann vorzustellen, ein bisschen übergriffig. Das ist seine Privatsache. Aber egal.

Er trägt nur ein T-Shirt und Unterhosen. Judith liegt schon im Bett, er legt sich neben sie in sicherem Abstand, so weit weg, wie es in dem schmalen Bett eben möglich ist. Sie löscht die Nachttischlampe. Er hält den Atem an, so gespannt ist er. Wird er sich trauen, einen ersten Schritt zu tun? Wohl kaum. Plötzlich spürt er ihre Hand an seinem Arm. Sie sagt, egal, was passiert, wir bleiben Freunde.

Solange sie redet, wird sie nichts sagen. Sie spricht über die gemeinsame Schulzeit mit Wechsler am Gymnasium, darüber, dass er immer viel gelesen hat, dass er der Klassenclown war, aber auch eine verschlossene Seite hatte. Dass sie immer ein bisschen Angst vor ihm hatte, weil er so böse sein konnte. Aus lauter Unsicherheit wurde er verletzend. Statt mir zu sagen, dass er verliebt ist in mich, hat er sich über meine Frisur lustig gemacht oder über meine Kleider. Wobei wir damals wirklich schreckliche Frisuren hatten und komische Kleider trugen. Sie spricht über ihre Lehrer, erzählt Anekdoten, alles austauschbar. Wechsler hatte recht, sein Leben sagt nicht viel über ihn aus. Und besonders interessant ist es auch nicht. Oder jedenfalls nur für ihn.

Hatte er eine Freundin?

Sie zögert. Das war damals nicht so, da hatte niemand eine Freundin. Kaum jemand. Wir haben alle viel Zeit miteinander verbracht, bestimmt war der eine oder andere in ein Mädchen verliebt, ein Mädchen in einen Jungen, aber Paare gab es kaum in unserem Kreis.

Unwahrscheinlich.

Ihr habt eine schöne Kirche. Eine außergewöhnliche Kirche.

Sie wirkt erleichtert über den Themenwechsel.

Soll ich sie dir zeigen?

Sie scheint alle Zeit der Welt zu haben. Mir ist es recht. Ich habe nichts vor. Und Tom kommt mir schon nicht abhanden. Als mein Handy klingelt, drücke ich den Anruf weg.

Ich habe erwartet, dass sie weiterreden wird, dass sie mir die Geschichte der Kirche erzählt, mich auf die Jugendstilfenster hinweist, auf die ungewöhnliche Farbe der Sitzbänke oder die Steinmetzarbeiten an der Altarwand, die floralen Ornamente, die zwei Engel mit ihren langen Trompeten. Den Frieden lasse ich euch, meinen Frieden gebe ich euch. Aber sie schweigt.

Wir sind durch einen Seiteneingang in die Kirche getreten, jetzt stehen wir im Mittelgang und schauen schweigend auf den Altar und die Kanzel. Diese besondere Stille in Kirchen, dieser Hall, obwohl es ganz still ist. Es kommt mir vor, als atme das Gebäude langsam ein und aus. Oder ist es der Atem Gottes?

Es war genauso wie in seinem Buch. Sie sagt es nicht, aber ich kann es spüren. Sie haben sich geliebt in jener Nacht in Paris, in den Tagen danach immer wieder, mit der Kraft und der Leidenschaft junger Leute, aber es ist nichts daraus geworden. Es gibt so viele Gründe, weshalb Beziehungen scheitern oder gar nicht erst zustande kommen. Er war ein junger, ambitionierter Mann, er ging nach Paris, während sie durch ihr Studium an die Schweiz gefesselt war. Sie hatte einen anderen, er hatte eine andere. Irgendeinen Grund wird es gegeben haben. Und dann hat sie den fotografierenden Lehrer geheiratet und mit ihm eine Familie gegründet, hat Kinder gekriegt. Hat sie Kinder gekriegt? Sie hat eine erste Stelle angenommen, hat Weiterbildungen gemacht, hat andere Stellen gehabt, hier und da, dann diese gefunden. Sie hat sich gut überlegt, ob sie an den Ort ihrer Kindheit zurückkehren will, und hat sich dann dafür entschieden. Sie ist mit ihrer Familie ins Pfarrhaus gezogen, in dem sie ihre Kindheit verbracht hat, oder sie haben ein Haus gekauft oder gemietet. Sie sind in die Ferien gefahren, haben Anschaffungen gemacht, hatten gute und schlechte Zeiten. Und Wechsler saß in Paris und schrieb seine Bücher, eines nach dem anderen, und hatte seine Beziehungen, von denen er uns nichts erzählt, und schrieb doch immer nur über diese eine Frau, die er nicht gekriegt hat. Vermutlich würden weder er noch sie uns mehr darüber verraten.

Ist das die Geschichte unseres Films? Ein Schriftsteller, der immer wieder über eine missglückte Jugendliebe schreibt, wie sie jede und jeder erlebt hat? Ist das etwas Sinnvolles? Einen kurzen Moment lang frage ich mich, ob Wechsler gewollt hat, dass wir Judith finden. Ob er deshalb nicht aufgetaucht ist: um uns Zeit zu geben, sie aufzuspüren, mit ihr in Kontakt zu treten, für ihn. Aber das ist zu gesucht, so raffiniert ist er nicht. Er ist überhaupt nicht raffiniert, manchmal ist er sogar ziemlich schwer von Begriff.

Ich nehme Judiths Hand, ich weiß nicht warum. Sie scheint sich nicht zu wundern, hält meine Hand fest wie ich ihre. Und so stehen wir nebeneinander, Hand in Hand, lange, schweigend.

Entscheide dich und bleib dabei, sagt die blonde Frau. Okay?

Ein junger Mann mit kurzen blonden Haaren, blauer Badehose und einem Anhänger um den Hals, der wie eine Erkennungsmarke der Armee aussieht, schaut vom Sprungturm hinunter ins Wasser. Er kratzt sich am Kopf. Die junge Frau neben ihm ist nicht ganz schlank, sie trägt eine ähnliche Badehose wie er, nur in Rot, dazu ein rot-weiß gestreiftes Bikinitop. Ihr dünnes langes Haar, das über ihre rechte Schulter fällt, ist etwas heller als seines. Sie schaut skeptisch, dann lächelt sie. Der Mann hat sich zur Frau gewandt, er zeigt mit beiden Händen auf den hinteren Bereich des Sprungturms.

Ich springe nicht mit Anlauf, so viel ist klar.

Die Frau ist näher getreten, sie lächelt. Ihre Finger klauben aneinander herum.

Wenn ich springe, dann von hier.

Schwimm zur Leiter, ich komme dann nach, sagt die Frau und bedeutet ihm, wohin er nach dem Sprung schwimmen soll. Sie schaut ihn fragend an.

Du willst echt springen?, fragt er und greift sich mit der Hand in die Haare.

Willst du kneifen?

Das könnte passieren.

Beide lachen verlegen.

Wenn ich sehe, dass du dir weh tust, nicht richtig, aber … wenn dein Arm sich verdreht …

Der Mann hebt einen Arm, wie um die Worte der Frau zu illustrieren.

Wenn du sagst, Frida, lass es, dann lasse ich es.

Frida versucht sich zu erklären, hebt und senkt die Hände vor der Brust, ringt um Worte. Sie macht einen Schritt auf ihn zu. Er schaut wie hypnotisiert hinunter ins Bassin und schweigt. Es ist einen Moment lang still, dann fragt Frida: Aber warum bist du vorher vom Fünfmeterturm gesprungen?

Keine Ahnung, sagt der Mann und zeigt hinunter. Das ist da unten!

Er lacht ungläubig. Es ist nicht mal hoch, verglichen mit dem hier.

Frida greift sich mit beiden Händen in die Haare, schiebt sie aus der Stirn.

Der Mann tritt ganz nah an die Kante, schaut hinunter und sagt zu sich selbst: Linus, bring es hinter dich.

Frida hat eine Hand zum Mund geführt, als wolle sie an ihren Fingernägeln kauen, aber sie streicht sich nur über die Lippen.

Du machst das für dich, also wie fühlst du dich?

Ich blende dich mal aus, sagt Linus.

Okay, okay, sagt Frida und tritt einen Schritt zurück. Linus dreht sich kurz zu ihr um, macht eine fahrige Handbewegung, als wolle er ihr auf die Schulter klopfen.

Nein, rede weiter, aber ich bin nicht richtig da.

Frida faltet die Hände. Und wenn ich zuerst springe?

Nein, ich will zuerst, sagt Linus entschieden und hebt abwehrend die Hände. Wenn das für dich okay ist.

Frida lächelt beschwichtigend, schaut ihn aufmunternd an. Linus schnippt nervös mit den Fingern. Ich schreie sicher wie verrückt, sagt er.

Ich auch, sagt Frida.

Meine Knie zittern, sagt Linus. Er beugt sich vor und stützt sich mit beiden Händen auf den Knien ab. Frida ahmt die Bewegung nach, richtet sich dann wieder auf, winkelt ein Bein nach hinten ab und hält ihr Fußgelenk mit einer Hand fest, wiederholt dasselbe mit dem anderen Bein.

Ich wollte gerade springen, und meine Knie haben es gemerkt, sagt Linus.

Frida lacht.

Da treibt ein Haargummi, sagt Linus und zeigt nach unten.

Ups, sagt Frida und tritt einen Schritt auf die Kante zu und schaut ebenfalls hinunter. Sie schlenkert mit den Hüften.

Also die Entscheidung zu springen verursacht dir weiche Knie?

Was? Sorry, ich habe nicht zugehört. Aber deine Stimme beruhigt.

Frida atmet tief ein und stößt die Luft aus.

Also … jetzt oder nie, sagt Linus.

Warte, was haben wir gesagt?, sagt Frida. Wenn du springst, springe ich auch?

Wenn du fällst, falle ich auch, Frida, sagt Linus und schaut zu ihr.

Sie lacht, verdreht kokett einen Fuß, hält die Hände vor die Brust. Sie setzt einen gespielt traurigen Gesichtsausdruck auf, schnappt nach Luft, als würde sie schluchzen. Okay.

Sie schaut ihn an mit einer Mischung aus Rührung und Schalk und sagt ganz leise, zärtlich: Sei vorsichtig.

Ich sehe dich auf der anderen Seite, sagt Linus, den Blick nach unten gerichtet. Wir sehen uns im Himmel.

Im Himmel, sagt Frida.

Ich mache es, Frida.

Ja, ja, sagt Frida begeistert. Sie hat die Hände zu Fäusten geballt, schüttelt sie schnell auf und ab, um Linus anzufeuern. Nur Mut, das ist toll.

Linus geht ein wenig in die Knie und springt. Während er fällt, schreit er laut. Frida schaut auf die Kante, wo Linus verschwunden ist. Als das Platschen des Wassers zu hören ist, lacht sie erleichtert auf. Sie hat die Arme geöffnet, tritt an die Kante und schaut hinunter. Sie schreit und klatscht ein paarmal in die Hände, signalisiert Linus, dass er zur Seite schwimmen soll, bewegt lautlos den Mund.

Oh, mein Gott, ruft Linus von unten.

Sag nichts, sag nichts, ruft Frida.

Sie hat zwei Schritte zurück gemacht, sich kurz die Haare aus der Stirn gestrichen. Sie hebt beide Hände wie eine Dirigentin, die das Orchester um Aufmerksamkeit bittet. Sie macht zwei schnelle Schritte vorwärts, hält sich die Nase zu und springt.

Wenn du fällst, dann falle ich auch, hat Linus zu Frida gesagt, vermutlich nur im Scherz, aber was für ein Satz! Und: Wir sehen uns auf der anderen Seite, wir sehen uns im Himmel. Ob die zwei sich lieben? Ob sie füreinander bestimmt sind? Hält ihre Liebe bis in den Tod? Oder ist es nur dummes Geschwätz? Zwei junge Leute ulken im Schwimmbad herum, ein Filmemacher spricht sie an, überredet sie, sich in diese existentielle Situation zu begeben, und jetzt stehen sie am Abgrund, und es wird ihnen bewusst, dass sie füreinander bestimmt sind. Ich stelle mir vor, wie sie an diesem Abend an der Bushaltestelle stehen, die Haare sind noch nass. Sie schweigen, das Erlebnis ist ihnen in die Knochen gefahren, nicht der Sprung, die Momente zusammen auf dem Turm. Linus nimmt Fridas Hand, lässt sie wieder los, als der Bus kommt. Zu Hause, sie wohnen in einer Genossenschaftswohnung in einer großen Siedlung am Stadtrand, hängen sie ihre nassen Sachen im Badezimmer auf, immer noch schweigend, dann lieben sie sich, als wäre es das letzte Mal. Danach liegen sie nebeneinander im Bett, und Frida sagt, ich habe nicht gedacht, dass du springst.

Später werden sie Kinder haben, in eine größere Wohnung ziehen, der Alltag wird sie einholen, aber diesen Abend und diese Nacht werden sie nie vergessen. Sie werden niemandem davon erzählen, auch nicht ihren Kindern, die irgendwann auf dem Dreimeterturm stehen werden, dann auf dem Fünfmeterturm, zögernd, ängstlich, mit weichen Knien. Nein, dieser Moment gehört nur ihnen, als Linus sagte, wenn du fällst, dann falle ich auch.

Das Schwimmbad, noch so ein Ort, der immer wieder vorkommt in Wechslers Büchern. Das Schwimmbad, das Hallenbad, das Strandbad am Bodensee, die Weiher der Gegend. Ob ihm das Wasser nicht fehle in Paris?, habe ich ihn gefragt.

Ich versage mir Dinge, hat er gesagt. Man muss bereit sein, Opfer zu bringen. Es spielt keine Rolle, welche Opfer man bringt, aber ohne geht es nicht. Wenn Sie nicht bereit sind, etwas aufzugeben für ihr Werk, dann können Sie es gleich lassen.

Ein seltsamer Gedanke. Sie könnten ein Tieropfer bringen vor jedem Buch, schlage ich vor, eine Ziege schlachten, ein Huhn. Oder wenigstens eine Kerze anzünden in der Kirche. Ich lache, er nicht.

Es gibt nichts umsonst, sagt er. Es mag verrückt klingen, aber ich spüre, wie der Text mir nicht nur eine Leistung abverlangt, sondern auch ein Opfer. Der Text ist die Hülle, die das Opfer umschließt. Ein Text ohne Opfer ist wie eine Kirche ohne Ritual.

Er hat seine Liebe geopfert, denke ich kurz, das größte Opfer überhaupt. Aber jetzt lacht er auch, als sei er selbst überrascht. Ein seltsamer Gedanke. Was werden Sie für ihren Film opfern?

Später: Sie können nicht in beiden Welten gleichzeitig leben. Wenn Sie sich der fiktiven verschreiben … Nur schon die Zeit, die Ihnen vom Leben abgeht, die Stunden und Tage, die Monate und Jahre. Vielleicht ist das das Opfer. Wenn man für jede Minute, die man beschreibt, eine Minute seines Lebens hingeben müsste …

Später: Sie können sich nicht vorstellen, wie viel Zeit mich ein Buch kostet, gar nicht das Schreiben selbst, viel mehr das Warten, bis etwas geschieht. Und wofür? Worte, nichts als Worte.

Er nimmt einen Schluck von seinem Ricard.

Aber Sie können in der fiktiven Welt leben und trotzdem in der realen mit mir einen Ricard trinken?

Er lacht.

Pathos stößt mich ab, aber das ist es bei ihm nicht.

Er scheint ehrlich bemüht, etwas herauszufinden über sich selbst, sein Leben, sein Schreiben. Es sind Gedankenexperimente, die er, kaum hat er sie gemacht, mit einer Handbewegung verwirft und wegwischt.

Ja, natürlich, sagt er. Ich will mich hier nicht zum Helden stilisieren, zum Märtyrer der Literatur, aber ich habe immer öfter das Gefühl, die Literatur zehrt mich langsam auf, mit jedem Buch werde ich ein bisschen durchsichtiger. Man schreibt eben nicht nur mit dem Kopf und mit der Hand, man schreibt mit dem ganzen Körper, den man verbraucht. Zugleich habe ich den Eindruck, dass ich in der fiktiven Welt immer lebendiger werde, dass sie mir immer mehr genügt und die Realität nur noch dazu da ist, meinen Körper am Leben zu erhalten. Wie in diesem Film, Matrix. Die rote oder die blaue Pille.

Welche würden Sie wählen?

Ich weiß nicht mehr, welche welche ist. Die fiktive Welt hat etwas sehr Verführerisches, sie erfüllt einem alle Wünsche. Man kann nicht sterben in ihr, aber man kann auch nicht leben.

Später: Manchmal möchte ich den Computer zuklappen und weglegen und nur noch das Leben betrachten, Dinge erleben, Sachen machen, Gartenarbeit, reisen, Beziehungen führen, was weiß ich.

Aber Sie trauen sich nicht?

Er sagt nichts, schaut mich an mit einem gefährlichen Blick.

Ich bin Schriftsteller, das ist mein Beruf.

Hätten Sie anders gelebt, wenn Sie nicht geschrieben hätten?

Er winkt ab, das ist doch nicht interessant. Hätte ich nicht geschrieben, wäre ich kein Schriftsteller und Sie würden keinen Film über mich drehen. Diese anderen, die ich hätte sein können, haben Sie nicht zu interessieren, die gibt es nicht, höchstens in meinen Geschichten. Aber, nein, ich hätte vermutlich nicht anders gelebt. Wie sind wir darauf gekommen? Ach, ja. Es gibt hier auch Schwimmbäder. Und in zweieinhalb Stunden ist man am Meer.

Das Meer, sage ich, als hätte ich es eben hinter einer Düne entdeckt.

Und er: Das Meer.

Das Meer was? Kommt da noch etwas? Das Meer ist schön? Das Meer ist wild? Das Meer ist endlos? Nein, nur, das Meer, mit ganz sachlicher Stimme.

Ich habe länger nichts von ihm gehört, sagt Judith.

Ist das wahr? Sie lässt meine Hand los, atmet tief ein und sagt, sie müsse los, ihr Mann wundere sich bestimmt schon, wo sie bleibe.

Meiner auch, sage ich, mein Freund. Mein zukünftiger Ex.

Wollen wir etwas trinken gehen?, fragt Judith.

Ein winziges Restaurant in einer schmalen Gasse, nicht weit von der Kirche entfernt. Das wäre eine hübsche Kulisse. Im dunkel getäfelten Raum stehen fünf, sechs Tische. Hinter der Theke hantiert eine alte Frau und begrüßt uns mit einer launigen Bemerkung und einem rauen Lachen. Hallo Moni, sagt Judith, kriegen wir ein Bier? Sie dreht sich zu mir um mit einem fragenden Blick.

Ich auch.

Draußen im Flur stand früher ein Flipper, sagt Judith, während wir uns setzen. Da habe ich oft mit Richard und den anderen gespielt.

Der Metzger?

Der auch.

Er ist der Einzige, der es weiß, und er wird nichts sagen. Judith wird nichts sagen. Wechsler wird nichts sagen. Warum sollten sie? Was hätten sie davon? Und was würde es für einen Unterschied machen? Ein Mann und eine Frau haben sich geliebt, lieben sich vielleicht immer noch. Ist das ein Film?

Ich weiß manchmal nicht mehr, was mir wirklich passiert ist und was ich erfunden habe, hat Wechsler in die Kamera gesagt. Wer's glaubt! Aber es ist eine nette Entschuldigung, wenn man nichts von sich preisgeben will.

Ist das, was Sie geschrieben haben, weniger wahr als das, was Sie gelebt haben?

Er lächelt. Nein, aber es hat weniger Konsequenzen gehabt.

Geht es ihm gut?, fragt Judith.

Ich habe meinen Laptop dabei und zeige ihr ein paar Aufnahmen, den kleinen Zusammenschnitt, den ich im Hotel gemacht habe. Wie Wechsler durch Paris geht. Während sie die Aufnahmen anschaut, beobachte ich sie. Ihr Gesicht entspannt sich, sie lächelt.

Mein Gott, ist er nur gegangen, der Arme?, fragt sie und lacht mit gespieltem Mitleid.

Wie es ihm geht, habe ich ihn auch gefragt. Damit beginne ich oft die Gespräche, eine gute Einstiegsfrage. Wie geht es Ihnen? Die meisten fangen dann gleich an zu erzählen, aber Wechsler hat nur gesagt, das interessiere ihn nicht, das sei nicht von Belang. Er sucht nach einem Bild, bewegt die Hände, als taste er in einem dunklen Raum nach etwas, von dem er nicht weiß, was es ist. Würden Sie das Thermometer fragen, ob ihm kalt ist?, sagt er schließlich. Und ist kalt schlechter als warm? Oder besser? Das Thermometer zeigt nur die Temperatur an, keine Gefühle. Nein, der Vergleich hinkt. Wieder fuchtelt er mit den Händen herum. Ich bin für meine Texte als Person nicht relevant, sagt er dann, ich bin nur das Auge, das sieht, das Ohr, das hört, die Hand, die schreibt, der Körper, der empfindet, nichts mehr. Ich mag die Notnamen, mit denen unbekannte Künstler aus dem Mittelalter oder der Antike bezeichnet werden, die aufständischen Engel wurden vom Meister der aufständischen Engel gemalt, die Madonna mit dem Veilchen vom Meister der Madonna mit dem Veilchen. Wenn der Schöpfer hinter dem Werk verschwindet, der Schöpfer und das Werk in eins fallen.

Ich glaube, es geht ihm nicht schlecht.

Judith lächelt zweifelnd. Sie hat ihn geliebt, ich bin ganz sicher. Sie liebt ihn immer noch. Auch wenn er es nicht verdient.

Wie heißt die Geschichte von James Joyce, nach der John Huston den Film gedreht hat? Wo der Mann merkt, dass seine Frau ihr Leben lang einen anderen geliebt hat, einen Jungen, der vor langer Zeit für sie gestorben ist, der gestorben ist, weil er sie noch einmal sehen wollte, bevor sie in die Klosterschule ging? Das alles erfährt man erst in den letzten Minuten des Films. Und dann liegt die Frau weinend auf dem Bett, und der Mann traut sich nicht mehr, sie anzufassen. Er steht am Fenster und schaut hinaus und sagt zu sich selbst, was für eine jämmerliche Rolle habe ich in ihrem Leben gespielt. Als sei ich gar nie ihr Mann gewesen. Wie war sie damals? Wie war das Mädchen, das jener Junge geliebt hat? Und es schneit. Ganz Irland liegt unter Schnee. Er fällt überall auf die dunkle Ebene im Zentrum, auf die baumlosen Berge, fällt sacht auf das Moor von Allen, und weiter westwärts fällt er sacht in die dunklen, aufrührerischen Wellen des Shannon. Der Schnee fällt sacht durch das Universum, und er fällt sacht wie das Nahen ihrer letzten Stunde auf alle die Lebenden und die Toten. Angelica Huston spielt die Frau. Eigentlich eine Fehlbesetzung. John Huston ist noch vor der Filmpremiere gestorben.

Aber Judiths Ehemann interessiert mich nicht, seine Rolle ist mitleiderregend; dabei ist er vielleicht der Einzige, der sich anständig benimmt. Nein, mich interessieren die beiden Sünder. Ich stelle sie mir vor in jenem Hotel in Paris, Judith und Wechsler, sie sind beide um die zwanzig. Es ist ein billiges Hotel mit einem hochtrabenden Namen irgendwo in der Nähe eines Bahnhofs, die Einrichtung ist alt und heruntergekommen, an den Wänden sind gemusterte Tapeten, auf dem Bett liegt eine senfgelbe gerippte Tagesdecke von zweifelhafter Sauberkeit. Judith ist zuerst ins Bad gegangen. Als sie zurückkommt, trägt sie einen Pyjama, wie man sie damals trug, Baumwolljersey, kurze Hose, kurzärmliges, gemustertes Oberteil mit V-Ausschnitt. Sie ist schon entschlossen, mit Richard zu schlafen. Aber warum? Aus Lust? Aus Neugier? Aus Liebe? Weil sie ein Abenteuer erleben will? Weil sich die Gelegenheit bietet? Warum sollte sie nicht mit ihm schlafen wollen? Die Entschlossenheit ist wichtiger als der Grund.

Als er aus dem Bad kommt, hat sie das Bett schon bereitet, hat das Deckenlicht aus- und die Nachttischlampen angemacht. Sie liegt da, aber nicht so, als wolle sie schlafen. Sie schaut ihn erwartungsvoll an. Er ist unsicher, geht noch einmal kurz ins Bad, nimmt einen Schluck Wasser, kommt zurück. Er legt sich neben sie, löscht die Nachttischlampe auf seiner Seite, sie löscht ihre. Nur von draußen dringen noch ein wenig Licht und gedämpfte Verkehrsgeräusche herein. Atemlos liegt er in der Dunkelheit. Da legt sie eine Hand auf seinen Arm. Egal, was passiert, wir bleiben Freunde.

Er richtet sich auf, beugt sich über sie, küsst sie. Er betastet ihren Körper durch den dünnen Jersey, spürt ihre Wärme, ihre Weichheit. Sie schiebt die Hände unter sein T-Shirt, streift es ihm über den Kopf, er zieht ihr das Pyjamaoberteil aus, die Pyjamahose, den Slip. Er legt sich auf sie, sie lacht, atmet tief ein. Das Bett knarrt. Er flüstert etwas. Sie ist lauter als er. Schnitt.

Geht es dir gut?, fragt Judith. Ich halte das halbleere Bierglas in der Hand, schaue hinein, als könne ich darin meine Zukunft lesen oder ihre Vergangenheit. Sie hat ihre Hand auf meinen Arm gelegt.

Muss man als Pfarrerin an Gott glauben?

Nicht unbedingt, sagt sie, aber es hilft.

Ist Ihnen aufgefallen, wie in Paris die Métrostationen angesagt werden?, fragt Wechsler. Erst mit ansteigender, fragender Stimme: Odéon? Und wenn der Zug anhält, die Bestätigung mit abfallender Stimme: Odéon. Wenn es mir schlecht geht, fahre ich manchmal mit der Métro herum und lasse mir von dieser teilnahmslosen Frau bestätigen, dass alles noch so ist, wie es immer war, wie es sein soll.

Ist das wahr?

Nein, sagt Wechsler und lacht, aber es ist eine schöne Vorstellung. Auf manchen Linien ist es auch eine Männerstimme.

Ich bin mit Wechsler unterwegs ins Schwimmbad. Das war meine Idee, ich glaube, er fand sie ziemlich schräg. Aber dann sagte er doch zu. Wir haben drei Tage gedreht, jetzt machen wir einen Tag Pause, dann haben wir noch einmal drei Drehtage. Und es ist heiß, also warum nicht ins Schwimmbad?

Tom habe ich gesagt, ich gehe Kleider kaufen, die sicherste Methode, um ihn loszuwerden. Auch nicht ganz gelogen. Ich habe mir einen Badeanzug gekauft, einen Einteiler, für Bikinis komme ich mir zu alt und zu unförmig vor.

Vergessen Sie alles, was ich gestern gesagt habe, sagt Wechsler.

Ségur?, fragt die teilnahmslose Frau. Ségur.

Eigentlich gibt es über mein Leben nichts zu sagen. Und über meine Bücher auch nicht viel. Man kann sie ja lesen, wenn man sich für sie interessiert.

Charles Michel?, fragt die Frau. Charles Michel.

Hier müssen wir raus.

Jetzt kommt es mir doch etwas verrückt vor, mit Wechsler schwimmen zu gehen. Wenn schon müssten wir das für den Film machen, ihn ans Wasser bringen. Nicht ins Schwimmbad natürlich, Wechsler in Badehosen geht gar nicht, da täten wir ihm keinen Gefallen. Aber vielleicht ans Meer, ein Spaziergang am Strand, das wäre besser als die Berge, weniger Unruhe im Bild und viel mehr Bedeutung. Dann hätten wir Paris, das Meer, das Dorf. Aber ob wir das im Drehplan unterbringen? Wie weit, hat er gesagt, ist es bis zur Küste?

Wir treffen uns hinter den Umkleidekabinen. Ich merke, dass er mich mustert, aber ich schaue ihn auch an. Er trägt enganliegende Badehosen, die nichts verbergen, ein kleiner Bauchansatz, die Haut erstaunlich jugendlich, bleich, wenig behaart. Er muss meinen Blick bemerkt haben. Das ist Vorschrift, sagt er. In allen französischen Schwimmbädern. Weite Badehosen sind aus irgendeinem Grund verboten.

Er lässt mir den Vortritt, geht dicht hinter mir die Treppe hoch zur Schwimmhalle. Wir sind fast nackt, trotzdem habe ich nicht das Gefühl, dass wir uns näher sind als gestern Abend im Café. Wir sind nur zwei nackte Körper. Der Gedanke, dass er mich betrachtet, erregt mich trotzdem oder vielleicht gerade deshalb. So unförmig bin ich gar nicht, eigentlich sogar ziemlich gut in Schuss. Ich stelle mir etwas vor. Ich stelle mir vor, was er sich vorstellt. Sex in der Umkleidekabine? Hatte ich mal, das war eher unbequem. Was es mit dem Wasser in seinen Büchern auf sich hat, werde ich hier nicht herauskriegen.

Das Dach der Halle ist halb geöffnet, die Hälfte des Beckens liegt in der Sonne, die andere im Schatten. Alle Bahnen sind belegt, am Rand stehen Schilder, schnelle Schwimmer, mittlere Schwimmer, langsame

Schwimmer. Wir ziehen die Badekappen an, die wir an der Kasse erstanden haben, auch das eine Vorschrift, und reihen uns ein. Wechsler schwimmt schnell, aber ich bin schneller. Ich merke, dass er das Tempo erhöht, als ich ihn überholen will, dann gibt er auf, und ich ziehe an ihm vorbei.

Wir sind nicht lange im Schwimmbad geblieben, kaum waren wir zehn Bahnen geschwommen, hieß es, das Bad schließe in einer halben Stunde, am Nachmittag sei das Becken von Schulen belegt. Es ist heiß in der Halle, auch das Wasser ist zu warm und bietet kaum Abkühlung. Die Schwimmer gehen in einer Kolonne zu den Duschen und hinunter zu den Kabinen. Ich muss, ich weiß nicht weshalb, an mittelalterliche Bilder des Jüngsten Gerichts denken, auf denen nackte Sünder ins Fegefeuer gehen. Vor Gott und in Badehosen sind wir alle gleich.

Hast du seine Bücher gelesen?

Wir haben uns die Frage fast gleichzeitig gestellt und müssen lachen.

Ja.

Ich auch. Alle.

Magst du sie?

Sie gibt keine Antwort. Vielleicht, weil es nicht von Belang ist. Ich habe sie nicht gefragt, ob sie Wechsler mag. Wenn man jemanden liebt, spielt es keine Rolle, ob man ihn mag. Ist das Unsinn? Es klingt wie Unsinn, aber ich glaube, es stimmt. Ich weiß selbst nicht, ob ich Wechsler mag.

Und hast du in den Büchern etwas aus eurer Jugend wiederentdeckt?

Alle, die hier wohnen, erkennen das Dorf. Das hat keine Bedeutung.

Sie weicht aus, zieht sich zurück. Wenn ich ihr klarmachen könnte, dass es jetzt nicht um den Film geht. Aber worum geht es dann? Um die Wahrheit? Ein großes Wort. Vielleicht ist es nur Neugier. Oder ich will ihr Vertrauen gewinnen. Es wäre wie eine Auszeichnung, wenn sie sich mir anvertraut, Nähe.

Ich hatte mal einen Freund, der war ein bisschen wie er.

Vielleicht hilft es ja, wenn ich von mir erzähle.

David. Ich habe Ewigkeiten nicht an ihn gedacht.

Ist das wahr? Ich habe nicht über ihn nachgedacht, habe ihn mir nicht in Erinnerung gerufen, aber er ist immer da als Teil von dem, was ich geworden bin. Es ist mir manchmal, als lebte ich mein Leben auf einer Bühne vor all jenen Menschen, die ich einmal gekannt habe oder immer noch kenne. Sie sind alle da, manche sind näher, andere sitzen weiter hinten im Saal, der eine oder andere ist auch schon gegangen. Manchmal sind während der Vorstellung die Scheinwerfer zu stark, und ich sehe meine Zuschauer kaum, aber ich spüre ihre Präsenz, höre ihr Lachen, ihr Flüstern, einen Pfiff, einen Zwischenapplaus.

David sitzt weit hinten. Er macht ein sehr ernstes Gesicht. Jetzt steht er auf, kommt nach vorne, steigt die Treppe zur Bühne hoch. Er setzt sich neben mich, wir sitzen da wie bei einer Podiumsdiskussion, Thema: Andrea und David, Portrait einer gescheiterten Beziehung. Ich schaue ins Publikum, in der ersten Reihe erkenne ich Judith, die mir aufmunternd zulächelt. Neben ihr sitzt Wechsler, und ein paar Reihen weiter hinten sitzen Tom und Sascha, sie sehen aus wie ein Liebespaar. Wie komme ich auf den Gedanken? Woran erkennt man, dass zwei sich lieben?

David schaut mich erwartungsvoll an.

Wir waren kein Paar, wir waren ein Pärchen. Vielmehr habe ich dazu nicht zu sagen.

Oder: Wie geht es dir? Was machst du? Bist du in einer Beziehung, hast du Kinder?

Aber eigentlich ist mir das vollkommen egal. Dann erst merke ich, dass David nicht älter geworden ist, seit wir uns getrennt haben. Er ist noch derselbe, in den ich verliebt war und den ich dann in die Wüste geschickt habe. Er hat noch denselben fragenden Blick, der mich schon damals ungeduldig machte. Nein, ich kann es dir nicht erklären, es war einfach vorbei. Das kommt vor.

In Wirklichkeit hatte ich mich in einen anderen verliebt, vielleicht hätte ich ihm das sagen sollen. Ich war schon vor David in den anderen verknallt gewesen, aber der hatte nichts von mir wissen wollen, also nahm ich den Trostpreis. Dann wollte der andere irgendwann doch etwas, und die Entscheidung fiel mir nicht schwer. Soll ich das David sagen? Besser nicht.

Mir fällt ein, wie Wechsler von den großen Gefühlen gesprochen hat, die er für seine Bücher braucht. Ich bin vermutlich nicht gerade Weltmeisterin in großen Gefühlen. Ich bin eher pragmatisch. Pragmatisch-hedonistisch, falls es das gibt. Beziehungsarbeit liegt mir nicht, schon das Wort klingt falsch in meinen Ohren. Wenn ich keine Lust habe, habe ich keine Lust, was will man machen. Und auf David hatte ich irgendwann keine Lust mehr, dafür auf den anderen umso mehr. Das hat dann aber auch nicht lange gehalten, ein Fehlgriff. Das war der, der so eifersüchtig war und jetzt Tai Chi macht oder Chi Gong oder Shiatsu, ich kann das nie auseinanderhalten. Zu David zurückzugehen, ließ mein Stolz nicht zu. Ob sein Stolz es zugelassen hätte, mich zurückzunehmen?

Das Ende einer Geschichte. Aber wie war der Anfang? War ich da wirklich schon in den anderen verliebt? David war scheu, still, war ein Außenseiter, vielleicht hat er mich deshalb an Wechsler erinnert. Hat er mir leidgetan? Oder habe ich gespürt, dass er große Gefühle hatte? War es das, was mich zu ihm hinzog? War ich verliebt in seine Liebe statt in ihn? Weil ich selbst nicht fähig dazu war? War vielleicht auch er mehr in seine Liebe verliebt als in mich? Diese große Liebe, die uns von den anderen abhob, die uns einzigartig machte. Er schrieb mir Briefe, obwohl wir uns fast täglich sahen, er brachte mir Geschenke mit. Er machte sich Gedanken darüber, was mir Freude bereiten könnte. Überhaupt machte er sich viele Gedanken, zu viele. Es war nicht einfach mit ihm, erst gefiel mir das, dann machte es mich ungeduldig. Er sagte, er sei süchtig nach mir. Als ich ihn verließ, war es mir, als bestrafe ich ihn, und empfand eine seltsame Befriedigung dabei, ihn zu verletzen. Darauf bin ich nicht stolz, aber so war es.

Wenn wir singen, das hat Judith noch in der Kirche gesagt, dann ist mein Glaube am stärksten. Nein, Glaube ist das falsche Wort. Dann ist Gott einfach da. Wie ein Gefühl. Das Gefühl der Geborgenheit.

Wir sind spazieren gegangen auf dem Berg, obwohl es schon dunkel war. Wir gehen die Straße hoch, die an der Kirche vorbeiführt, kommen an ein paar Einfamilienhäusern vorbei, Villen, an einem Obstgarten. Ein Bauernhof noch, dann haben wir das Dorf schon hinter uns und gehen zwischen Wiesen, Feldern und Wald. Hier gibt es keine Straßenbeleuchtung mehr, aber im Licht des Mondes sehen wir genug. Erst jetzt fängt Judith an zu erzählen, sie erzählt nicht, sie spricht zu sich selbst, als beschreibe sie nur ihre Erinnerungen. Manches verstehe ich nicht, so leise spricht sie, aber ich frage nicht nach, aus Angst, es könnte sie zum Verstummen bringen. Ich lasse sie reden.

Es ist eine vertrackte Geschichte, kein Autor würde sich trauen, so etwas zu erfinden. Plötzlich sehe ich in allen Büchern von Wechsler Elemente davon, Bruchstücke, Variationen. Das große Gefühl, auf das ich ein wenig eifersüchtig bin.

Judith bleibt stehen. Wir sind schon weit oben auf dem Berg, schauen hinunter auf die Lichter des Dorfes. In jedem Haus spielt eine Geschichte, hinter jedem beleuchteten Fenster. Und hinter den dunklen Fenstern wachsen Träume, noch mehr Geschichten. Es ist Frühling, mondlose Nacht in der kleinen Stadt, sternlos und bibelschwarz …

Du bist seine Muse, sage ich.

Sie lacht. Will ich das sein? Möchtest du eine Muse sein? Aber das kann man sich wohl nicht aussuchen.

Bereust du, was ihr getan habt?

Keinen Moment.

Für eine Pfarrerin ist sie ziemlich cool.

Du bist sein Opfer. Das habe ich nicht gesagt. Aber ich habe mich gefragt, wer mehr leidet, das Opfer oder der, der es bringt. Ich rede jetzt nicht von einem geschlachteten Huhn.

Judith lacht. Sie kommt mir vor wie eine junge, übermütige Frau, dabei muss sie fast sechzig sein. Heißt es nicht, reformierter Pfarrer sei der gesündeste Beruf? Oder der ungesündeste? Eins von beiden.

Es ist nur eine Möglichkeit, sagt sie.

Was meint sie damit? Und: Alles hat sie mir nicht

erzählt. Man kann nie alles erzählen. Die Stunden und die Tage, die sie miteinander verbracht haben, die Erregung, die Liebkosungen, der Sex. Die Begegnungen und die Abschiede, die Freude und die Verzweiflung. Eine Möglichkeit? Eine Version der Geschichte? Und was wäre Wechslers Version? Was wäre meine Version? Unser Film soll die Wahrheit zeigen, aber langsam fange ich an zu zweifeln, dass es diese Wahrheit überhaupt gibt. Und selbst das Wenige, das ich jetzt von der Wahrheit weiß, kann ich nicht zeigen. Das sind die Geschichten, die man sich in der Dunkelheit erzählt, wenn man nur zu zweit ist oder allein. Im Licht lösen sie sich auf.

Ich stelle mir vor, wie sie ihn besucht in seinem Haus in einem Vorort von Paris. Sie hat gesagt, er müsse sie nicht abholen, es ist nicht das erste Mal, dass sie zu ihm fährt. Er hätte es gerne getan, aber sie will nicht, sie weiß, was sie will. Sie will an seiner Tür klingeln, will, dass er ihr aufmacht, als sei sie die Nachbarin, die auf einen Schwatz vorbeikommt oder der Postbote mit einem Paket. Sie schauen sich in die Augen, sie macht einen Schritt auf ihn zu. Die erste halbe Stunde sprechen sie kein Wort, küssen und umarmen sich nur, ziehen sich aus.

Dann liegen sie da, nebeneinander, beruhigen sich langsam wieder, wechseln erste Worte, wie war die Fahrt? Sie erzählt etwas von den Mädchen, er von einem Treffen mit seinem Verleger, Rhabarber, Rhabarber, das ist nicht wichtig.

Es gibt die Wahrheit der Sinne, die Empfindungen, die sie uns verschaffen, Gerüche, Geschmäcker, Berührungen, das Gefühl, die Hand über einen ausrasierten Nacken gleiten zu lassen, durch dichtes Haupthaar, eine Strähne wegzustreichen, die Wärme und die Kälte, die Weichheit und die Festigkeit.

Sie ziehen sich den ganzen Tag nicht mehr an. Vielleicht zieht Judith später ihren Slip an, ein Jäckchen, weil es kühl ist im Haus, sie hat es nicht zugeknöpft, ihre Brüste sind darunter zu sehen. Er zieht ihr das Jäckchen aus. Sie umarmen sich. Sie liegen unter der Daunendecke, fangen wieder an, sich zu berühren, sie kriegen nicht genug voneinander. Irgendwann müssen sie etwas essen. Und immer diese Lust, die sich nicht stillen lässt und deshalb nie aufhört.

Judith hat mir nichts erzählt.

Tom ist nicht da, als ich ins Zimmer komme. Auf dem Bett liegt eine Liste mit Namen von Teigwaren, das müssen mindestens fünfzig sein. Ob ihm die wirklich alle eingefallen sind? Oder hat er beschissen und sie gegoogelt? Schulde ich ihm jetzt ein Eis?

Ich google Teigwarenarten. Bei Wikipedia scheint Tom jedenfalls nicht abgeschrieben zu haben. Es gibt nicht nur Teigwarenarten, es gibt auch Teigwarengattungen, ein ganzes Ordnungssystem von Röhrennudeln bis Spätzle.

Heute Nachmittag sollte Sascha ankommen. Wir

haben zwei Tage für Vorgespräche und allgemeine Aufnahmen im Dorf eingeplant und dann drei für die richtigen Aufnahmen, die Interviews mit gutem Ton und allem. Wechsler geht durch das Dorf, er trifft Menschen aus seiner Vergangenheit, einen seiner Lehrer, alte Freunde, all das halt.

Ein Lehrer, den er als seinen wichtigsten bezeichnet hat, ist leider schon gestorben. Ich habe den anderen gefunden, den er erwähnt hat, aber der hatte nichts zu sagen. Besser: Er sagte genau das, was man erwarten würde. Ich hatte den Eindruck, er erinnere sich kein bisschen an Wechsler und sage einfach das, was er für plausibel hielt: ein guter Schüler, wortgewandt, humorvoll, empathisch. Er war sichtlich stolz, dass Wechsler zu ihm in die Schule gegangen war, und bildete sich wohl ein, dass er für dessen Erfolg mitverantwortlich sei. Und las er Wechslers Bücher? Das hatte er sich schon lange vorgenommen, ja, er würde jetzt wirklich mal was von ihm lesen. Was Wechsler uns über ihn erzählt hatte, verschwieg ich besser.

Ich schicke Sascha eine WhatsApp, sie antwortet nicht. Ich rufe die Rezeption an, frage, ob sie angekommen sei, kriege ihre Zimmernummer. Ich rufe sie an. Sascha nimmt ab.

Hallo Sascha.

Hallo Andrea.

Gut angekommen?

Ja. Sie klingt etwas unsicher, irgendwie zögerlich.

Ist Tom bei dir?

Wieder zögert sie kurz. Ja. Er hat mir die Aufnahmen gezeigt. Wir haben vorbesprochen, wie wir …

Schon gut, kommt ihr runter?

Es dauert ganz schön lange, bis sie da sind.

Krisensitzung: Was machen wir, wenn Wechsler gar nicht auftaucht? Sascha nennt Tom Thomas. Thomas hier, Thomas da. Kann es sein, dass die beiden …? Jetzt fange ich auch schon an, meine Sätze nicht zu Ende zu sprechen. Vielleicht will ich den Satz nicht zu Ende sprechen, nicht zu Ende denken. Dabei wäre es eigentlich die ideale Lösung, dann wäre das erledigt und ich wäre ihn los. Trotzdem empört mich der Gedanke. Die kleine Schlampe! Für ihn fällt mir kein passendes Wort ein, aber es würde mich nicht verwundern, wenn er … Die junge Frau, die er beeindrucken kann, die seine Geschichten geduldig anhört und nicht sagt, das hast du schon hundertmal erzählt. Und, klar, sie ist zehn Jahre jünger als ich, auch kein Nachteil. Ich wäre frei, an den Gedanken muss ich mich erst gewöhnen.

Leichtigkeit, Schnelligkeit, Genauigkeit, Anschaulichkeit, Vielschichtigkeit. Nur Vorschläge sind das, keine Regeln oder Gesetze. Das mag ich. Schon das Wort, Vorschlag. Darf ich Ihnen einen Vorschlag machen, es ist nur ein Vorschlag. Das Buch habe ich irgendwann heruntergeladen, aber nie gelesen.

Meine Tätigkeit hat vorwiegend darin bestanden,

Gewicht wegzunehmen; ich habe bald den menschlichen Gestalten, bald den Himmelskörpern, bald den Städten Gewicht zu nehmen versucht; vor allem aber habe ich versucht, dem Bau der Erzählung und der Sprache Gewicht zu nehmen.

Ich habe nicht schlafen können und bin hinuntergegangen und habe mich auf die Sitzgruppe bei der Rezeption gesetzt. Der Nachtportier ist aufgetaucht, ein hübscher Junge, der sich vermutlich sein Studium damit finanziert und geglaubt hat, er könne sein Geld im Schlaf verdienen. Pech gehabt. Er sieht müde aus, fragt mich trotzdem, ob ich etwas trinken möchte. Bier oder Kaffee? Es ist drei Uhr, geht das noch auf die Nacht oder schon auf den Morgen? Mit Bier beginnt man keinen Tag, aber ich könnte es als Schlummertrunk verbuchen. Vielleicht kann ich danach schlafen. Außerdem ist die Kaffeemaschine bestimmt schon gereinigt und ausgeschaltet.

Ein Bier wäre nett.

Ich blättere durch eines der Hochglanzmagazine, die auf dem Beistelltisch liegen. Kunst am See. In einer charmanten Tessiner Villa hat ein Kunsthändlerpaar den Platz gefunden – für sich und seine schönen Dinge. Das Glück im Garten. Angekommen in einem großen Landhaus. In einem stattlichen Gemäuer hat sich eine Fotografin ihren Platz auf dem Land geschaffen. Der große Garten gibt ihr viel Arbeit und noch mehr Befriedigung. Ich fühlte mich zunehmend uninspiriert und sehnte mich nach mehr Ruhe und Natur als Ausgleich zum Arbeitsalltag, sagt die 48-jährige selbständige Fotografin. Wem sagst du das.

Der Nachtportier bringt mir das Bier und scheint sich gemüßigt zu fühlen, Konversation zu machen. Wie es mir hier gefalle? Ob ich auf Geschäftsreise sei? Ob ich allein unterwegs sei? Flirtet er mit mir? Das wäre ein wenig absurd, er ist halb so alt wie ich, jedenfalls sieht er so aus. Ich antworte ausweichend. Ich frage lieber, als dass ich gefragt werde, also bin ich jetzt an der Reihe: Ob er schon lange hier arbeitet? Ob ihm die Arbeit gefällt? Was er tagsüber macht?

Er studiert Germanistik, hat den Sommer über als Nachtportier gearbeitet, nächste Woche fängt das neue Semester an, dann wird er nur noch gelegentlich am Wochenende hier sein. Ja, der Job gefällt ihm, er hat viel Zeit zum Lesen. Kennt er Wechsler? Schon gehört, aber nie was von ihm gelesen. Welche Autoren mag er? Barockliteratur. Wirklich? Gibt es das überhaupt? Er hält mir einen kleinen Vortrag: Todessehnsucht, Carpe diem, Dreißigjähriger Krieg.

Barocklyrik! Es ist lustig, wie die Vertreter noch der abseitigsten Wissenschaften sich einbilden, dass ihr Wissensgebiet zentral sei. Ich habe mal in einem Antiquariat ein Buch über Zootomie gefunden. Die Zootomiker vergleichen die Skelette von Tieren, also wie die miteinander verwandt sind und so. Ich habe das Buch nur wegen der schönen Zeichnungen angeschaut. Im Vorwort hieß es mehr oder weniger, dass die Zootomie die Mutter aller Wissenschaften sei.

Jetzt also Barocklyrik: eine Epoche der Gegensätze. Der Dreißigjährige Krieg wütet. Überbordende Lebensfreude trifft auf Vergänglichkeitsangst. Wann war das überhaupt? Ziemlich das ganze siebzehnte Jahrhundert. Also die Jahre mit sechzehn vornedran. Darüber weiß ich gar nichts. Diesseits und Jenseits, Tugend und Wollust, Erotik und Askese. Es klingt lustig, diese großen Worte aus dem Mund dieses Studenten zu hören. Was weiß ein Zwanzigjähriger von Wollust? Spiel und Ernst, sagt er, irdisches Leben gegen himmlisches Leben. Und dann rezitiert er tatsächlich ein Gedicht:

Was sind doch alle Sachen,
Die uns ein Herze machen,
Als schlechte Nichtigkeit?
Was ist des Menschen Leben,
Der immer um muss schweben,
Als eine Phantasie der Zeit?

Ich wette, er schreibt selbst Gedichte, aber ich frage besser nicht nach, sonst muss ich mir die auch noch anhören.

Als Nachtportier kriegt man doch bestimmt so einiges mit?

Er geht nicht darauf ein, er scheint noch ganz ergriffen zu sein von seinem Vortrag. Er muss jetzt seine Runde machen.

Darf ich mitkommen?

Es ist ihm sichtlich unangenehm, dass ich ihn begleite. Er weiß nicht, ob das erlaubt ist, und in seinem Alter hält man sich noch an die Regeln. Aber warum sollte es verboten sein? Und wer sollte uns erwischen? Der Gedanke, mit einem jungen Mann durch ein dunkles Hotel zu gehen, hat mich gereizt, aber schon nach wenigen Minuten langweilt es mich, hinter ihm her zu trotten und mir seine Erklärungen anzuhören. Was interessiert es mich, wo das Leergebinde aufbewahrt wird? Wo die Heizzentrale ist, wo der Durchgang zur Tiefgarage? Etwas mehr Barock könnte jetzt nicht schaden. Es ärgert mich, uns in diese Situation gebracht zu haben. Manchmal spinne ich halt ein bisschen.

Hast du eine Freundin?

Es scheint ihm gar nicht aufzufallen, dass ich ihn duze. Er siezt mich trotzdem weiter. Als er mir zum zehnten Mal eine Tür aufhält, berühre ich beim Durchgehen kurz mit der Hand seinen Arm, ganz beiläufig, und lächle ihn an. Er senkt seinen Blick, starrt er auf meinen Busen, oder ist er nur scheu? Er wird rot. Aber warum erzähle ich das alles? Das hat nichts mit Wechsler und unserem Film zu tun. Und Tom hat mir nichts vorzuwerfen. Wir sind fifty-fifty, nein, wie sagt man? Quitt. Später habe ich dann doch noch schlafen können.

Judith hat zwei Kinder, zwei Töchter. Sie hätte lieber Söhne gehabt. Ich glaube, sie ist die erste Frau, die mir gegenüber so was zugegeben hat. Normalerweise sagen immer alle, es ist wunderbar, so wie es ist, ein Junge / ein Mädchen ist das Beste, was mir passieren konnte, ich kann es mir gar nicht anders vorstellen. Aber Judith kann sich vieles vorstellen, das habe ich gleich gemerkt.

Sie hat die Kinder spät bekommen, die Mädchen sind Teenager, aber noch keine zwanzig, sie hat mir ihr genaues Alter gesagt, aber ich habe es vergessen. Jedenfalls war sie, als die Kinder geboren wurden, ungefähr so alt wie ich jetzt. Sie gehen beide ins Gymnasium, eine macht demnächst die Matura, und haben ganz unbiblische Namen, Ann und Ella. Was die zwei wohl sagen würden, wenn sie wüssten … Ich stelle mir vor, dass eine von ihnen Wechslers Tochter ist. Oder vielleicht sogar beide. Es soll mehr Kuckuckskinder geben, als man denkt.

Ich google Kuckuckskinder. So um die zwei Prozent sollen es sein, ziemlich überall auf der Welt. Immerhin. Bei den Yanomami fast zehn Prozent. Wer sind die Yanomami? Googeln. Das indigene Volk der Yanomami lebt im venezolanisch-brasilianischen Grenzgebiet an der 1500 Meter hohen Serra Parima, zwischen den Flüssen Orinoco und Amazonas. Man kann auch Yanomama oder Yanomamö sagen. Die Yanomami sind ziemlich kriegerisch, aber sie fürchten sich davor, tiefe

Gewässer zu überqueren. Na, dann müssen wir keine Angst vor ihnen haben. Aber spannender als Teigwarennamen ist das allemal. Wo war ich?

Unterwegs ins Dorf haben wir am kleinen See Halt gemacht, in dem Wechsler als Jugendlicher oft mit seinen Freunden baden ging. Er hatte mir in Paris davon erzählt, und ich hatte mir den Namen notiert und auf der Karte gesehen, dass er mehr oder weniger an unserem Weg lag. Der See kommt in vielen seiner Texte vor, einmal liebt sich da ein Paar zum ersten Mal, einmal fahren ein paar Freunde nachts mit den Rädern hin, baden nackt, und dann entscheidet sich etwas, und einer kommt ums Leben.

Der See lag in einer Mulde zwischen zwei Dörfern und war vielleicht einen Kilometer lang. Er war von einem schmalen Waldgürtel umgeben, an einigen Stellen wuchs Schilf. An einem Ende gab es eine Badestelle mit Umkleidekabinen, einem Kiosk, einer Feuerstelle und sogar einem Floß. Aber als wir hinkamen, war niemand da, und der Zugang war offen. Wir setzten uns auf die Liegewiese und schauten über das Wasser

Schön ist es hier, sagte Tom.

Willst du baden gehen? Ich machte die paar Schritte zum Ufer und prüfte mit der Hand die Temperatur. Gar nicht kalt.

Aber Tom hat sich noch nie viel aus Wasser gemacht. Er bevorzuge Bier, sagte er manchmal und kam sich jedes Mal lustig vor dabei. Er schlug vor, mit Wechsler hierher zu fahren, er bildete mit beiden Händen einen Rahmen, als wollte er ein Bild einfangen, das muss er bei irgendeinem berühmten Regisseur abgeschaut haben.

Da geht die Sonne unter, und er sitzt auf der Wiese und schaut auf das Wasser, und ein Sprecher liest die Stellen aus seinen Büchern vor. Bisschen Musik, bisschen Lichtreflexionen auf dem Wasser.

Tolle Idee.

Aber jetzt ins Dorf, das doch weiter entfernt war, als ich gedacht hatte. Wir fuhren mit dem Auto fast eine halbe Stunde. Und in Wechslers Büchern fuhren sie nachts mit den Fahrrädern hin? Ziemlich unwahrscheinlich.

Die Krisensitzung hat nichts gebracht. Wechsler kommt, oder er kommt nicht. Tom und Sascha haben gevögelt, oder sie haben nicht gevögelt. Der Film wird fertig, oder er wird nicht fertig. Schlechte Nichtigkeiten.

Ob ich keine Kinder wollte?, hat Wechsler mich gefragt, als wir nach dem Schwimmen zusammen Mittag aßen. Also nur ich habe etwas gegessen, er hat Kaffee getrunken.

Und Sie?

Er antwortete wieder mal nicht, aber ich hatte auch nicht geantwortet. Die Bücher sind seine Kinder? Nein, die Metapher gefiel ihm nicht, er fand sie affektiert. Kinder sind Kinder, Bücher sind Bücher. Er fand die Vorstellung seltsam, Kinder zu haben, wieder etwas, das er seltsam fand. Schon das Verb haben schien ihm in diesem Zusammenhang unpassend, hat man Kinder, wie man ein Haus hat oder ein Auto, einen Hund? Aber ihm fiel keine bessere Formulierung ein.

Ich stellte mir vor, Wechslers Tochter zu sein. Was würde es ändern? Vermutlich würde er mir in mein Leben hereinreden, würde mir Ratschläge erteilen, wäre stolz auf mich oder enttäuscht darüber, wie weit es mit mir gekommen ist. Er würde sich Sorgen machen und Tom würde er nicht mögen, weil Väter die Freunde ihrer Töchter nie mögen. Jedenfalls sagt man das. Er wäre traurig, weil wir nicht mehr Kontakt haben und wäre doch unfähig, etwas dagegen zu tun. Und ich? Ich würde ihn ertragen, vielleicht lieben. Er wäre mir vertraut. Ich wüsste, wie er seine Tage verbringt, was er für Angewohnheiten hat, wie er riecht, wie er in Unterhosen aussieht. Ich würde seine Bücher nicht lesen. Später wäre ich traurig, weil wir nicht mehr von unserem Leben geteilt hatten. Würde ich ihn Papa nennen? Oder beim Vornamen? Richard? Er würde mich jetzt sicher zum Essen einladen. Das tat er aber sowieso.

Das ist nicht nötig.

Nein, nötig ist das nicht.

Er erzählte mir eine langfädige Geschichte, wie er als junger Autor immer eingeladen wurde, und jetzt … nicht von Belang.

Übrigens, Tom braucht nicht zu wissen, dass wir zusammen schwimmen gegangen sind, ja?

Klar, sagt Wechsler und zwinkert mir zu, als wären wir zusammen ins Bett gegangen.

Dann sind wir an der Seine entlangspaziert, haben die meiste Zeit geschwiegen, das war schön. Ich hatte das Gefühl, er mochte mich, auf eine sehr diskrete, zurückhaltende Art. Ich mochte ihn auch.

In der Nacht darauf träumte ich von Wechsler. Wir aßen zusammen an einem unbestimmten Ort, der zugleich privat und öffentlich wirkte, eine Botschaftsresidenz vielleicht oder das Haus eines reichen Mäzens. Wechsler hatte das Essen gekocht und mitgebracht. Ich sehe ihn die Treppe hochkommen mit Schüsseln voller Essen, und ich sehe, dass er Schmerzen hat. Seine Knie tun weh. Dann setzen wir uns auf einer Art Terrasse an einen festlich gedeckten Tisch mit Porzellan und Silberbesteck und silbernen Kerzenständern. Wir essen und reden. Er erzählt etwas von einem jungen Mann, der voller Ängste ist, er beschreibt alles sehr genau, aber ich erinnere mich nicht, was die Ängste des jungen Mannes waren. Die Möglichkeit der Freiheit vielleicht?

Auf der Terrasse ist es inzwischen dunkel geworden, die Kerzen flackern, durch die Glastür aus dem Inneren des Hauses dringt Licht. Dann fängt es an zu regnen. Wir könnten hineingehen, aber wir bleiben sitzen. Der Regen ist sommerlich warm, und in kürzester

Zeit sind wir triefend nass, aber wir essen weiter und reden, als sei nichts. Dann gehen wir durch einen Park mit alten Bäumen. Wir sind barfuß, ich trage meine Schuhe in den Händen, es sind filigrane Schuhe mit hohen Absätzen, wie ich sie noch nie besessen habe, wie ich sie nie tragen würde, aber im Traum liebe ich diese Schuhe über alles. Die Erde ist durchtränkt vom Regen und ganz weich, es ist eher Schlamm, in dem wir tief einsinken. Wir waten durch Wasser, erst geht es bis zu unseren Knöcheln, dann bis zu den Knien. Der Saum meines Kleides berührt das Wasser. Warum trage ich ein Kleid? Ich trage fast nie Kleider. Es muss aus Seide sein, ganz glatt, kühl, geschmeidig. Ich gehe langsamer, halte die Schuhe hoch über meinen Kopf, um sie zu schützen. Wechsler nähert sich mir von hinten, fasst mich um die Taille. Es war ein sehr schöner Traum, und ich war überglücklich.

Als ich endlich eingeschlafen bin, weckt Tom mich schon wieder auf. Gefühlt habe ich zehn Minuten geschlafen. Ich schreibe jetzt auch ein Buch. Darüber, was Männer für Arschlöcher sind. Was Tom für ein Arschloch ist. Irgendetwas, um ihm eins auf die Fresse zu hauen. Aber das wäre noch zu viel der Ehre.

Wir frühstücken mit Sascha. Sie hat sich aufgebrezelt, na ja, die Haare gewaschen. Und sie hat schon ihr ganzes Equipment mit heruntergenommen in den Frühstücksraum, keine Ahnung, weshalb. Ob sie glaubt, sie sehe cool damit aus? Oder ob sie gleich loslegen will? Oder wieder abreisen? Mir wäre es recht.

Tom und Sascha spielen Normalität, Professionalität. Sie sprechen überdeutlich über Funkmikrophone und Mikrophonhalterungen und Steckerverbindungen. Es klingt affig, ich weiß nicht, was das soll. Wollen sie mir etwas beweisen? Vielleicht haben sie gemerkt, dass ich misstrauisch bin. Ich beachte sie nicht und lese die Zeitung.

Im Feuilleton in einer Buchbesprechung ein Zitat: Wie erzählt man von einem Leben? Als Bewegung vom unbekannten Ursprung zum immer klarer voraussagbaren und allmählich immer deutlicher erkennbaren Ende? Das hat ein Schwede geschrieben. Schon wieder ein Schwede. Was haben plötzlich all diese Schweden zu bedeuten? So viele gibt es doch gar nicht. Dann ist auch noch ein Bericht über Bandenkriminalität in Göteborg in der Zeitung. Es ist etwas faul im Staate … nein, das war Dänemark.

Also: vom unbekannten Ursprung zum immer deutlicher erkennbaren Ende? Ist das so? Vielleicht weil man der Vergangenheit immer den Rücken zukehrt? Die Vergangenheit verändert sich, man kann sie manipulieren, die Zukunft nicht. Und am allerwenigsten das Ende, weil es nie Vergangenheit wird.

Im Dorf ist dann nicht mehr viel passiert. Wechsler ist nicht gekommen, und er hat sich auch nicht gemeldet. Wir haben noch ein paar Interviews geführt, ein bisschen Atmosphäre eingefangen, Katzen und Hunde, Vögel, das Schulhaus, die Kneipe, der Wald, der Fluss. Sogar die Rebhänge haben wir gefilmt, die Trauben noch nicht ganz reif, aber das sieht keiner. Ich habe Judith angerufen, wollte sie noch einmal treffen. Sie hatte keine Zeit, musste eine Beerdigung vorbereiten. Ich weiß nicht, ob das der wahre Grund war. Vielleicht hat sie mir ihr Geständnis übelgenommen.

Ich habe Tom zur Rede gestellt, er hat alles abgestritten, hat gesagt, ich sei paranoid. Er habe bestimmt nie was mit Sascha gehabt und habe es auch in Zukunft nicht vor. Sie sei gar nicht sein Typ.

Und wenn sie dein Typ wäre? Würdest du dann etwas mit ihr anfangen?

Ich bin ungerecht. Vielleicht stimmt es sogar, und ich bilde mir alles nur ein. Wenn ich er wäre, hätte ich was mit ihr angefangen, so wie ich ihn behandelt habe. Aber er ist nicht ich. Wir sind abgereist. Den Film können wir vergessen. Das war's.

II

Bagneux? Bagneux.

Bourg-la-Reine? Bourg-la-Reine.

Parc de Sceaux? Parc de Sceaux.

Das ist mir nie aufgefallen, sagt Judith.

Mir wäre es auch nicht aufgefallen, wenn Richard mich nicht darauf hingewiesen hätte.

Jetzt, wo er nicht mehr da ist, nenne ich ihn Richard. Als seien wir uns nähergekommen durch seinen Tod. Sind wir das? Jedenfalls kann er mir jetzt nicht mehr ausweichen. Aber Antworten gibt er mir auch keine mehr. Das letzte Wort ist gesprochen, sozusagen. Die Würfel sind gefallen. Nein, das passt nicht.

An der nächsten Station müssen wir raus, sagt Judith.

Im Dorf hatte ich kurz geglaubt, Wechsler komme nicht, weil er plötzlich gestorben sei, aber so war das natürlich nicht. In der Regel sterben Leute nicht plötzlich, jedenfalls nicht, wenn man es erwartet oder befürchtet. Wir hatten danach noch miteinander zu tun gehabt, das Ganze war erst eine ziemlich hässliche Geschichte. Er hatte eine Vereinbarung unterzeichnet, Richard Wechsler, nachfolgend Schriftsteller genannt, blabla, blabla. Der Schriftsteller erklärt sich bereit, an diesem Filmprojekt unentgeltlich mitzuwirken und sich während des Entstehungsprozesses des Werks von einem Filmteam begleiten und filmen zu lassen. Und so weiter, und so weiter. Die Einzelheiten (wie insbesondere die Anzahl der Drehtage, die Drehorte, konkrete Szenen etc.) werden fortlaufend und einvernehmlich zwischen den Parteien festgelegt.

Das war der Knackpunkt, fortlaufend festgelegt, das konnte alles heißen. Wir hatten den Drehplan nur mündlich besprochen, und am Anfang hatte Wechsler mitgemacht und sich an alle Absprachen gehalten. Warum auch nicht. Ein Mann, ein Wort. Aber dann … Und das Material aus Paris reichte nicht für einen Film, nicht einmal pro forma. Die Produzentin musste die Fördergelder zurückzahlen, sie blieb auf den Kosten sitzen, unser ohnehin schon karges Honorar konnten wir uns ans Bein streichen. Die Produzentin wollte Wechsler verklagen, aber ihr Anwalt riet ihr davon ab. Was hätte es gebracht? Einen langen Rechtsstreit, Ärger, Kosten. Und ob wir jemals Geld gesehen hätten?

Er hat sich nicht erklärt. Ich habe ihm noch ein paar E-Mails geschrieben, erst wütende, dann nur noch mit der Bitte um Aufklärung. Warum? Schweigen. Aber vielleicht hatte da schon das mit der Krankheit begonnen, an der er dann gestorben ist. Wie heißt es jeweils? Nach langer, schwerer Krankheit, die er/sie tapfer ertrug, ist er / sie, noch voller Zukunftspläne, aus seinem / ihrem aktiven Leben herausgerissen worden.

Nach dem Debakel mit Wechsler habe ich mich noch fast zwei Jahre mehr schlecht als recht durchgeschlagen. Ich habe mich von Tom getrennt, das war der leichteste Teil des Neuanfangs, jedenfalls für mich. Danach hatte ich das eine oder andere Projekt, Frauenthemen vor allem, aber aus keinem ist etwas geworden. Meine Ersparnisse schmolzen weg. Irgendwann war klar, dass ich so nicht weitermachen konnte, und ich habe angefangen, mich nach Stellen umzuschauen. Aber ich kann ja nichts, wer will schon eine gescheiterte Filmemacherin mit abgebrochenem Studium und zweifelhaften Social Skills einstellen? Die Idee, Friedhofsgärtnerin zu werden, gab ich schnell auf, als ich sah, was die verdienen, als Briefträgerin hätte ich morgens um fünf mit der Arbeit anfangen müssen, ein Killerargument für eine Nachteule wie mich. Es war ein Riesenglück, dass ich schließlich einen Bürojob fand in der Marketingabteilung einer großen Versicherungsgesellschaft. Denen schien ich zu gefallen, keine Ahnung, weshalb. Mitte Oktober sollte ich die Stelle antreten, dann kam die Frau aus den Ferien zurück, die mich einführen würde. Mir war es recht, noch ein wenig frei zu sein. Also erst mal der Kurzurlaub mit Judith.

Im Zug haben wir nicht viel geredet. Judith hat gelesen, ich habe mir auf YouTube Videos angeschaut. Aus unerfindlichen Gründen schlägt mir die Seite in letzter Zeit dauernd Videos über Serienmörder vor, keine Ahnung, wie das kommt. Ich habe nie Metzgermesser im Internet bestellt oder Kabelbinder oder was man sonst noch so braucht als Serienmörderin, und gegoogelt habe ich das Thema auch nie. Ich interessiere mich nicht für Serienmörder. Aber irgendwie bin ich dann doch hängengeblieben. Der Erkenntnisgewinn ist überschaubar. Immer sitzt eine Journalistin in einem engen Besuchsraum und ihr gegenüber eine Gestalt in Gefängniskleidung. Immer versucht die Journalistin sehr ernsthaft und respektvoll zu verstehen, wie man zum Mörder wird, aber die Mörder wissen es selbst nicht. Sie lehnen sich in die Kamera, kommen unheimlich nah, als wollten sie die Zuschauer gleich an der Gurgel packen, und erzählen von ihren Morden wie andere Leute von einem Abend mit Freunden oder einem Wochenendausflug mit der Familie. Manche sind sogar ein wenig empört darüber, wie ihnen mitgespielt wird und dass sie jetzt im Gefängnis sitzen, nur einmal pro Woche duschen können, womöglich hingerichtet werden, was für eine Ungerechtigkeit. Oft lachen sie, weil sie selbst erstaunt sind, was sie gemacht haben. Schon verrückt, ich habe ihr den Hals aufgeschlitzt. Die Journalistinnen sind oft Australierinnen, offenbar interessieren die sich für Serienmörder. Das unterscheidet mich von ihnen. Na ja, vielleicht noch ein paar andere Dinge. Ich würde zum Beispiel nie

Kängurufleisch essen, und auf der linken Spur zu fahren, traue ich mir nicht zu, nicht mal mit dem Fahrrad. Dann ist die Verbindung abgebrochen, Datenvolumen aufgebraucht.

Ich lese Zeitung. Einer schreibt über Proust, beziehungsweise darüber, warum er Proust nicht liest. Oder erst gelesen hat und jetzt nicht mehr. Ich habe nie Proust gelesen. Er interessiert mich nicht. Noch weniger interessiert es mich, warum er andere Leute nicht, und noch weniger, warum er noch mal andere nicht mehr interessiert. Trotzdem lese ich den Text. Und ich notiere mir einen Satz, der mir gefällt: ... wenn ich behaupte, dass ich außerhalb meiner selbst existiere; dass ich tagein und tagaus aus mir herausgehe und dass ich eher mich selbst durch die anderen erkenne, als die anderen durch mich. Das klingt feierlich, finde ich. Da müsste man so Musik drunterlegen, erhabene, hymnische Musik.

Ich schiele zu Judith hinüber, versuche, den Titel des Buches zu entziffern, das sie liest. Sie muss es gemerkt haben, dreht das Buch um und hält es mir unter die Nase: Gershom Scholem, Die jüdische Mystik in ihren Hauptströmungen. Tja. So was lesen Pfarrerinnen wohl.

Das hat mir Richard gegeben, sagt sie, aber ich habe es nie gelesen. Er auch nicht, hat er gesagt. Das ist wohl eher etwas für dich.

Sie lächelt. Hör mal:

Wenn der Baal-schem etwas Schwieriges zu erledigen hatte, ein geheimes Werk zum Nutzen der Geschöpfe, so ging er an eine bestimmte Stelle im Walde, zündete ein Feuer an und sprach, in mystische Meditationen versunken, Gebete – und alles geschah, wie er es sich vorgenommen hatte.

Wenn eine Generation später der Maggid von Meseritz dasselbe zu tun hatte, ging er an jene Stelle im Walde und sagte: Das Feuer können wir nicht mehr machen, aber die Gebete können wir sprechen. Und alles ging nach seinem Willen.

Wieder eine Generation später sollte Rabbi Mosche Leib aus Sassow jene Tat vollbringen. Auch er ging in den Wald und sagte: Wir können kein Feuer mehr anzünden, und wir kennen auch die geheimen Meditationen nicht mehr, die das Gebet beleben; aber wir kennen den Ort im Walde, wo all das hingehört, und das muss genügen. Und es genügte.

Das hätte ihm bestimmt gefallen, sagt Judith. Was das wohl gewesen sein mag, ein geheimes Werk zum Nutzen der Geschöpfe?

Geschichten erzählen?, schlage ich vor.

Wir sind uns beim Begräbnis wiederbegegnet. Ich erfuhr aus der Zeitung von Wechslers Tod. Da waren zwei Todesanzeigen, eine von seinem Verlag, eine von der Familie, mit einem schönen, aber ziemlich unversöhnlichen Gedichtchen:

Die Welt treibt fort ihr Wesen,
Die Leute kommen und gehn,
Als wärst du nie gewesen,
Als wäre nichts geschehn.

Im Feuilleton stand zwei Tage später eine kurze Würdigung, eine Spalte, kein Bild. Eine leise, aber bedeutende Stimme, starb in seiner Wahlheimat, von Licht stand da was, von Räumen und Atmosphären. Den Nachruf hatte der Kritiker geschrieben, der ihn nie gemocht und oft schlecht besprochen hatte. Wechsler hatte sich einmal über ihn beklagt, da war er richtig wehleidig geworden, und ich hatte es ihm gesagt. Ja, hatte er gesagt, das ist eine Seite an mir, die ich selbst nicht mag. Und hatte über etwas anderes geredet.

Später: Es gab Momente in Gesellschaft, in denen ich mir nicht gefallen habe. Ich glaube, das fiel meiner Umgebung gar nicht auf, ich entsprach ihren Erwartungen, aber ich war dabei nicht bei mir, war nicht ehrlich. Seltsamerweise war ich nie so erfolgreich wie in diesen Momenten der Lüge und der Verstellung. Aber dann und wann war da jemand, der mir in die Augen schaute und von dem oder von der ich mich ertappt fühlte. Ich sah nicht einmal Verachtung in diesen Blicken, nur milden Spott. Aber die Scham vor dieser einzigen Person, die mich durchschaute, wog schwerer als der Erfolg, den ich bei den anderen hatte.

Und wie sind Sie dem entkommen?

Indem ich solchen Situationen aus dem Weg ging und mich zurückzog.

Nachruf ist ein schönes Wort. Man ruft jemandem etwas nach, vielleicht hört er einen noch von der Grenze zwischen Leben und Tod, in jenem weißen Licht, von dem die Leute berichten, die noch mal zurückgekehrt sind. Wechsler würde sich im Grab umdrehen, wenn er mich hören könnte. Er finde die Vorstellung von einem Leben nach dem Tod unhygienisch, hat er einmal gesagt. Nein, nicht unhygienisch, unästhetisch. Wie diese Fortsetzungen, die inzwischen von jedem erfolgreichen Film gedreht würden und die nie so gut seien wie das Original. Außer bei Der Pate, habe ich gesagt, da ist der zweite mindestens so gut wie der erste. Meinetwegen, hat er gesagt, aber von meinem Leben gibt es keine Fortsetzung, das hat einen klaren Anfang und ein klares Ende. Und es ist so gut oder schlecht, wie es eben war. Ist es gut gewesen?, habe ich gefragt. Er hat einen Moment lang nachgedacht, dann hat er gesagt, ja, es ist gut gewesen. Sehr gut sogar.

Wie war das noch mal? Vom unbekannten Ursprung zum immer klarer voraussagbaren und allmählich immer deutlicher erkennbaren Ende. Wechsler hat sein Ende erkannt. Wir haben darüber gesprochen. Aber erst zum Begräbnis:

Wann und wo es stattfand, war leicht herauszukriegen. Warum ich hinfuhr, kann ich nicht sagen. Es war mir, als hätten wir noch eine Rechnung offen. Seltsam, dass sie Wechsler in die Schweiz zurückbrachten nach all den Jahren in Frankreich. Ob er sich das so gewünscht hat? Wie war das mit dem Dorf? In den Menschen, in den Pflanzen, in der Erde lebt ein Stück von dir, das, auch wenn du selbst nicht da bist, bleibt und auf dich wartet. Ist das so? Ist es nicht viel eher so, dass in dir noch ein Stück des Dorfes lebt, der Menschen, der Pflanzen, der Erde? Jetzt war er jedenfalls zurück. Ein Stück von ihm, die sterblichen Überreste, wie es immer so schön heißt. Oder eher nicht so schön heißt. Das Sterbliche ist doch alles, was bleibt, das sind keine Überreste, das ist das Ganze. Jedenfalls wenn man nicht an die Unsterblichkeit glaubt.

Judith hielt den Abdankungsgottesdienst, nicht in der Kirche, in der Friedhofskapelle, einem ziemlich gewagten Bau aus den fünfziger oder sechziger Jahren. Wie das wohl war für sie? Ich wartete immer darauf, dass sie in Tränen ausbrechen würde, aber dazu war sie zu sehr Profi. Sie sprach sehr schön über Wechsler und seine Bücher, und aus der Bibel war auch noch etwas dabei, aber gut dosiert, nicht penetrant, etwas aus dem Alten Testament, glaube ich, das mochte Wechsler mehr als das Neue. Ich muss sie mal fragen, was das für eine Stelle war. Die Musik war auch sehr schön, Bach, da liegt man nie falsch. Und sogar gesungen wurde, Großer Gott, wir loben dich und noch was, was ich vergessen habe.

Nach der Abdankungsfeier gingen die Trauergäste ins Freie, während die Orgel in einem Bachchoral herumstolperte, als finde sie den Ausgang nicht. Die Leute standen etwas unschlüssig draußen herum. Es war früh im September, einer dieser kühlen, aber sonnigen Tage, ein leichter Wind ging, die Luft war sehr klar, und das Licht wirkte irgendwie skandinavisch. Es waren nicht sehr viele Leute da, aber auch nicht so wenige, dass es peinlich gewesen wäre. Er habe sich immer aus dem Betrieb herausgehalten, hatte Wechsler einmal gesagt, das zahlte sich jetzt aus. Eine Gruppe von Leuten, die eng beisammenstanden, das war wohl die Familie, Geschwister, hatte er Geschwister? Nichten und Neffen, Cousins, was weiß ich, ich kann mich nicht mehr erinnern, was in der Todesanzeige gestanden hatte. Unser lieber was? Bruder, Onkel, Vater, Sohn, Cousin? Sie sahen nett aus, wirklich traurig, aber nicht auf die theatralische Art. Niemand schluchzte laut oder brach am Sarg zusammen, wie man das in schlechten Filmen sieht. Eigentlich war er ja ein netter Kerl gewesen, einmal abgesehen davon, dass er unseren Film ruiniert hatte und meine grandiose Filmkarriere. Dann waren da wohl Leute aus dem Dorf. Den Metzger erkannte ich und den alten Lehrer, mit dem wir das Interview geführt hatten. Ein paar Leute hatten ein offizielles Gebaren und trugen dunkle Anzüge. Vielleicht Lokalpolitiker? Oder Leute von seinem Verlag? Zwei lächelnde junge Mädchen, vermutlich war es ihre erste

Beerdigung, sie waren ganz aufgeregt. Schön. Das hätte Wechsler gefreut.

Judith hatte erst mit der Familie gesprochen, dann hier und da gegrüßt, Hände geschüttelt. Alle sahen aus, als würden sie ihr sagen, sie habe es gut gemacht. Ob der Mann, um den sie einen Bogen machte, ihr eigener war, der fotografierende Lehrer? Der sah nicht unsympathisch aus. Bisschen wenig Haare, aber gut in Form. Dann muss sie mich gesehen haben. Ich stand am Rand der Gesellschaft, neben einem friedlich plätschernden Brunnen. Im Schulhaus hatte es auch einen Brunnen gegeben, keine Ahnung, warum mir das jetzt einfällt, es kam mir ungewöhnlich, aber schön vor, im Eingangsbereich eines Schulhauses, also drinnen, nicht im Freien, einen leise plätschernden Brunnen vorzufinden. Überhaupt wirkte alles in einem Zustand feierlicher Ruhe und Schönheit und gar nicht traurig. So im Stil, Menschen kommen, Menschen gehen.

Judith umarmte mich kurz, zugleich unverbindlich und herzlich, dann stellte sie sich neben mich, und wir betrachteten gemeinsam die Gesellschaft. Das ist der Bürgermeister, sagte sie und zeigte auf einen der Männer in dunklen Anzügen, der sich angeregt mit zwei anderen unterhielt. Ich glaube nicht, dass er jemals ein Buch von Richard gelesen hat, aber es ist doch nett, dass er gekommen ist, findest du nicht? Der, mit dem er spricht, ist der Kulturbeauftragte und der dritte der

Gemeindeschreiber. Die Gruppe da sind Schulfreunde. Die mit dem Hund kenne ich nicht.

Dürfen Hunde auf den Friedhof? Ich dachte an die vielen Knochen, sagte aber nichts. Wäre wohl ein bisschen pietätlos gewesen.

Ist der dort dein Mann?

Sie schwieg.

Wie das immer zu Ende geht. All die Aufregung, die Geschäftigkeit, die Kämpfe, die Krankheiten und Therapien, Operationen, die durchwachten Nächte, die Erfolge und die Niederlagen. Dann der Tod, die Obduktion, die Feststellung der Todesursachen, der Papierkram, Meldungen an die Behörden, Formulare, Unterschriften. Und dann ist es einfach vorbei, und wir stehen da, an einem sonnigen Septembertag und denken noch ein wenig an ihn, und dann gehen wir nach Hause.

Aber traurig ist es nicht.

Ich weiß, was du meinst, sagte sie. Aber es ist schon sehr traurig.

Judith blättert im Buch, während wir mit 317 km/h über die französischen Ebenen rasen. Noch zwei Stunden und sieben Minuten. Früher machten Züge dieses schöne, einschläfernde Geräusch, tada, tada, tada, tada, aber seit die Gleise verschweißt werden, das hat mir mal ein Ingenieur erklärt, hört man nur noch ein homogenes Geräusch, ein bisschen klingt der TGV wie eine Waschmaschine. Es müsste einen Soundtrack zum Herunterladen geben, Bahngeräusche, man könnte wählen zwischen europäisch, transsibirisch, amerikanisch; bei amerikanisch kämen dann noch diese Hörner hinzu, die man aus Filmen kennt, huu huuu, dann Bergbahn, Zahnradbahn, Straßenbahn vielleicht.

Ich habe neues Datenvolumen geschenkt gekriegt von der SNCF. Einfach so. Vielen Dank. Und: natürlich gibt es das, Zuggeräusche im Internet. Mehr als genug. Zehn Stunden Zugfahrt durch einen Winterwald in Sibirien. Da ist das Geräusch noch zu hören, das tada, tada, tada, tada. Und vor dem vereisten Fenster verändert sich nichts, rein gar nichts, nicht einmal das Licht. Tada, tada, tada, tada, tada, tada, tada, tada, tada, tada. Ich habe nicht die ganzen zehn Stunden geschaut, bin gesprungen, vielleicht habe ich ein Bahnwärterhaus verpasst oder ein Schneehuhn oder einen Bahnübergang, aber es macht nicht den Anschein. Ein Sergey hat das hochgeladen und immerhin 109000 Menschen haben es sich angeschaut. Danke, Sergey. Ich habe das Video nach ein paar Minuten gestoppt. Oh, neue Serienmörder?

Ich schaue wieder zu Judith hinüber. Sie ist eingedöst, so spannend scheint sie die jüdische Mystik doch nicht zu finden. Das Buch liegt in ihrem Schoß, sie hat die Augen geschlossen, ihr Gesicht wirkt entspannt. Sie ist eine schöne Frau, sehr natürlich, dezent geschminkt, es fällt kaum auf. Sie ist sportlich, aber geschmackvoll angezogen. Sandalen, Stoffhose, ärmelloses geknöpftes Oberteil, das muss Leinen sein. Wäre ich ein Mann, ich fände sie sexy.

Ich versuche mir vorzustellen, wie sie wohl als junges Mädchen ausgesehen hat. Vielleicht gar nicht so anders. Natürlich ohne graue Haare, ein bisschen schlanker vielleicht und mit einer dieser schlimmen Frisuren, die damals alle hatten. Dauerwellen. In den achtziger Jahren sahen die jungen Frauen viel älter aus als heute, zum Glück kam ich da gerade erst zur Welt.

Weil du ihn gemocht hast, hat Judith gesagt. Und weil niemand sonst davon weiß. Von ihm und mir.

Wirklich niemand?

Sie hatte mich zehn Tage nach der Beerdigung angerufen und gefragt, ob ich mit ihr nach Paris fahren wollte. Sie wollte in Wechslers Haus.

Du meinst einbrechen?

Ich habe immer noch den Schlüssel, sagte sie.

Richard habe ihr gesagt, sie könne jederzeit kommen, so gesehen sei es kein Einbruch. Und sie habe nicht vor, etwas mitzunehmen, was nicht ihr gehöre.

Bilder? Briefe? Du willst Beweise vernichten? Ich musste lachen. Ziemlich cool, diese Frau.

Es gab nie ein Verbrechen, also gibt es auch keine Beweise, sagte sie. Außerdem, mein Mann …

Noch jemand, die die Sätze nicht zu Ende spricht.

Hatte sie mit ihrem Mann geredet? Bekannte sie sich jetzt zu Wechsler, wo er tot und begraben war? Hatte ihr Mann ihr verziehen? Oder hatte er sie verlassen? Würde sie ihn verlassen, obwohl es jetzt keinen Sinn mehr machte? Jedenfalls wollte sie mit mir nach Paris.

Klar, sagte ich. Wann?

Als wir in Sceaux aussteigen, bin ich doch ein wenig müde, erst die lange Fahrt im TGV, dann die Fahrt in der RER, vielleicht auch die Aufregung, etwas Verbotenes zu tun.

Es sieht hier ganz anders aus als in der Stadt, mehr Luft, mehr Licht, mehr Grün, viel weniger Lärm.

Weiter unten gibt es einen Monoprix, sagt Judith, da haben wir immer Lebensmittel eingekauft.

Ich habe den ganzen Tag nichts Richtiges gegessen, trotzdem fällt mir im Laden nichts ein, worauf ich Lust habe. Also: Tomatenspaghetti, das ist nie falsch.

Ich habe ein gutes Rezept für Sugo. Nur Dosentomaten, eine große Zwiebel entzweigeschnitten und ganz viel Butter, kein Salz, keine Gewürze; alles eine Weile köcheln, die Zwiebel raus, und der Sugo ist fertig.

Können wir machen, sagt Judith. Sie kauft noch ein paar andere Sachen, Brot, weil man in Frankreich immer Brot kauft, Salat fürs gute Gewissen, Wasser, zwei Flaschen Wein.

Wir können abends auch mal Essen gehen, sagt sie,

früher gab es einen Thai hier im Viertel, einen Italiener und einen Sushi-Laden.

Und wenn sie das Schloss ausgewechselt haben?

Warum sollten sie das tun?

Es ist eine ruhige Straße, die sich in einer leichten Biegung hinzieht. Es gibt kaum Verkehr und auch keine Passanten. Die Gärten sind zugewachsen, in manchen sieht man kaum die Häuser, ahnt sie nur zwischen dem Grün. Einige sind stattlich, gut unterhalten, andere in die Jahre gekommen, auch ein paar Neubauten gibt es, die aber nicht wie Neubauten aussehen, eher zeitlos altmodisch. Dann stehen wir vor Wechslers Haus. Es muss das kleinste der ganzen Straße sein, was sind das, hundert Quadratmeter? Fast quadratisch ist das Haus. Eine Garagenabfahrt, ein Weg aus Zementplatten, der vom Gartentor zu einer Freitreppe führt, oben eine Terrasse, die sich am ganzen Haus entlangzieht, mit einem kleinen Blechtisch, drei Klappstühlen in ziemlich schlechtem Zustand, einem Liegestuhl. Der Garten ist nicht klein, er ist von einer mannshohen, mit Efeu überwucherten Backsteinmauer umgeben, in deren Schatten schüttere Hortensien wachsen. Auch das Gras ist schütter, an einigen Stellen ist es hoch, an anderen kommt die Erde hervor. Vor dem Haus steht eine große Zeder, seitlich ein Ahorn, kleinere Bäumchen, vermutlich Wildkirschen oder Zierkirschen? Ich bin unten an der Treppe stehen geblieben, während Judith oben an der Tür herumhantiert. Als sie das Schloss aufhat, schaut sie zu mir, wartet, bis ich zu ihr hoch komme und mit ihr ins Haus trete. Will sie eine Zeugin? Ich bin nahe dran, wieder ihre Hand zu nehmen.

So riecht es wohl in allen Häusern, die ein paar Wochen leer gestanden haben und nicht gelüftet wurden. Ein bisschen muffig, aber nicht unangenehm. Ein warmer Geruch nach Textilien und Staub und Holz.

Am Anfang flüstern wir, als hätten wir Angst, ertappt zu werden. Aber wer sollte uns schon hören, wer sollte kommen? Die Erbschaftsgeschichte ziehe sich hin, hat Richards Schwester Judith erzählt, es sei ein Papierkrieg, obwohl eigentlich alles klar sei. Zum Glück habe ihr Bruder ein Testament gemacht. Ein guter Teil seines Vermögens werde für die Erbschaftssteuer draufgehen. Und dass sie bei Gelegenheit nach Paris müssten, um das Haus zu räumen. Oder um es räumen zu lassen von einer spezialisierten Firma. Die ganzen Akten würden wohl ins Literaturarchiv nach Bern gehen, da sei man noch in Verhandlung, der Rest in den Müll.

Das Haus muss man sich etwa so vorstellen, wie jenes in Die Toten von John Huston, schon wieder dieser Film, der muss mich beeindruckt haben. Dabei ist es viele, viele Jahre her, dass ich ihn gesehen habe. Eine Abendgesellschaft an Epiphanias bei zwei alten Schwestern, die jedes Jahr an diesem Tag ihre Familie und Freunde einladen. Sie reden über Politik, über Religion, über Irland und die Briten, jemand trägt ein

Gedicht vor, Lieder werden gesungen, es wird getanzt. Dann singt eine der alten Schwestern eine Arie von Bellini, und die Kamera streift durch das leere Haus und zeigt irgendwelche Details, eine Treppe, ein Bild an der Wand, einige kleine Porzellanfiguren, Kleider auf dem Bett. Und von unten im Haus hört man immer noch die brüchige Stimme der alten Frau am Ende ihres Lebens, die über eine junge Frau singt, die sich für ihre Hochzeit rüstet. Die Stimme klingt wie ein Echo aus dem Jenseits. Möge ihr Leben voller Sonnenschein und Liebe sein.

Nicht dass das Haus wie das im Film ausgesehen hätte, überhaupt nicht, aber die Stimmung ist dieselbe, ein Haus, das seine besten Zeiten gesehen hat, das nur noch aus Erinnerungen besteht, alles verweist auf eine andere Zeit, auf Menschen, die nicht mehr da sind, man spürt, dass da Dinge geschehen, Geschichten verborgen sind, aber man kann die Spuren nicht mehr lesen. Ja, so ungefähr fühlt sich das an.

Das Wohnzimmer, von dem ein Fenster und eine Glastür auf die Terrasse gehen, ist der bei weitem größte Raum. An einer Wand steht ein durchgesessenes Ledersofa, in der Mitte ein großer alter Tisch und ein paar Stühle aus dunklem Holz. Und überall Bücherregale, Literatur nach Autorennamen geordnet, viele Taschenbücher, kaum Neues dabei, Papiere auf dem Tisch, auf dem Boden, ein paar Bilder an den Wänden, nichts Bemerkenswertes, die hängen da bestimmt auch schon seit hundert Jahren. Ein schmaler Gang führt um zwei Seiten des Raums herum und in das Bad, in zwei Schlafzimmer und in die Küche. Der Kühlschrank läuft, aber er ist leer, bis auf ein paar haltbare Lebensmittel, eine Flasche Weißwein, Mineralwasser, Oliven, Kapern, ein halbvolles Glas Sambal Oelek. Ich möchte wissen, wie viel Sambal Oelek in Kühlschränken rund um den Globus vergammelt. Hat jemals jemand ein Glas Sambal Oelek aufgebraucht?

Auch der Müll ist geleert, das heißt, eine gute Seele muss nach Wechslers Tod hier gewesen sein, das Nötigste gemacht haben, vielleicht eine Nachbarin, ein Freund, der einen Schlüssel hatte. Und der hat dann gedacht, dass die Erben vielleicht den Sambal Oelek noch brauchen können? Oder heißt es das Sambal Oelek?

Es ist klar, dass Judith Richards Zimmer nimmt. Ob sie die Bettwäsche wechselt? Ich weiß nichts Genaues über seinen Tod, ob er im Bett gestorben ist, zu Hause oder im Krankenhaus. So was steht nie in Todesanzeigen, nur: lange Krankheit tapfer ertragen. Und man fragt nicht nach. Ist auch egal. Aber die Vorstellung, in der Bettwäsche zu schlafen, in der vor kurzem jemand gestorben ist, ich weiß nicht.

Ich niste mich gleich daneben ein in einem Zimmer, das vermutlich das Arbeitszimmer war und das Gästezimmer, falls Wechsler jemals Gäste außer Judith hatte. Ein großer alter Schreibtisch steht darin und ein

Bett, Queensize. Die Bettwäsche scheint unbenutzt, sie riecht dezent nach Waschmittel, Flower Dream oder Ocean Breeze, so genau kann ich das nicht sagen, das Zeug riecht ohnehin alles gleich, egal, wie es sich nennt. Und auch hier gibt es Wandregale, eins mit Büchern und Zeitschriften, eins voller Archivschachteln, akribisch beschriftete Pappkartons, einige mit den Titeln von Wechslers Büchern, andere mit Korrespondenz, Reiseunterlagen, journalistische Arbeiten, frühe Texte. Das ist dann wohl das Zeug fürs Literaturarchiv, wo ein gelangweilter junger Germanist oder eine schlecht bezahlte Germanistin es durchsehen und klassifizieren wird, für die Ewigkeit oder das, was man darunter versteht.

Es ist zehn, als wir fertig sind mit dem Abwasch. Mein Sugo hat Judith geschmeckt, aber viel gegessen hat sie nicht. Die Reste können wir morgen aufwärmen. Judith ist müde und will ins Bett.

Ich lese noch ein bisschen, geh du nur zuerst ins Bad.

Als ich eine halbe Stunde später duschen gehe, höre ich durch die geschlossene Tür, dass sie weint. Ich bleibe stehen, zögere. Ob ich anklopfen soll, versuchen sie zu trösten? Aber was könnte ich schon sagen? Nicht so schlimm? Natürlich ist es schlimm für sie, und es muss doppelt schlimm gewesen sein, dass sie es beim Begräbnis nicht zeigen durfte. Sie musste die Pfarrerin spielen, die den Angehörigen Zuspruch spendet, die tröstet, das Leben in Bezug zur Ewigkeit setzt. Dabei ist es für sie vielleicht der größte Verlust. Als ich vom Duschen zurückkomme, ist nichts mehr zu hören.

Schlafen kann ich jetzt nicht. Ich schaue Wechslers Bücherregal durch. Ein Regalbrett mit Kunstgeschichte und Kunsttheorie, eins mit Büchern über Architektur, dann Musik, Philosophie, Religion und ziemlich viel über das Schreiben und über einzelne Schriftsteller. Alles Männer, alles Weiße, alle tot. Aber, hey, er war ein Mann, er war weiß, er ist tot. Nein, da ist eins über James Baldwin und eins von Natalia Ginzburg über Anton Čechov und eine Biographie von Natalia Ginzburg von einer Maja Pflug. Und ein Buch über Droste-Hülshoff, eins über Emily Dickinson, eins über Marlen Haushofer, eine Biographie von Johanna Spyri. Sorry, Richard, ich habe dir Unrecht getan.

Auf dem Schreibtisch liegen ein paar kopierte Blätter. Zwei Zeilen sind rot unterstrichen: Un artiste choisit, même quand il se confesse. Et peut-être surtout quand il se confesse. Il allège, il aggrave, çà et là … Das ist von Paul Valéry, wer war das noch mal? Ein Künstler wählt, selbst wenn er Geständnisse macht. Und vielleicht vor allem, wenn er Geständnisse macht. Was heißt alléger? Was heißt aggraver? Gibt es hier nirgends ein Wörterbuch? Aber das brauchte ein Herr Wechsler nicht, der sprach Französisch bestimmt in- und auswendig. Doch, da steht eins. Leichter machen, schwerer machen. Im Artikel geht es um François Villon, wer war das noch mal?

Hat Wechsler das für uns hingelegt? Er wusste ja, dass es zu Ende geht, es ist nicht auszuschließen, dass er mit Judiths Kommen gerechnet, dass er ihr Botschaften hinterlassen hat. Sambal Oelek zum Beispiel. Oder dass er schon Sachen verschwinden ließ, die sie hätten belasten können. Es steht jedenfalls kein Foto von Judith herum, aber Fotos stehen sowieso keine da, weder im Wohn- noch im Arbeitszimmer.

Was würde ich machen, wenn ich nicht mehr lange zu leben hätte? Den Kühlschrank leeren? Alte Briefe vernichten? Johanna Spyri soll das gemacht haben, das habe ich mal gelesen. Alle Papiere verbrannt. Da stand auch, dass sie vielleicht ein Verhältnis mit Richard Wagner hatte, das möchte ich mir lieber nicht vorstellen. Und auf die Bitte ihres Verlegers, ihre Autobiographie zu schreiben, habe sie gesagt, ihr äußeres Leben sei nicht interessant und ihr inneres gehe niemanden etwas an. So habe ich es in Erinnerung. Vielleicht war es auch ganz anders, aber die Frau gefällt mir. Würde ich Briefe schreiben an Angehörige und Freunde? Wenn du das liest, bin ich tot. Nein, das ist zu makaber. Einfach abtreten, still und leise. Ich habe in meinem Leben genug aufgeräumt, das können jetzt die anderen übernehmen. Zur Belohnung kriegen sie auch meine Barschaft, die Briefmarken in meinem Schreibtisch, meine beträchtliche Sammlung von ausländischem Kleingeld und meine ganzen DVDs. Sambal Oelek habe ich leider keinen zu bieten. Ich würde vielleicht den einen oder anderen anrufen, aber nichts sagen von meiner Krankheit, nur ein bisschen reden, ganz besonders nett sein, damit sie mich in guter Erinnerung behalten.

Wechsler hat mich angerufen, das war vor ungefähr einem Jahr, vor zehn Monaten. Nachts um elf.

Wechsler: Können Sie reden?

Die Frage ist wohl eher, ob ich reden will, mit einem Mann, der meine Karriere ruiniert hat. Na ja, so richtig abgehoben hatte sie vorher auch nicht. Trotzdem. Aber ich bin freundlich, ich war nie nachtragend, das ist nur Zeitverschwendung. Und die Dinge kommen sowieso, wie sie kommen müssen. Vielleicht war es sogar gut, diesen zähen Traum aufzugeben. Jedenfalls werde ich jetzt eine anständige Altersvorsorge haben. Und ich habe ganz mit dem Rauchen aufgehört. Fast ganz.

Ja, ich kann reden.

Gut.

Worum geht es?

Das mit dem Film tut mir leid, sagt er. Aber ich glaube, ich habe uns alle davor bewahrt, viel Zeit zu verschwenden für ein nutzloses Unterfangen. Ich hätte es von Anfang an wissen müssen.

Warum haben Sie dann mitgemacht?

Wegen Ihnen. Er scheint nachzudenken. Ja, ich

glaube, das ist korrekt. Reine Eitelkeit. Für alte Männer ist es schmeichelhaft, wenn junge Frauen sich für sie interessieren. Wenigstens für eine gewisse Zeit.

Vielleicht gilt das auch umgekehrt. Vielleicht hat es auch mir geschmeichelt, dass er uns diesen Film machen ließ, dass er uns zutraute, etwas über ihn herauszufinden.

Das mit der jungen Frau und dem alten Mann überspringen wir jetzt mal, ja? Wir sind schließlich nicht miteinander ins Bett gegangen. Und Sie sind gar nicht so alt, und ich bin nicht so jung. Und überhaupt: Gähn.

Was?

Gähn.

Er lacht.

Die, die gegen das Gendern sind, finde ich übrigens genauso ätzend, nur dass das geklärt ist.

Danke.

Warum bedankt er sich? Warum entschuldigt er sich? Ist er fromm geworden und muss jetzt alle anrufen, denen er Unrecht getan hat in seinem Leben? So einen kannte ich wirklich! Furchtbar.

Es ist ein wenig wie in einer Psychotherapie, sagt Wechsler. Man möchte glauben, dass da einer sitzt, der all das versteht, was man selbst nie verstanden hat, aber im Grunde weiß man doch von Anfang an, dass das gar nicht sein kann. Man scheitert schon, wenn man versucht, sich selbst zu erklären. Wie soll dann ein anderer …? Eine andere …?

Ich habe keine Sekunde geglaubt, dass er deswegen angerufen hat, aber ich helfe ihm nicht, das hat er nicht verdient. Ich habe auf dem Computer den Ordner mit den Aufnahmen von damals aufgemacht, eigentlich hätte ich die längst löschen können, aber … da gibt es noch eine offene Rechnung. Ich lasse Wechsler durch Paris gehen. Er wartet an einer Straßenecke, wir geben das Kommando, er setzt sich in Bewegung wie eins dieser aufziehbaren Blechspielzeuge, wenn man sie loslässt. Es ist wirklich lächerlich.

Ich bin krank, sagt Wechsler plötzlich, ernsthaft krank. Das heißt, ich weiß es noch nicht genau. Aber es scheint so.

Er erzählt mir die ganze Geschichte, die jetzt keine Rolle mehr spielt, weil Krankengeschichten sich mit ihrem Ende erledigen, egal, wie sie ausgehen. Sagt man das? Kriege gehen aus, Fußballspiele gehen aus, aber gehen Krankheiten aus? Egal. Jedenfalls erzählt er mir alles, und ich höre zu, sage nur manchmal ja oder so oder frage nach, wenn ich etwas nicht verstehe, Gallengänge? Echogenität? Und er präzisiert. Muss ich das wirklich wissen? Muss er das wissen?

Das ist eigentlich alles, sagt er zum Schluss, danke, dass Sie mir zugehört haben.

Ich habe mit Judith gesprochen, sage ich.

Jetzt ist er baff.

Woher wussten Sie …

Woher wusste ich was? Das war nicht schwierig.

Oder habe ich ihm das erst bei seinem zweiten Anruf erzählt? Er hat nämlich wieder angerufen. Erst habe ich gedacht, ich bin doch nicht die Telefonseelsorge, aber dann habe ich mir gesagt, der arme Kerl hat niemanden, mit dem er darüber reden kann. Oder mit dem er darüber reden will. Wem erzählt man so was? Wem würde ich es erzählen? Ganz bestimmt nicht Tom. Und auch niemandem aus meiner Familie. Am ehesten jemandem, den man kaum kennt, aber dem man irgendwie vertraut. Einem Therapeuten, wenn man einen hat, einer Pfarrerin oder so. Wenn man nicht gerade mit ihr ins Bett geht.

Genau, so war es: Ich habe gefragt, warum rufen Sie nicht Judith an. Und er: Woher wissen Sie … Und ich: Das war nicht schwierig.

Judith, sagt er mit absolut neutraler Stimme. Er hat schon einmal mit dieser Stimme gesprochen, damals, als wir über das Meer redeten.

Das Meer. Punkt. Judith. Punkt.

Wir sind spazieren gegangen. Wir sind ein Bier trinken gegangen. Mehr als ein Bier. In der Kneipe, in der Sie immer mit ihr waren.

Im Winkelried. Haben Sie sie gefilmt?

Nein.

Er fragt nicht, was ich mit Judith besprochen habe, was sie mir erzählt hat, was ich weiß, was ich ahne. Sie hat mir nichts erzählt.

Warum reden Sie nicht mit ihr über Ihre Krankheit?

Ich will sie nicht ängstigen.

Ängstigen ist auch so ein schönes Wort, obwohl es nichts Schönes beschreibt.

Ja.

Wann haben Sie zum letzten Mal mit ihr gesprochen?

Keine Antwort.

Wann …?

Es ist besser …

Wie …?

Schreiben.

Ich habe eine Scheißangst, sagt er. Und dann fühle ich mich wieder ganz leicht und frei. Ich sehe die Welt jetzt anders, alles ist intensiver, die Angst, aber auch die Freude. Bei jedem alten Mann, bei jeder alten Frau auf der Straße denke ich, geschenkte Jahre. Wisst ihr überhaupt, was ihr da bekommt jeden Tag. Und dass ihr noch herumgehen könnt und Kaffee trinken und einkaufen, den Hund spazieren führen. Wenn ich Kinder sehe, denke ich daran, wie lange sie noch da sein werden, ihr Leben führen, wenn ich längst gestorben bin. Wie ihre Welt aussehen wird, der Wald, die Stadt, ihre Wohnungen und Häuser, ihr Alltag. Ich habe die Schönheit von allem nie so genossen wie jetzt, und ich möchte nicht, dass es zu Ende geht. Bleiben will ich, wo ich nie gewesen bin.

Ist das ein Zitat? Weint er?

Haben Sie Schmerzen?

Nein.

Ich habe mir Notizen gemacht, ich habe immer ein Notizbuch dabei, so eine Klampfe, nein Kladde, halb Agenda, halb Tagebuch, halb irgendwas. Ich habe die Notizen aus keinem bestimmten Grund gemacht, nur aus Gewohnheit; Scheißangst, habe ich aufgeschrieben, Nachtschweiß, Gallengänge, Echogenität, Judith. Warum schreibe ich das auf? Wir schweigen.

Man glaubt immer, das Beste kommt noch, sagt Wechsler, als sei das ganze verdammte Leben nur ein Vorspiel. Und dann weiß man es plötzlich: Es kommt nichts mehr. Diese Vorstellung, etwas zum letzten Mal zu erleben …

Zum letzten Mal, schreibe ich auf. Der letzte Herbst, der letzte Winter. Das letzte Frühjahr. Das letzte Mal Sex mit Judith. Die letzte Bratwurst. Das letzte Mal Zähne putzen. Und komme mir schäbig vor dabei, als würde ich seine Emotionen stehlen.

Vielleicht ist es mit dem Leben wie mit der Kunst, sagt Wechsler, man kann beides nicht üben. Man wird hineingeworfen, und dann wehrt man sich, oder man wehrt sich nicht. Es ist immer ein Ernstfall.

Ernstfall, schreibe ich auf.

Ich möchte noch einmal ans Meer, sagt Wechsler.

Das letzte Mal am Meer, schreibe ich auf.

Sie sollten Judith anrufen, sage ich. Es ist ihr Recht, Bescheid zu wissen.

Er lacht kaum hörbar auf. Ist wieder still.

Milch, schreibe ich auf, Joghurt, Zwiebeln, Kartoffeln, grüner Salat, Hühnerbrühe, Bier. Da war noch was.

Toilettenpapier, sage ich. Mist. Aber er scheint es gar nicht gehört zu haben.

Wir haben auch über andere Dinge gesprochen. Gespräche mit einem sterbenden Mann. Wäre das ein guter Titel? Gespräche über die letzten Dinge? Ob das jemanden interessiert? Sterben ist ja nicht sehr originell. Ich mache mir trotzdem Notizen, vielleicht um Ordnung in meine Gedanken zu bringen.

Wechsler ist netter gewesen als früher, hat nicht mehr so viel geschimpft über andere Schriftsteller und Schriftstellerinnen. Ob er ihre Bücher jetzt besser findet? Natürlich nicht. Aber er nimmt sie ihnen nicht mehr übel. Das ist schon mal was für so einen Egomanen.

Die versuchen auch nur, über die Runden zu kommen, sagt er.

Warum sind Leute immer so aggressiv gegenüber Büchern, die sie nicht mögen? Statt sie einfach zu ignorieren?

Bücher kommen uns sehr nah, sagt Wechsler, viel näher als Bilder oder Filme. Sie kriechen in unsere Köpfe, verändern unsere Gedanken, wecken Bilder, erzeugen Phantasien. Das ist das Schöne an ihnen, aber eigentlich ist es eine Zumutung. Und wenn dann ein

Autor nicht ehrlich ist, mit Tricks arbeitet oder uns Bilder aufzwingt, die wir nicht in unserem Kopf haben wollen, dann ist es, als würde er uns gegen unseren Willen am Gehirn operieren. Ein Kunstwerk, das Ihnen nicht passt, ignorieren Sie einfach, aber ein Buch, das Sie einmal gelesen haben, werden Sie nicht mehr los. Es ist, wie wenn Sie etwas Verdorbenes gegessen haben, dann müssen Sie es wieder auskotzen.

Ist er selbstkritischer geworden?

Ich weiß heute, was ich kann und was ich nicht kann. Aber daran dürfen Sie bei der Arbeit nicht denken, sonst fehlt es Ihnen an der Entschlossenheit. Sie müssen sich nicht einbilden, dass Sie die Größte sind, darüber sollten Sie sich gar keine Gedanken machen, und natürlich müssen Sie alles, was Sie getan haben, wieder und wieder prüfen und verbessern. Aber wenn Sie etwas tun, müssen Sie es mit Ihrer ganzen Überzeugung und Entschlossenheit tun. Stellen Sie sich vor, Sie stehen auf dem Zehnmeterturm und denken immer nur daran, ob Sie es schaffen werden und was alles schiefgehen könnte. Dann werden Sie nie springen. Oder wenn Sie springen, wird es ganz bestimmt schiefgehen. Weil Ihnen die Anspannung fehlt, die Haltung. Sie stehen da vorne, spannen den Körper an, zählen bis drei und springen. Und fliegen.

Lustig, dass er dieses Beispiel wählt. Habe ich ihm von dem Video erzählt? Oder hat vielleicht er mir davon erzählt? Nein, das war doch Tom. Aber Tom scheint mir gerade sehr weit entfernt, so weit wie jemand, über den mir mal etwas erzählt wurde, woran ich mich kaum noch erinnere.

Gibt es Tom noch? Irgendwo da draußen führt er ein Leben, verfolgt seine Projekte, trifft sich mit einer Frau, zieht in eine neue Wohnung, zahlt seine Rechnungen, ruft seine Mutter an, kocht sich dreigängige Menüs, die er dann allein verspeist. Es ist das Gegenteil von diesem Spiel, das wir als Kinder manchmal gespielt haben: Alle stehen still, man schaut ihnen in die Augen, jemand lacht. Dann dreht man sich um, und während man sie nicht sieht, rennen sie auf einen zu, versuchen, einen zu erreichen, zu berühren, bis man sich wieder nach ihnen umdreht und alle stillstehen müssen, wie eingefroren. Tom steht still. Ob ich mich jemals wieder nach ihm umdrehe?

Während eines unserer nächtlichen Telefongespräche hat mir Wechsler seine Idee für eine neue Religion dargelegt, eine Religion ohne Glauben.

Die meisten Leute glauben sowieso an nichts, haben vermutlich nie an etwas geglaubt. Sonst würden sie nicht so leben, wie sie leben. Daran hätten die Religionsstifter denken sollen. Also nicht die Leute zum Glauben zwingen oder versuchen, sie zu überzeugen. Sie hätten einfach sagen sollen, das sind unsere Geschichten, hört zu und macht damit, was ihr wollt. Ihr könnt essen, was ihr wollt, ihr könnt anziehen, was ihr wollt, ihr könnt machen, was ihr wollt, ihr könnt Sex haben, wie und mit wem ihr wollt. Ihr solltet euch nur einigermaßen anständig benehmen, aber das tut ihr ohnehin. Unsere Religion ist wie ein Medikament, das wir euch verschreiben und das euch unsterblich macht. Ihr müsst nicht wissen, wie es wirkt, ihr müsst es nur einnehmen, drei Mal am Tag oder einmal am Tag, vor oder nach den Mahlzeiten oder einmal pro Woche, wie es euch gefällt. Wir haben schöne Worte, schöne Geschichten, tragen schöne Gewänder, schöne Musik wird gespielt, Kerzen werden angezündet, Weihrauch wird verbrannt. Das sind unsere Beschwörungen, unsere Gebete, das sind unsere Rituale. Nehmt sie, sie kosten nichts, aber sie wirken. Ihr müsst uns nicht glauben, ihr werdet es erleben. Ein Placeboeffekt? Und wenn. Hauptsache es hilft.

Ich habe gelacht. Ich habe es ausprobiert, mehr so zum Spaß. Ich werde jetzt für Sie beten, habe ich gesagt. Danke, hat er gesagt. Und dann habe ich es getan, während wir noch am Telefon waren. Also ich habe gesagt, warten Sie mal, habe den Hörer abgelegt und habe stumm für ihn gebetet. Mit gefalteten Händen, wie es sich gehört. Lieber Gott, mach, dass Richard wieder gesund wird, lass ihn nicht sterben.

Hat es ihm geholfen? Keine Ahnung, gestorben ist er ja trotzdem. Aber es hat sich gut angefühlt. Für ihn auch. Das hat er gesagt.

Danke. Noch einmal.

Er hat jeden Tag, jeden zweiten Tag angerufen. Ich wusste praktisch in Echtzeit über seinen Zustand Bescheid. Als hätte ich eins dieser Geräte, die man immer in Krankenhausserien sieht, die während einer Operation die Daten anzeigen, piep … piep … piep … piep. piep, piep, piep, piep. Und dann geht das Piep … piep in einen Dauerton über, und alle werden hektisch.

Irgendwann hat Wechsler nicht mehr angerufen. Nach ein paar Tagen schaute ich mir die Notizen von unserem letzten Telefongespräch an. Ob er etwas gesagt hatte, dass er wegfahren würde oder ins Krankenhaus müsste oder etwas in der Art. Ich habe nicht immer so gut aufgepasst, wenn er geredet hat, das ging oft Stunden, bis mein Ohr ganz heiß war vom Hörer. Manchmal habe ich Dinge nebenher gemacht, gebügelt oder Computerspiele gespielt. Hemihepatektomie, steht da, Laparoskopie. Um die Worte habe ich kleine Wölkchen gezeichnet und daneben ein Auge. Ich zeichne gerne Augen. Im Gymnasium hat uns der Zeichenlehrer gezeigt, wie man das macht, ein paar kleine Tricks, und es sieht super aus. Danach habe ich bei jeder Gelegenheit Augen gezeichnet, bis mir jemand sagte, das sei ein bisschen unheimlich, all die Augen auf meinen Heften und Schulbüchern, da habe ich wieder aufgehört damit. Auch wie man einen Mund zeichnet, hat uns dieser Lehrer gezeigt. Eigentlich sind es nur drei Striche; eine nach oben gebogene kleine Sichel für die Oberlippe, ein gerader Strich in der Mitte, da wo die

Lippen zusammenkommen und für die Unterlippe eine etwas längere, ebenfalls nach oben gebogene Sichel. Nasen sind am schwierigsten. Aber eigentlich geht es immer darum, möglichst viel wegzulassen. Wir haben keine Striche im Gesicht, nur Schatten. Hinschauen, hat der Lehrer immer gesagt, wie hieß der noch gleich, zeichnet nicht, was ihr zu wissen glaubt, zeichnet, was ihr seht. Ein Gesicht, das ist nicht zwei Augen, eine Nase, ein Mund. Ein Gesicht ist etwas Ganzes, eine Einheit, eine Gestalt. Ohren waren auch schwierig.

Dieser Lehrer war launisch, wir hatten immer ein wenig Angst vor ihm. Er wäre bestimmt gerne Künstler geworden, hat auch Kunst gemacht, halt mehr so im lokalen Rahmen. Also mal eine Ausstellung in der Kellergalerie oder im Café Cindy oder ein etwas zu ambitioniertes Plakat für das Krippenspiel der Schule. Ja, vielleicht war er ein verspäteter Kubist, was soll's. In meinem Dorf hatte ohnehin noch nie jemand vom Kubismus gehört, schätze ich. Im Rückblick kommt er mir ein bisschen tragisch vor, aber auch aufrecht. Er hatte zwar nie Erfolg mit seiner Kunst, dafür hat er sich auch nie verbogen, war keiner dieser smarten Superstars mit ihren Teams und ihren Fabriken und ihrem Merchandising, die Kunst produzieren wie andere Leute Würste. Die so tun, als seien sie politisch, und ihre Werke dann an Leute verkaufen, die nur reich sind, weil ihre Großeltern im Krieg Zwangsarbeiter ausgebeutet haben.

Elíasson, ich meine really? Kann den noch jemand ernst nehmen? Love is not enough? Nein, Liebe reicht nicht, Kohle muss auch sein. Von dem gibt es inzwischen auch ein Kochbuch. Die Gerichte sind mehr als nur Nahrung; sie sind auch Quelle kreativer Inspiration und gemeinschaftlicher Gespräche. Ein Blatt Salat ist im Wesentlichen gespeichertes Sonnenlicht. Beim Essen nehmen wir die Welt auf und bringen Licht in unseren Körper. Natürlich veganes Licht. Toskanischer Grünkohlrisotto mit Pilzen und Rosmarin.

Und all die anderen Öffentlichkeitsakrobaten, in zwanzig, dreißig Jahren werden die vergessen sein, aber bis dahin haben sie ganz schön abkassiert. Mein Lehrer war anders, launisch, wütend, einfühlsam, begeistert, vermutlich Alkoholiker. Elíasson geht bestimmt joggen und kocht sich abends dreigängige vegane Menus.

Vielleicht habe ich mich wegen diesem Lehrer an der Kunsthochschule beworben. Einmal hat er mir gesagt, du musst nichts machen, du musst etwas finden. Das ist vielleicht der wichtigste Satz für meine ganze künstlerische Karriere gewesen. Für das, was ich so meine künstlerische Karriere nenne. Vielleicht bin ich auch ein bisschen tragisch. Eigentlich sollte ich wieder anfangen, Filme zu drehen. Oder ein Buch schreiben. Aber worüber? Man sollte keine Bücher über etwas schreiben, hat Wechsler einmal gesagt, jedenfalls keine Romane.

Dünndarmschlinge steht da noch in meinen Notizen. Und das daneben? Soll das der Dünndarm sein? Sieht eher wie ein Regenwurm aus.

Neben dem Schreibtisch finde ich eine offene Archivschachtel. Auf dem Etikett steht: Eine Phantasie der Zeit. Ich ziehe den Inhalt heraus, ein Stapel Papiere, ein Faltblatt über die Chapelle de l'Epiphanie, auf die Richard uns damals hingewiesen hat, ein Mitteilungsblatt der Missions Etrangères, ein Prospekt des Hotels in seinem Dorf, in dem wir uns treffen wollten. Eine Karte: Welcome! Ganz herzlich willkommen in unserem Team. Wir freuen uns sehr auf die Zusammenarbeit und wünschen dir einen phantastischen Start. Ein paar Zeitungsseiten sind dabei, einzelne Sätze sind unterstrichen, ein Artikel aus dem New Yorker, Making sense of who we might have been, der nicht viel hergibt, aber mit einem schönen Satz endet: Much must be left unsaid, unseen, unlived. Im Stapel sind auch ein paar Ausdrucke von Gedichten, Eichendorff, Auf meines Kindes Tod, Thomas Brasch, Dylan Thomas, Andreas Gryphius, ein ziemlich unvollständiger und widersprüchlicher Zeitplan, Fotos von unserem Dreh in Paris, ich weiß gar nicht, wann er die gemacht hat, und schließlich ein kleines Notizbuch.

Die Eintragungen beginnen ungefähr in der Zeit, als wir mit den Vorgesprächen zu unserem Filmprojekt anfingen, die erste lautet: Die Zeit besiegen. Sich bewusst in der Zeit bewegen, erst vorsichtig, dann immer verwegener.

Es scheint sich um Notizen zu einem Roman zu handeln, den Richard nicht mehr geschrieben hat. Figuren tauchen auf, die nur mit Initialen bezeichnet sind, am häufigsten W. und A., aber auch J. und T. und manchmal die Tochter von W. Während ich die Notizen lese, entsteht vor mir das Buch, nicht als Text, eher als eine Art Raum, durch den ich mich bewege, ein verwinkeltes Gedankengebäude, in dem ich auf Entdeckungstour gehe:

Sein Haus in Paris, als sei er nie angekommen: nur Bücher, viele Bücher. Vielleicht lebt er gar nicht in diesem Haus oder es ist nur ein mögliches Leben, das er gelebt haben könnte.

W. hat nirgends gewohnt, existiert er wirklich? Alle Spuren verlieren sich im Ungewissen.

W. und A. stellen sich das Dorf vor. A. wohnt bei ihm im Haus. Wer schreibt das Buch?

Vielleicht stirbt W.

Das ist das Spannendste in der Literatur. Wenn man erfindet. Agota Kristof.

A: Er beobachtet uns.

W. hat eine Tochter, die noch im Dorf wohnt.

Wenn A. etwas denkt, scheint W. es zu wissen, aber weshalb?

Nichts passt zusammen.

Hochnebel.

Die Kunst, das Zufällige zuzulassen, ohne die Form aus den Augen zu verlieren. Das Zufällige als Element der Form. Aber wie ist es zu beherrschen?

A. findet ein Notizbuch von W.

Ich schaue erschrocken auf, als sei ich ertappt worden, aber ich bin allein im Zimmer. Jetzt folgt eine Einkaufsliste:

Milch

Joghurt

Zwiebeln

Kartoffeln

Romana

Hühnerbrühe

Bier

Toilettenpapier.

Und dann wieder Notizen zum Buch:

A: Hätten Sie anders gelebt, wenn Sie nicht geschrieben hätten?

Ein Hund (Mops) leckt die rasierten Beine eines Mannes.

A. kommt in W.'s Haus und es ist leer.

W.: Ich genüge mir selbst immer mehr.

Vielleicht existiert W. gar nicht?

Was bedeutet es, wenn der Autor stirbt? Gott ist tot?

Ist es wichtig, was wahr ist? Was wirklich geschehen ist?

Jedes Ereignis in unserem Leben verändert alles, was davor war.

W.: Sich dem Film zu entziehen, war die einzige Möglichkeit, ihn zu retten.

All der Unsinn, den ich jeden Tag rede, all die Versuche, etwas zu begreifen. Denken im Kreis.

Ein Gedanke, eine Tat.

Das Meer zum letzten Mal sehen.

Das Meer wie zum ersten Mal sehen. Aber wie? Werde ich am Ende mehr sagen können, als dass das Meer rauscht? Jürgen Hosemann, Das Meer am 31. August.

Das Geheimnis der Erlösung heißt Erinnerung.

Darf man zum Tod eines Hundes kondolieren?

Wasserflächen in einem Geländeeinschnitt, daneben ein abgeerntetes Kürbisfeld, im zerfledderten Kraut liegen noch einige unreife kümmerliche Kürbisse. Eine Wiese mit Apfelhochstämmen. Von der Straße führt eine Allee zu den Weihern, Birken, einige neu gepflanzt, andere alt mit Wucherungen an den Stämmen. Nistkästen hängen an den Bäumen.

Wenn ihr nach meinem Tode meine Biographie schreiben wollt, so ist nichts leichter als das. Sie hat nur zwei Daten – Geburt und Todestag. Alle Tage dazwischen gehören mir. Alberto Caeiro, d. i. Fernando Pessoa, Der Hüter der Herden.

Nicht der Autor erzählt, alle Menschen und Ereignisse erzählen.

Ich bin in meinen Texten zu Hause.

Schweigen.

Was daraus wohl für ein Buch geworden wäre? Ob er mit A. mich gemeint hatte, mit J. Judith? Aber hat er nicht einmal gesagt, er schreibe nie über reale Menschen, seine Figuren seien immer erfunden? Und was, wenn Judith und ich erfunden wären?

Ich glaube, ich habe ein bisschen zu viel Wein getrunken. Ich haue mich jetzt besser mal aufs Ohr.

Als ich am Morgen aufstehe, hat Judith schon Baguettes und Croissants geholt und Kaffee gemacht. Nach dem Frühstück sitzen wir im Wohnzimmer, ich mit meinem Laptop auf den Knien, Judith mit einem von Richards Büchern. Sie scheint sich davor zu drücken, seine Sachen durchzuschauen. Nicht wegen der Erben, wegen ihm. Es ist auch ein bisschen übergriffig, muss man schon sagen. Und sie weiß nicht, was sie finden wird. Vielleicht gab es noch andere Frauen in seinem Leben, bestimmt gab es die. In ihrem Leben gab es ja auch einen anderen Mann, sie kann nicht gut verlangen, dass er sie anbetet wie ein Mönch die Jungfrau Maria und dabei keusch lebt. Aber der Vergleich hinkt. Immerhin haben sie ja miteinander geschlafen, auch wenn sie sich nicht allzu oft gesehen haben. Ziemlich unkeusch. Obwohl sie mir keine Details verraten hat. Sie hat damals nur gesagt, sie habe eine Liebesbeziehung mit Richard. Das war das Wort, das sie gebraucht hat, nicht Affäre oder Verhältnis oder Romanze. Das war etwas befremdlich, als sie darüber gesprochen hat.

Es war dunkel da auf dem Hügel und, wie gesagt, es kam mir eher vor, als spreche sie zu sich selbst. Aber dass einem eine Pfarrerin, mit der man noch vor einer halben Stunde über Altarschmuck geredet hat, plötzlich Geständnisse über ihr Intimleben macht, ist schon speziell. Richard ist die Liebe meines Lebens, und ich bin die Liebe seines Lebens, mit der größten Selbstverständlichkeit und Selbstsicherheit sagte sie das. Und fast ein wenig trotzig. Es schien befreiend für sie zu sein. Das muss sich all die Jahre aufgestaut haben, das schlechte Gewissen, aber auch die Freude an ihrer Beziehung, das Erstaunen über sich selbst und vielleicht sogar eine Art Stolz, dass sie, die Pfarrerin des Dorfes, die so vernünftig, so sachlich, so protestantisch, ja, vielleicht auch so langweilig wirkt auf alle, dass diese Pfarrerin noch eine ganz andere Seite hat. Eine dunkle Seite. Oder eher eine helle. Das wollte sie mir wohl erzählen.

Jedenfalls sind wir am nächsten Tag erst mal in den Park gegangen, der nur hundert Meter oder so vom Haus entfernt ist. Dieser Park sieht ein bisschen aus, wie ich mir Versailles vorstelle, einfach ohne Versailles. Also ohne richtiges Schloss. Aber riesig! Mit einem gigantisch langen Wasserbecken und Alleen, Hecken, ornamental geformten Beeten, großen Rasenflächen und Wald; an einem Abhang gibt es Kaskaden, Wasser, das in kleinen Fällen von Becken zu Becken stürzt; Springbrunnen gibt es, Statuen, eine Orangerie, ein

Café, Spielplätze, in einer Ecke sind sogar Fußball- und Tennisplätze. Das Ganze muss einen Quadratkilometer groß sein oder mehr.

Wir sind bestimmt zwei Stunden ohne Ziel und ohne Richtung im Park herumgegangen und haben geredet. Um diese Zeit sind fast nur Jogger und Leute mit Hunden unterwegs und ein paar Betreuerinnen mit einer Schar Kinder, die alle leuchtgelbe Westen tragen und kreischend hin- und herrennen wie ein Schwarm Spatzen. Obwohl Spatzen eher fliegen als rennen.

Das hat mich schon lange beschäftigt, ich weiß nicht, wieso ich gerade jetzt darauf komme, vielleicht wegen der vielen Leute mit Hunden: Darf man kondolieren, wenn jemandem der Hund stirbt? Oder ist das pietätlos? Soll man einfach sagen, tut mir leid für dich, aber es war ja nur ein Hund?

Judith lacht. Natürlich darf man das. Kondolieren heißt nichts anderes als Mitgefühl zeigen, con- heißt mit und dolere trauern oder leiden. Wann immer jemand leidet, kann man mitleiden.

Vielleicht hätte ich doch Latein nehmen sollen in der Schule. Zwei Frauen mit Kinderwagen kommen uns entgegen, eine führt zusätzlich eine Katze an der Leine. Eine Katze!

Und Katzen?

Zum Tod einer Katze kann man auch kondolieren, sagt Judith.

Und wenn ein Auto kaputt geht? Oder eine Waschmaschine?

Na ja, sagt Judith, da würde ich vielleicht die Grenze ziehen.

Wir sind den Prachtalleen entlanggegangen, lange Reihen in Form geschnittener Bäume; dahinter ist Wald, wilder, mit einem Gewirr von Wegen und Trampelpfaden, Totholz auf dem Boden, Gestrüpp.

Schau mal, Judith lacht und zeigt verstohlen zu einer Bank, auf der ein Mann mit kurzen Hosen sitzt, zu seinen Füssen ein Mops, der seine Beine leckt.

Hast du Alle Tage meines Lebens gelesen?, fragt Judith.

Ich glaube nicht.

Das war sein viertes oder fünftes Buch.

Klingt ein bisschen kitschig.

Nur danach verlangt mich: Im Haus des Herrn zu wohnen

alle Tage meines Lebens, die Freundlichkeit des Herrn zu schauen

und nachzusinnen in seinem Tempel.

Psalm 27, sagt Judith, aber mit dem Buch hat das eigentlich gar nichts zu tun.

Kannst du die ganze Bibel auswendig?

Nein, sie lacht wieder, stell dir vor. Nur ein paar wichtige oder besonders schöne Stellen.

Ich vergesse immer die Titel der Bücher, die ich gelesen habe, sage ich, und oft auch die Namen der

Figuren und manchmal auch, was in dem Buch geschehen ist, und den Namen des Autors oder der Autorin sowieso.

Und woran erinnerst du dich dann?

An das Buch, sage ich und komme mir ziemlich blöd vor dabei.

Judith erzählt mir die Geschichte. Es geht um einen Schweizer, der in Paris lebt, einen Lehrer. Er lebt so vor sich hin, hat Liebschaften, macht seine Arbeit mehr aus Gewohnheit denn aus Freude, und dann wird er plötzlich krank. Oder er glaubt, dass er krank sei, er hat Symptome. Und dann stellt er von einem Tag auf den anderen sein ganzes Leben auf den Kopf, gibt seinen Geliebten den Laufpass, verabschiedet sich von seinen Freunden, verkauft seine Wohnung, kündigt seine Stelle und fährt zurück in die Schweiz, in das Dorf, in dem er aufgewachsen ist, um seine Jugendliebe noch einmal zu sehen. Die ist inzwischen verheiratet, aber sie willigt ein, ihn zu treffen. Sie verabreden sich am kleinen See, in dem sie vor Jahrzehnten immer gebadet haben, an dem sie sich einmal geküsst haben. Und dann geschieht es: Sie lieben sich da am Ufer des Sees.

Das ist unsere Geschichte, sagt Judith. Außer dass er nicht krank war. Jedenfalls damals nicht.

Da haben wir sie wieder: das Dorf, das Wasser, die Frau.

Wir waren an dem See.

Ich erzähle Judith von unserem Abstecher auf der Fahrt ins Dorf. Sie sagt, das sei der falsche See, da seien sie nie hingefahren, der sei viel zu weit weg gewesen.

Aber Richard hatte mir den Namen des Sees genannt. Hatte er uns absichtlich getäuscht, oder kam ihm die Fiktion schon wahrer vor als die Wirklichkeit? Die Frau bin nicht ich, und der Mann ist nicht Richard, und es war auch nicht am See, sondern im Auenwald, sagt Judith, aber das Buch erzählt unsere Geschichte.

Die Handlung ist mir doch bekannt vorgekommen, ich glaube, ich habe den Roman gelesen. Allerdings habe ich ihn ganz anders in Erinnerung. Da war doch noch eine andere Frau, die er mitgenommen hat ins Dorf, eine jüngere, mit der er eine Affäre hatte. Jetzt weiß ich es wieder, das hat mich damals irritiert. Warum nimmt einer seine Geliebte mit, wenn er doch seine Jugendliebe besuchen möchte? Praktisch als Ersatzspielerin? Falls das mit der alten Liebe nicht klappt? Dann schickt er sie weg, eine ziemlich herzlose, hässliche Szene, ich weiß noch, das ist am Bahnhof. Er will ihr Geld für die Fahrkarte geben, der Arsch, aber sie sagt mehr oder weniger, hast du sie noch alle? Judith muss diese Frau völlig ausgeblendet haben. Und dann schläft zwar seine Jugendliebe mit ihm, aber sie sagt auch, dass das nur eine Geschichte sei, nicht die Realität. Dass die Realität ihr Mann sei und ihre Kinder und dass sie jetzt gehen müsse, um das Mittagessen zu kochen. Da ist mir also doch noch einiges geblieben.

Ich habe die Stellen am Nachmittag nachgelesen. Richards Bücher stehen ja überall im Haus. Eigentlich ist es ein todtrauriges Buch. Der Mann stellt sich vor, was gewesen wäre, wenn er damals mit der Frau zusammengekommen wäre. Er weiß, dass sie nicht wirklich zusammenpassen, dass sie viel zu jung waren, stellt sich vor, wie er sie unglücklich gemacht hätte. Und dann denkt er sich, dass seine Liebe zu ihr nur so lange überdauert hat, weil sie sich nie erfüllt hat. Das ist bei ihrem letzten Treffen bei einer Waldhütte. Und er fragt sie, woran denkst du, und sie sagt, an nichts. Klar habe ich das Buch gelesen, ich glaube, es war sogar jenes von ihm, das ich am meisten mochte.

Aber für Judith ist es ein vollkommen anderes Buch, die Ouvertüre zu ihrer Geschichte, die auch nicht gerade ein happy ending hat, aber ein etwas happyeres.

Wir haben uns dann im Café neben dem kleinen Schlösschen ein eher mittelmäßiges Sandwich geteilt und sind danach zurück zum Haus gegangen.

Judith will sich ein bisschen ausruhen. Sie geht in Wechslers Zimmer, aber lehnt die Tür nur an, als wolle sie die Verbindung zu mir nicht trennen, nicht ganz allein sein mit dem Geist ihres Geliebten. Ich lege mich auf mein Bett im Büro oder Gästezimmer, suche die Stellen im Buch, fange dann von vorne an zu lesen. Wenn ich Wechslers Bücher lese, kommt es mir immer vor, als hörte ich die Stimmen der Toten, ich weiß auch nicht warum. Das hat etwas Tröstliches, dieses Gefühl, dass sie immer noch da sind, dass sie nicht verschwinden werden, obwohl sie längst tot sind. Ich muss die Bücher nicht mal lesen, es reicht schon, wenn ich sie anschaue, mich an sie erinnere.

Ich könnte das eine oder andere Buch klauen, es gibt genug hier, und die landen sonst wohl ohnehin im Müll. Richards Bücher retten, damit seine Stimme nicht verstummt.

Ich muss Judith wie so eine Art Zerberus vorkommen, ich bewache Richards Papiere, wenn sie an die Sachen kommen will, muss sie an mir vorbei. Gleich mal googeln: Zerberus. Auch Kerberos. Dämon der Grube, ist in der griechischen Mythologie ein zumeist mehrköpfiger Höllenhund, der den Eingang zur Unterwelt bewacht, damit kein Lebender eindringt und kein Toter herauskommt. Die Toten muss man also auch bewachen? Den Zerberus kann man mit Honigkuchen besänftigen. Den gab es doch immer in Südfrankreich, diese rechteckigen Klötze in Scheiben geschnitten und in Plastikfolie verpackt, weiches, klebriges Zeug, da waren auch noch exotische Gewürze drin, so lebkuchenartig, ich mochte das nicht. Lebkuchen mag ich auch nicht. Ich bin sowieso eher der salzige Typ als der süße. Interessiert das jemanden?

Als ich höre, dass Judith aufsteht, setze ich mich ins Wohnzimmer, mache den Weg frei. Ich bin kein Unmensch, ich bin nicht meiner Schwester Hüterin. Ich will kein vielköpfiger Zerberus sein, und Honigkuchen will ich schon gar nicht. Überhaupt, was geht es mich an?

Das war verrückt: Als wir unseren Spaziergang auf dem Berg gemacht haben, hat mir Judith etwas gezeigt auf ihrem Handy. Sie habe seine E-Mails immer gleich gelöscht, hat sie gesagt. Wo habe ich das gelesen, dass Frauen viel besser darin sind, ihre Affären zu verbergen als Männer? Jedenfalls hat sie immer gleich alles gelöscht, nachdem sie es gelesen hatte. Auch die Bilder, die er ihr geschickt hat. Kurz angeschaut, eingeprägt und dann weg damit.

Aber ich habe mir manchmal den einen oder anderen Satz herauskopiert und ihn gespeichert, sagte sie.

Sie zeigte mir das Dokument, eine Aneinanderreihung von Sätzen, die in dieser Reihenfolge überhaupt keinen Sinn mehr ergaben:

In meinem Herzen bist du schon ganz lang meine Geliebte. Weil wir zusammengehören. Mit der schönsten Frau der Welt. Alles an dir ist schön, meine Freundin. Ich liebe dich halt, ich kann nichts dafür. Es gibt nichts, was ich anders haben möchte an dir. Verzaubert hast du mich. Wie schön ist deine Liebe. Freundliches Schicksal. Lass mich dir noch einmal schreiben, dass ich dich liebe. Deine Hügel und Täler. Ich glaube, du warst von Anfang an bereit dazu, vielleicht ohne es zu wissen. Wir gehören zusammen.

Seltsam, ein bisschen verrückt, aber auch schön.

Abendessen beim Japaner. Wir sind die einzigen Gäste. Gutes Essen, aber kleine Portionen. Vier Sterne.

Der Typ von der Gare de Lyon will mich unbedingt treffen. Der mit der Frau, die ihm Kusshände zuwirft. Wir haben uns gelegentlich geschrieben, ziemlich krude Mails. Aus irgendeinem Grund habe ich erwähnt, dass ich nach Paris komme. Jetzt will er mich sehen. Na ja, wohl nicht nur sehen. Praktischerweise ist die Kusshänderin mal wieder in Lyon, wo sie für ihre Firma … jedenfalls ist sie nicht da. Und er hätte Zeit, auch tagsüber. Er arbeitet meistens von zu Hause aus, ich habe vergessen, was genau er macht. Oder besser: Ich habe es mir gar nicht erst gemerkt. Einen dieser Jobs, bei denen man sich fragt, wie die Menschheit nur Tausende von Jahren ohne auskommen konnte. Kommunikationsberater, Controller, Compliance Officer, was weiß ich. Aber immerhin so gut bezahlt, dass er sich Designermöbel leisten kann und Ferien in Südostasien. In der Straßenbahn habe ich mal gehört, wie eine junge Frau zu einer anderen gesagt hat, weißt du, wenn du so eine Stereoanlage hast wie wir, kannst du keine Kinder haben. Die spinnen, die Römer.

Ich muss etwas in der Stadt erledigen. Jemanden treffen.

Judith fragt nicht nach. Vielleicht ist sie ganz froh, mal ein wenig Zeit allein im Haus zu verbringen. Dann kann sie in Ruhe die Dinge sichten, vielleicht das eine oder andere verschwinden lassen. Ob sie Angst hat, dass Richards Schwester sie verpfeifen würde? Ich kenne die Schwester nicht, erstaunlicherweise hatten wir keine Ahnung, dass sie existiert, sonst hätten wir sie wohl damals um ein Interview gebeten. Dann hätte sie uns gesagt, mein Bruder hatte schon immer viel Phantasie, er hat schon als Kind gern geschrieben, wir haben uns oft gestritten, aber wir waren auch die besten Freunde, all den austauschbaren Quatsch, den man so sagt. Wenn ich so was erfahren würde von jemandem, also dass sie was hat mit einem Mann, der nicht ihr Mann ist und auch nicht meiner, ich würde sie ganz bestimmt nicht verraten.

Ich treffe Marc zum Mittagessen. Er hat eine irritierend formelle Art, als ob wir nicht beide wüssten, worauf das hinausläuft, als ob wir uns diese E-Mails nie geschrieben hätten. Ist das französisch? Den Schein wahren? Er empfiehlt mir den Thunfisch auf Rucola, aber erstens mag ich keinen Rucola, zweitens keinen Thunfisch, und drittens soll man den doch sowieso nicht mehr essen, glaube ich, wegen der Delfine oder weil die Bestände überfischt sind oder aus sonst einem wichtigen Grund. Ich nehme den Salat mit Ziegenkäse. Erst beim Essen frage ich mich, ob man danach aus dem Mund riecht. Ist egal, Marc ist jung und ungestüm, vielleicht auch etwas ausgehungert, das hat gewisse Vorteile. Allerdings auch gewisse Nachteile. Jedenfalls kann ihn der Geruch von Ziegenkäse bestimmt nicht abschrecken.

Der Nachmittag verläuft zu meiner vollen Befriedigung. Danach gehen wir einen Aperitif trinken und sitzen uns etwas ratlos gegenüber. Marc unternimmt ein paar unentschlossene Versuche, mir von seiner Arbeit zu erzählen, aber er muss mir ansehen, dass nichts auf der Welt mich weniger interessiert. Wir haben uns nichts zu sagen, das wird mir erst jetzt bewusst. Davor die Erregung, danach die Ernüchterung. Noch ein Glas Chardonnay macht es auch nicht besser, richtig elend ist mir.

Salut.

Wir wissen wohl beide, dass wir uns nicht wiedersehen werden. Und uns auch nicht mehr schreiben. Wenigstens etwas habe ich heute erreicht.

Ich habe ein schlechtes Gewissen, als ich zurück nach Sceaux fahre. Es kommt mir vor, als hätte ich Judith hintergangen, als hätte ich Richard betrogen, obwohl ich ihm nichts schulde und nie was mit ihm hatte. Wir sind hier wegen ihm, um an ihn zu denken, uns an ihn zu erinnern und jetzt ist es nur traurig und die Stimmung ist weg, die Melancholie, das Herbstliche, die Verbindung mit Richard über den Tod hinaus. Der Bann ist gebrochen, ich werde ausgestoßen aus der

Gemeinschaft der Klageweiber, ich bin es nicht wert, Richard Wechslers zu gedenken.

Ich gehe die längste Zeit im Viertel herum, nicht weil ich den Weg nicht finde, ich versuche, zurück in jenen Zustand zu finden, in dem ich vor meinem Ausflug war, in jenen Zustand, in dem ich Judith bei der Beerdigung sagen konnte, es sei nicht traurig, und es auch so empfand. Und dann ist es einfach vorbei und wir stehen da, an einem sonnigen Septembertag und denken noch ein wenig an ihn, und dann gehen wir nach Hause. Aber ich bin nicht nach Hause gegangen, ich war bei Marc. Das Bett kommt auch aus der Schweiz, hat Marc gesagt, ein Lehni-Bett. Na, super. Der Herr legt sich nur auf Schweizer Qualitätsware. Wechsler würde das vermutlich verstehen, vielleicht sogar gutheißen oder zumindest lustig finden, aber mich stört der Gedanke, nicht aus moralischen Gründen, aus ästhetischen.

Ich gehe durch das ausgestorbene Viertel, die konzentrisch angeordneten Straßen entlang, schaue in die Gärten, die ebenso leer sind wie die Straßen, wie die Häuser leer erscheinen. Sind plötzlich alle Menschen verschwunden? Da gab es doch dieses Buch von einem, der eines Morgens erwacht, und alle anderen Menschen sind weg. War alles tot und war niemand mehr auf der Welt. Und wie auf der Erde niemand mehr war, wollt's in den Himmel gehen, aber der Mond war ein Stück faul Holz … Ich kenne meine

Klassiker. Aber es gab noch ein Buch von einem Österreicher und noch ein anderes, ein Kinderbuch, ich glaube, das hieß, Die grüne Wolke. Und als es zurück auf die Erde wollte, da war die Erde ein umgestürzter Hafen, und da hat es sich hingesetzt und geweint, und da sitzt es immer noch und ist ganz allein. So komme ich mir vor.

Es dämmert schon. In einer halben Stunde wird der Park geschlossen. Fünfzig Meter nach dem Eingangstor gibt es einen kleinen Spielplatz, einige Sitzbänke, da sitze ich auf meinem Hafen. Es gibt nichts Traurigeres als einen verlassenen Spielplatz. Dieses Versprechen eines besseren Lebens voller Schaukeln und Wippen und Klettertürme, das doch nie gehalten wird. Freizeit, was für eine traurige Angelegenheit. Schon das Wort. Freizeit, Freiheit. Was macht der Mensch, wenn er ganz frei ist? Er schaukelt, er dreht sich im Kreis, er wippt, bis er ganz besoffen ist davon. Noch schlimmer: sich etwas gönnen. Tom konnte für sich ganz allein ein dreigängiges Menu kochen. Als ich ihn einmal wegen einer abgesagten Verabredung zu Hause überraschte, hatte er den Tisch für sich allein gedeckt wie in einem guten Restaurant mit zwei Tellern für Vorspeise und Hauptgang, Serviette, Wasser- und Weinglas und dem nötigen Besteck. Sogar eine brennende Kerze stand da. Warum empörte mich das so? Eigentlich hätte ich ihn dafür bewundern sollen, aber aus irgendeinem Grund brachte es mich auf gegen ihn, als hätte ich ihn beim Schauen von Pornos erwischt. Mir ging es immer am besten, wenn ich arbeitete, und je kläglicher das Sandwich war, das ich mir kaufte, desto besser. Hätte ich einen Therapeuten, müsste ich wohl mal mit ihm darüber sprechen. Gut, dass ich keinen habe.

Im Park ist niemand unterwegs, nicht einmal mehr Jogger. Ich bin der letzte Mensch. Ich sitze auf einer der Bänke beim Spielplatz und weine ein bisschen, das tut gut. Dann bin ich bereit, zurück zu Judith zu gehen, gerade als ein Parkaufseher kommt und mich wegscheucht.

On ferme.

Das wäre ein Job, Parkaufseherin. Oder Friedhofsgärtnerin, Hausmeisterin in einem öffentlichen Gebäude. Oder Briefträgerin. Da ist man an der frischen Luft, kommt rum, trifft Leute, und alle freuen sich, wenn man an ihrer Tür klingelt. Als ich ein Kind war, hat unser Briefträger immer alle Postkarten gelesen, und dann fragte er, so, sind die Kinder im Skilager, oder geht es der Großmutter wieder besser? Er hat teilgenommen am Leben des gesamten Viertels und sah darin noch nicht mal einen Verstoß gegen das Postgeheimnis. Ich glaube, alle haben das akzeptiert, wie man früher so manches akzeptiert hat. Man soll dem Ochsen, der da drischt, das Maul nicht verbinden, heißt es doch in der Bibel.

Das Haus ist dunkel, aber die Tür ist nicht abgeschlossen. Ich gehe hinein, mache Licht und lösche es gleich wieder. Ich schaue ins Büro, das im Dämmerlicht liegt, nichts darin scheint sich verändert zu haben. Judith liegt auf dem Bett in Richards Schlafzimmer, sie schläft. Sie liegt auf dem Rücken, wie eine Tote und sieht sehr schön aus, so entspannt, wie ich sie noch nie gesehen habe. Vielleicht träumt sie von Richard, von ihren Treffen in Paris. Ich betrachte ihren Körper, stelle mir vor, wie sie und Richard sich lieben, sehr nah zusammen und zugleich sehr weit voneinander entfernt.

Ich bin Richard. Ich schaue Judith an. Ich sehe das junge Mädchen, das sie einmal gewesen ist, das Mädchen, das ich geliebt habe. Judith, ich spreche ihren Namen aus ohne jede Emotion. Judith.

Bei einem unserer Telefonate hat Wechsler mir erzählt, wie sie sich kennengelernt hatten. Das war noch vor der Zeit am Gymnasium, ein Wochenendausflug mit der Jungen Kirche, einer evangelischen Jugendorganisation. Mit Religion hatte das allerdings wenig zu tun, sagte Wechsler, es war einfach eine Gelegenheit, mal wegzukommen aus dem Dorf, ohne gleich Sport treiben zu müssen. Wir fuhren in die Berge, ich habe keine Ahnung mehr wohin, aber es muss in den Voralpen gewesen sein, vielleicht im Toggenburg. Ich weiß noch, wie wir auf einer Wiese lagen um ein Feuer herum. Wir hatten Decken dabei und diskutierten über Gott und die Welt. Judith war mir vorher gar nicht aufgefallen, sie war eher still, nicht scheu, aber zurückhaltend, vielleicht weil sie die Tochter des Pfarrers war. Aber das spielte in unserer Runde eigentlich keine Rolle, wir waren alle die Kinder von irgendjemandem. Wie alt waren wir da? Fünfzehn? Sechzehn? Ich weiß es nicht mehr. War der Pfarrer dabei oder Betreuer, Jugendarbeiter? Bestimmt. Aber nicht am Feuer. Spielte jemand Gitarre? Vielleicht. Es wurde kühl, Tau fiel auf die Wiese und auf unsere Decken. Wir redeten jetzt leiser, nur noch zu zweit. Ich und Judith. Ist Ihnen einmal aufgefallen, wie sich die Akustik verändert, wenn die Sonne untergeht? Die Atmosphäre scheint transparenter zu werden und durchlässiger, der Raum scheint sich zu öffnen, der Weltraum. Wir sprachen über unsere Zukunftspläne. Wollte Judith da schon Theologie studieren? Wollte ich schon schreiben? Ich war Atheist, ich war in dem Alter, in dem man alles weiß und nichts versteht. So fing es an.

Wie es weiterging, hatte mir Judith erzählt. Jahre, ein halbes Leben, in dem sie sich immer wieder annäherten und voneinander entfernten. Manchmal hörte sie die längste Zeit nichts von Richard, dann war er plötzlich wieder da, schrieb eine E-Mail nach der anderen, wollte sie treffen, nur um dann erneut zu verschwinden. Ich wusste eigentlich nie, wo er gerade steckte, was er machte, er war wie ein Geist, aber ein guter Geist. Er schickte mir alle seine Bücher mit enigmatischen Widmungen. Manchmal wünschte ich mir, er würde aus meinem Leben verschwinden, mich endlich in Ruhe lassen, vielleicht, weil ich ahnte, dass er mir gefährlich werden konnte.

Und ist er dir gefährlich geworden?

Kennst du Kugel im Colt von Udo Lindenberg?, fragte Judith.

Lebt der noch?

Das hat Richard einmal für mich aufgenommen. Auf Kassette. Kanntest du noch Tonbandkassetten? Ich glaube, da habe ich überhaupt erst begriffen, dass er in mich verliebt war. Geahnt hatte ich es wohl schon lange, aber da habe ich es begriffen. Was es bedeutete, was es für mich bedeutete.

Ich bin die Kugel in deinem Colt,
Schieß mich voll in dein Herz rein
Oder schieß mich weit aus deinem Leben raus
Ich muss jetzt wissen, was los ist
Und nach dem Schuss gibt's keine Fragen mehr
Und ich weiß, dass ich zu dir gehör'.

Judith hatte mir die paar Zeilen vorgesungen mit einer erstaunlich schönen Stimme. Jetzt lachte sie, es war ein herzliches, warmes Lachen. Er ist immer ein furchtbar sentimentaler Mensch gewesen. Aber meistens konnte er es gut verbergen. Da habe ich noch studiert und war schon mit meinem jetzigen Mann zusammen. Natürlich kam es gar nicht in Frage, dass ich mit Richard etwas anfangen würde. Aber es war ein erster Kratzer auf der glatten Oberfläche meines Lebensentwurfs, ein kleiner Sprung, der mit den Jahren immer größer wurde. Ich habe mich lange gewehrt, sagte Judith. Und dann gab es keine Fragen mehr.

Ich bin Richard. Ich setze mich auf die Kante des Bettes, betrachte diese Frau, die für mich nicht alt geworden ist, und wundere mich über sie und über mich selbst, über die Liebe, die uns all die Jahre verbunden und doch nie zusammengeführt hat. Ich kann nicht anders, als Judith anzufassen, ich streiche ihr das Haar aus der Stirn, lege eine Hand auf ihre Schulter, berühre ihren Hals. Ich erschrecke fast ein wenig ob der Wärme ihres Körpers. Endlich erwacht sie, schaut mich an, lächelt, aber sagt nichts.

Beim Abendessen erzähle ich Judith von Richards Anrufen. Sie nimmt es ungerührt zur Kenntnis, scheint nicht aufgebracht zu sein oder enttäuscht. Habe ich das erwartet? Habe ich es ihr vielleicht nur erzählt, um mich wichtig zu machen? Um ihr zu sagen, siehst du, als es hart auf hart ging, hat er mich angerufen, nicht dich? Bin ich eifersüchtig auf diese seltsame Liebesgeschichte zwischen ihr und Richard? Ich glaube nicht. Ich mag Judith, und ich gönne ihr alles, was sie mit ihm erlebt hat. Klingt das unehrlich? Ich finde, das klingt unehrlich, auch wenn ich es gar nicht so meine. Kann man unehrlich sein, ohne es zu wollen und zu wissen? Vielleicht bin ich eine Art Schmarotzerin, die ihre Liebe aufsaugt, um mich davon zu nähren. Ich bin eine dieser Pflanzen, die nur auf anderen Pflanzen gedeihen können. Eine Mistel. Wenn man unter mir durchgeht, muss man sich küssen.

Ich erzähle Judith von einem unserer letzten Gespräche. An dem Tag schien es Richard gut zu gehen. Ich meine nicht körperlich, darüber weiß ich nichts. Er war einfach gut drauf.

Ich kann nicht sagen, dass ich mich damit abgefunden habe, sagte er, aber ich habe es akzeptiert. Ich habe ein gutes Leben gehabt, und ich habe lange gelebt. Wenn ich an all die Schriftsteller denke, die viel jünger gestorben sind, Büchner, Kleist, Kafka, Pessoa, Čechov, Camus, Pavese …

Die, die sich umgebracht haben, zählen nicht. Die sind selbst schuld.

Aber auch so, sagte er. Borchert, sogar W. G. Sebald.

Warum sogar? Und Schriftstellerinnen?

Die leben länger. Er lachte. Tut mir leid. Beim Sterben gibt es keine Frauenquote.

Annette von Droste-Hülshoff, Ingeborg Bachmann, Marlen Haushofer, Emily Dickinson, Sylvia Plath …

Selbstmord!

Besserwisser.

Diese ganze Krankengeschichte langweilt mich, sagte er. Wenn ich schon nicht mehr lange zu leben habe, will ich nicht den Rest meiner Tage damit verbringen, Statusberichte über den Zustand meiner Innereien zu verbreiten. Oder gar ein Buch zu schreiben: Glücklich sterben mit Richard Wechsler, eine Anleitung für Anfänger und Fortgeschrittene. Reden wir über Literatur.

Schreiben Sie?

Ich habe genug geschrieben.

Letzte Worte?

Wenn ich jetzt sterben müsste, würde ich sagen: Das war alles? Und: Ich habe es nicht so richtig verstanden. Und: Es war ein bisschen laut.

Das ist nicht von Ihnen.

Von Kurt Tucholsky. Auch ein Selbstmörder.

Karl Valentin soll gesagt haben, ich wußte nicht, daß Sterben so schön ist.

Da kann man geteilter Meinung sein. Kennen Sie die Nummer mit den Semmelknödeln?

Mist, falsches Stichwort. Jetzt fing er nämlich an, mir Nummern von Karl Valentin und Liesl Karlstadt vorzusprechen mit fürchterlichem pseudobayrischem Akzent. Als ob ich die nicht alle kennen würde. Die hatte ich als Kind geliebt. Er machte es furchtbar schlecht, erinnerte sich nur an die Hälfte, verpatzte die Pointen, sofern es überhaupt Pointen gab. Er hatte nicht die Geduld für die zähen Wiederholungen, die Valentins Witz oft ausmachen, dieses Nicht-aufhören-können. Dabei hatte er mir selbst einmal gesagt, das muss noch in Paris gewesen sein, er könne nie aufhören, keine Beziehungen beenden, keine Freundschaften, er habe es nie geschafft, etwas aufzugeben, neu anzufangen. Ich führe seit Jahrzehnten dasselbe Leben, wohne im selben Haus, esse in denselben Restaurants, treffe dieselben Leute, trage dieselben Kleider, benutze dieselben Produkte.

Und bei Ihren Büchern? Fällt es Ihnen da auch schwer, das Ende zu finden?

Er zögerte kurz und sagte dann, als hätte er noch nie darüber nachgedacht, nein, das fällt mir ganz leicht. Das Ende schreibt sich immer wie von selbst.

Er machte immer noch Karl Valentin nach. Der Firmling. Drum sag ich's noch einmal, sang er, schön ist die Jugendzeit, sie kommt nicht mehr.

Genug! Ich kenne die Nummern alle, man kann die nicht nachmachen.

Nennen Sie mir ein Bild aus ihrem Film, das mehr ist als Illustration. Wo das Bild etwas erzählt, was die Worte nicht vermitteln können.

Warum fing er jetzt wieder mit dem Film an? Wollte er mich ärgern? Oder hatte er doch ein schlechtes Gewissen? Und jetzt musste ich ihm bestätigen, dass sowieso nichts Schlaues daraus geworden wäre? Da konnte er lange warten.

Im Dorf hätten wir ein paar schöne Sachen drehen können.

Katzen im Regen?

Touché! Aber woher wusste er das?

Dieses endlose Herumgehen in der Stadt, sagte er,

das war doch reines Füllmaterial. Da hätten Sie ebenso gut Bilder von spielenden Kätzchen zeigen können, während ich meine tiefsten Erkenntnisse über das Wesen der Literatur und die Ordnung der Dinge mit Ihnen teilte. Oder Bilder von Sonnenuntergängen in der Karibik, von den Wundern der Tiefsee, Zeitlupenaufnahmen von Kunstturnerinnen.

Die Hälfte eines Films entsteht im Schnitt.

Aus nichts wird nichts.

Danke.

Gern geschehen.

Aber ich war froh, dass es ihm besser ging. Über die Krankheit sprachen wir danach nicht wieder.

Erst als wir den Tisch abräumen, fällt mir der Stapel Briefe auf, der da liegt, was sind das, vielleicht vierzig, fünfzig Umschläge? Einige haben noch den hübschen Luftpostrand, rot und blau gestreift, sind aus diesem ganz dünnen bläulichen Papier, das durchscheinend wirkt. Judith sagt nichts dazu, aber sie räumt die Briefe auch nicht weg. Sie hätte sie gleich in ihren Koffer stecken oder wegwerfen können. Sie entschuldigt sich bald, sie sei müde. Was die Frau sich dauernd ausruhen muss. Ist das so, wenn man auf die Sechzig zugeht? Oder ist sie erschöpft von der ganzen Situation, von ihren Gefühlen?

Die Briefe liegen auf dem Tisch, eine stumme Aufforderung. Ich sitze auf dem Sofa, lese immer noch in

Richards Buch, über das wir gestern gesprochen haben. Und da, fast am Schluss, finde ich diesen Satz noch einmal, mit dem wir unseren Film hatten beginnen wollen: Er fragte sich, wie viel Zeit ihnen bleiben würde. Aber das alles spielte keine Rolle. Die Zukunft war nur ein Tag.

Es sind Judiths Briefe, seine sind für immer verloren, sie hat sie alle vernichtet, und er scheint keine Abschriften gemacht zu haben, wie jene Autoren, die, während sie an ihre Geliebte schreiben, schon an die Nachwelt denken. Schaut mal, was für ein Kerl ich war. So berechnend kam er mir nie vor, so eitel. Die Nachwelt gibt es nicht, hat er einmal gesagt. Die Zukunft ist nur ein Tag.

Lieber Richard, Mein geliebter Richard, Mein Geliebter, Mein Schatz … Ich lege die Briefe weg. Nicht aus Diskretion, nicht aus Feingefühl. Ich verspreche mir nichts davon, sie zu lesen, sie interessieren mich nicht. Es ist wie Kochrezepte lesen, die man nie ausprobieren wird. Zeitverschwendung. Toskanischer Grünkohlrisotto mit Pilzen und Rosmarin. Sie haben sich geliebt, aber die Briefe sind in einer Geheimsprache geschrieben, die ich nicht verstehe. Oder die ich nur zu gut verstehe. Ich will nichts hören von Judiths Verlangen, von ihrer Sehnsucht, ihrer Lust. Been there, done that, got the T-Shirt.

Warum will Judith, dass ich das lese? Braucht sie eine Zeugin? So wie es bei einer Trauung Zeugen braucht?

Liebe Freundinnen und Freunde, wir sind hier zusammengekommen, um das außereheliche Verhältnis von Judith und Richard zu begehen. Sie haben sich schon in ihrer Jugend gekannt, aber es hat viele Jahre gedauert, bis sie endlich in dieser Form zusammenfanden. Judith war längst mit einem Hobbyfotografen verheiratet, über Richards Beziehungsleben wissen wir wenig, beziehungsweise nichts. Wir wissen nur, dass die beiden sich anlässlich einer Beerdigung und vermutlich unter dem Einfluss alkoholischer Getränke, die beim Leichenmahl gereicht wurden, entschlossen, diesen Bund einzugehen, den sie noch am selben Tag vollzogen und den wir heute bezeugen wollen. Judith Imbach, willst du Richard Wechsler als deinen Liebhaber lieben und ehren und ein Verhältnis mit ihm führen in guten, wie in schlechten Tagen, bis dass der Tod euch scheidet, so antworte: Ja, mit Gottes Hilfe. Na ja, auf die Hilfe Gottes könnte man allenfalls verzichten.

Und Judith: Ja, ich will.

Und Richard … Ich will.

Ihr dürft euch jetzt küssen.

Ich weiß jetzt, worum es geht. Judith will, dass ich ihre Briefe lese, weil sie selbst sie nicht lesen will. Heute Morgen bin ich früh aufgewacht, aber liegen geblieben. Ich liebe diese blaue Stunde zwischen Nacht und Tag, diesen Zustand zwischen Schlafen und Wachen. Von draußen ist das eine oder andere Auto zu hören, aus dem Haus ein Summen, das könnte der

Kühlschrank sein, und ein Rauschen, ist das der Boiler? Vögel aus dem Garten und von weit her eine Art allgemeines Rauschen, das Rauschen der Zeit.

Da wusste ich plötzlich: Judith wird die Briefe nicht lesen. Sie wird sie wegwerfen, heute oder morgen. Nicht einmal verbrennen oder zerreißen wird sie die Briefe, sie wird sie ganz untheatralisch mit einer beiläufigen Handbewegung in den Müll werfen und die Mülltüte, wenn wir abreisen, im Container an der Straße deponieren. Game over. Mehr gibt es dazu nicht zu sagen.

Ich glaube, wir hätten noch ewig in Richards Haus bleiben können. Es kam mir ein bisschen vor, als stehe die Zeit still, und sie stand hier seit Richards Tod tatsächlich still. Irgendwann wird jemand mit einer Absicht dieses Haus betreten, und dann wird durch die geöffnete Tür die Zwischenzeit ins Haus fließen und die stillgestandene wegspülen und alles mit ihr. Dann wird es nicht mehr Richards Haus sein, sondern nur noch ein verlassenes Gebäude voller Trödel, das geräumt wird, verwertet, abgerissen oder renoviert oder verkauft an jemanden, der hier ein ganz anderes Leben führen wird.

Aber jetzt ist Richard noch in allen Dingen präsent, in seinen Kleidern, seinen Büchern, seinen Möbeln und in den Bildern an den Wänden, in seinen Küchen- und Gartengeräten, seinem alten Fahrrad, in den

Klappstühlen auf der Terrasse und im Liegestuhl, in all dem Krimskrams, der sich im Laufe eines Lebens ansammelt. Vielleicht sogar am meisten in den kleinen Dingen, einer angebrochenen Tafel weißer Schokolade im Schrank, einer verbogenen Büroklammer, wozu er die wohl gebraucht hat, einem geöffneten Briefumschlag von der Energiegesellschaft, auf dem er ein paar Kringel gemacht hat, da hat er vermutlich einen Kugelschreiber ausprobiert, einer geöffneten Schachtel mit Heftpflastern und daneben den weißen Abziehstreifen, die den Kleber geschützt haben, hat er sich da noch kurz vor seinem Tod beim Rasieren geschnitten? Richard wird nicht wiederkommen, nichts hinzufügen und nichts wegnehmen, nichts benutzen und nichts verändern. Er schwebt über dem Haus und dem Garten wie ein Geist, wie ein Gedanke, wie eine Erinnerung.

Könnte doch nur ein Werk möglich sein, das außerhalb unseres Selbst konzipiert worden ist, ein Werk, das uns erlauben würde, aus der begrenzten Perspektive eines individuellen Ich auszutreten, um sprechen zu lassen, was keine Sprache hat, den Vogel, der sich auf die Dachrinne setzt, den Baum im Frühling und den Baum im Herbst, den Stein, den Beton, den Plastikstoff …

Das war bestimmt auch wieder ein Zitat, so was sagte nicht einmal Richard aus dem Stegreif, auch wenn er den Satz nicht zu Ende sprach.

Wir müssten hier das Richard-Wechsler-Museum

einrichten, einfach alles so lassen, wie es ist. Wir würden aber niemanden reinlassen, nur draußen ein Schild anbringen, Richard-Wechsler-Museum, permanent geschlossen.

Und wir zwei wären die Kuratorinnen und würden Wechselausstellungen einrichten, sagt Judith. Richard Wechslers Sammlung löchriger Socken.

Sambal Oelek und andere Fundstücke aus Richard Wechslers Speisekammer. Literarisch-kulinarische Erkundungen.

Da könnten wir auch die fünf Packungen Spaghetti zeigen, die im Küchenschrank liegen.

Unvollendete Projekte, unbezahlte Rechnungen.

Leere Notizbücher, volle Bücherregale. Sprache und Sprachlosigkeit im Leben und Werk von Richard Wechsler.

Du würdest die Kasse machen und ich die Aufsicht, sagt Judith. Und jede Woche würden wir wechseln.

Aber Judith muss zurück. Ein Seminar, Reisen ins Älterwerden, steht an, eine Herbstwanderung mit den Konfirmanden und der Erntedankgottesdienst mit anschließendem Kirchenkaffee.

Worüber wirst du sprechen?

Die Speisung der Viertausend.

Das ist eine dieser Wundergeschichten?

Ja, die kennst du, das mit den Fischen und dem Brot.

Und was gibt es dazu zu sagen? Außer guten Appetit?

Ach, so einiges. Judith stöhnt. Darüber, dass Brot allein nicht satt macht und über Jesus als das Brot des Lebens und über das Teilen, die Solidarität, Armut, Geflüchtete, was weiß ich. Es erscheint mir alles so schal. Weißt du noch, wie du mich mal gefragt hast, ob man als Pfarrerin gläubig sein müsse?

Du hast gesagt, man muss nicht, aber es hilft.

Ja, sagt Judith, es würde helfen. Gerade jetzt.

Sie sagt, der Glaube sei für sie immer selbstverständlich gewesen, den habe sie schon mit der Muttermilch aufgesogen, die biblischen Geschichten, die Abendgebete, die sonntäglichen Gottesdienste und die kirchlichen Feste, der Gesang, die schönen Kleider, die sie anziehen musste, der Vater, der nicht gestört werden durfte, wenn er seine Predigt schrieb, das sei alles Teil ihres Glaubens gewesen. Im Studium sei die Angelegenheit dann ernsthafter geworden, und auch konsequenter. Wir haben die Quellen studiert und verglichen, Texte analysiert, Glaubenssätze hinterfragt. Mein naiver Kinderglaube ist mir abhanden gekommen, dafür kam etwas Neues hinzu, die Freude an den alten Schriften, die Komplexität der Auslegungen, die Hermeneutik, die Philosophie, die Mystik. Ich las die alten Texte, und mir war, als hätte nie zuvor jemand anderes sie gelesen, alles ergab plötzlich einen Sinn, fügte sich zu einem Ganzen. In der Praxis war es dann wieder anders, da kam der angewandte Glaube zum Zug, ich konnte Menschen helfen, sie bestärken, wenn sie zweifelten, sie trösten in der Trauer, ihnen Hinweise geben, wo sie Antworten finden konnten oder wo zumindest dieselben Fragen gestellt wurden, die sie hatten. Ich hatte das Gefühl, etwas Sinnvolles zu tun, auch wenn ich oft an meine Grenzen stieß und an meinen eigenen Überzeugungen zweifelte. Aber die Leute glaubten mir, und über sie glaubte ich auch an mich und meine Aufgabe. Dann begann das mit Richard, aber auch das konnte ich noch irgendwie wegstecken. Niemand ist unfehlbar, wer von euch ohne Sünde ist, werfe als Erster einen Stein auf sie. Selbst dass ich nicht von Richard lassen mochte, konnte ich mir noch irgendwie schönreden. Ich habe mein Tun nie als Ehebruch empfunden, auch wenn es das in den Augen der Gesellschaft natürlich gewesen wäre. In meinem Wertesystem gab es viel schlimmere Sünden. Hochmut, Überheblichkeit, Neid, Lieblosigkeit. Geschenkt. Vielleicht war die Sünde sogar die letzte Möglichkeit, meinen Glauben nicht zu verlieren. Mein schlechtes Gewissen war der Beweis, dass mir nicht alles gleichgültig war. Aber Richards Tod …

Zum ersten Mal weint sie vor mir. Ich nehme sie in den Arm, streichle ihren Kopf. Erst hat Judith nur sachte geweint, dann hat sie angefangen zu schluchzen, und aus irgendeinem blöden Grund muss ich auch weinen, keine Ahnung weshalb.

Wann war das, dass er sagte, er möchte, dass von ihm nur seine Bücher blieben, nichts sonst? Keine Tagebücher, keine Briefe, keine Fotografien, keine Nachrufe, keine Geschichten, die man sich über ihn erzähle, nicht einmal ein Grab.

Und Ihre Angehörigen? Ihre Lieben?

Ich sah ihm an, dass er darüber nicht nachgedacht hatte. Typisch. Er zog vor, nicht darauf zu antworten.

Warum schaffen es die Franzosen nicht, das Abfahrtsgleis rechtzeitig anzuschlagen? In Deutschland und der Schweiz und sogar in Österreich fahren die Züge immer vom selben Gleis, und wenn es doch einmal geändert wird, gibt es zehn Durchsagen und eine unterwürfige Entschuldigung der Generaldirektion. In Frankreich stehen alle Passagiere dumm in der Bahnhofshalle rum, und fünf Minuten vor Abfahrt des Zuges wird endlich das Gleis bekannt gegeben, und die Masse wälzt sich hin, es gibt ein Gedränge und Geschubse, und am Schluss fährt der Zug mit Verspätung ab, weil es nicht alle rechtzeitig hineingeschafft haben. Warum ärgere ich mich über solche Nichtigkeiten?

Was ist schlimmer, seinen Geliebten zu verlieren oder seinen Glauben? Da gab es doch diese Geschichte vom buddhistischen Mönch. Die hörte ich als Teenager, die örtliche Volkshochschule hatte eine Reihe von Vorträgen über die Weltreligionen organisiert, die ich alle besuchte. War ich da auf der Suche nach irgendwas? Habe ich da noch gehofft, Antworten zu finden? Jedenfalls ist mir nur diese eine Geschichte geblieben vom buddhistischen Mönch und seinem Hündchen. Der Mönch war bereit, in den Zustand des Nirwana überzugehen oder wie man das nennt, aber er wollte seinen Hund nicht zurücklassen. Und das stellte sich als seine letzte Prüfung heraus, die er also bestanden hatte. Aber was dann geschah, weiß ich nicht mehr. Erreichten er und der Hund gemeinsam das Nirwana? In meiner Vorstellung zogen sie weiter, ein alter Mann mit Sandalen und in einer Kutte und sein Hund auf einer staubigen Straße in einem gebirgigen Land. Die Kamera bleibt stehen, die zwei entfernen sich, werden kleiner und verschwinden schließlich am Horizont über eine Hügelkuppe. Schnitt.

Hat Judith die Briefe weggeworfen? Als ich am nächsten Morgen in die Küche kam, waren sie verschwunden. Ich habe nichts gesagt, keine Fragen gestellt, nicht einmal in den Mülleimer geschaut. Wir haben unsere Sachen gepackt, die Spuren unserer Anwesenheit beseitigt und sind in die Stadt gefahren, zur Gare de Lyon, wo wir den Zug genommen haben.

Judith ist sehr schweigsam. Sie hat wieder ihr Buch über die jüdische Mystik hervorgenommen und darin geblättert, ein bisschen gelesen, aber hat es schon nach wenigen Minuten zugeklappt. Jetzt liegt es auf ihrem Schoß, sie hat einen Finger zwischen die Seiten geklemmt und schaut aus dem Fenster. Hat diese Landschaft eine Bedeutung, oder füllt sie nur die Leere? Ein Körper bewegt sich durch den Raum. Ist das unsere

Rettung, unser Trost? Unterwegs sein? Diese Begeisterung, als ich mit Richard davongerannt bin. Wir gingen nur bis zum nächsten Café, aber hätte er mich in jenem Moment gefragt, ob ich mit ihm komme, ich wäre ihm bis ans Ende der Welt gefolgt. Oder wenigstens bis in sein Haus in der Peripherie. Ich war nicht verliebt in ihn oder so, es war eine Euphorie, die Bereitschaft, mich hinzugeben, die Freude an der Bewegung. Das stelle ich mir als das Schlimmste vor, wenn man tot ist, dass sich nichts mehr bewegt.

Ich kann nichts lesen in Judiths Gesicht. Ist sie froh, ihre Mission erfüllt zu haben? Ist sie traurig? Wäre sie lieber in Paris geblieben? Graut ihr vor der Rückkehr ins Dorf? Denkt sie an Richard, an ihren Mann? An den Rest ihres Lebens? An die wunderbare Speisung der Viertausend?

Schau, sagt sie plötzlich und schlägt das Buch auf, als wolle sie mir daraus vorlesen. Dann zitiert sie aus dem Gedächtnis das Wort des Baal-schem Tov: Nicht das Vergessen! Das Geheimnis der Erlösung heißt Erinnerung.

Sie schweigt. Nach einer Weile fragt sie: Glaubst du das?

Was heißt Erlösung? Willst du erlöst werden?

Judith zuckt mit den Schultern. Ich weiß es auch nicht mehr.

Willst du die Aufnahmen sehen, die wir in Paris von ihm gemacht haben?

Sie nickt, und ich setze mich neben sie, klappe mein Notebook auf und starte das Video, das ich damals im Hotel im Dorf zusammengeschustert habe. Da fällt mir erst ein, dass ich es Judith schon einmal gezeigt habe, an unserem ersten Abend. Aber das ist egal. Vollbild.

Richard geht über den Friedhof Montparnasse, er bleibt vor dem Grab von Suzanne und Samuel Beckett stehen. Auf der polierten Granitplatte kein Grabspruch, nichts, keine letzten Worte, keine Inszenierung, nur die Namen und die Lebensdaten. Ein Bund gelber Astern in durchsichtige Plastikfolie eingeschlagen liegt auf dem Stein. Richard bleibt einen Moment stehen, kratzt sich am Kopf, geht weiter. Schnitt. Er geht den Boulevard Raspail entlang, Schnitt, durch den Jardin du Luxembourg, Schnitt, den Boulevard Saint-Michel hinunter. Ein grüner Müllwagen fährt ins Bild, hält an, Müllmänner kippen den Inhalt großer Container in die Luke im Heck. Richard geht weiter. Schnitt. Er geht durch eine schmale Gasse, Restaurants, eine Bäckerei, eine Buchhandlung. Schnitt. Jetzt sind wir unten an der Seine, er schaut sich die Auslagen der Bouquinisten an. Haben wir ihn darum gebeten? Kaufen Sie etwas oder tun sie wenigstens so. Er zieht einen Fotoband aus einer der Kisten, schaut ihn kaum an, bezahlt. Er lacht, Tom hat weitergedreht, während Wechsler den Band zurückgibt und der Verkäufer ihm sein Geld wieder aushändigt. Auch der Verkäufer lacht, sagt etwas, das ich nicht verstehe. Wechsler will ihm ein Trinkgeld geben, aber der Verkäufer winkt lachend ab. Schnitt. Tom wollte diese Szene noch einmal drehen, weil etwas mit dem Ton nicht in Ordnung war, aber Wechsler hat sich standhaft geweigert. Nein, hat er einfach gesagt, ich spiele das einmal, aber nicht zweimal. Die Wirklichkeit lässt sich vielleicht fälschen, aber die Fälschung lässt sich nicht wiederholen. Schauen Sie, wie Sie das hinkriegen. Da war die Stimmung schon ein wenig angespannt. Wechsler kommt auf die Kamera zu, macht etwas mit der Hand im Gesicht, er geht an der Kamera vorbei. Schnitt.

Als das Video am Ende angelangt ist, fängt es automatisch wieder von vorne an, ein Loop, als gehe Richard endlos im Kreis. Der weiche Gang geschmeidig starker Schritte, der sich im allerkleinsten Kreise dreht … Ich weiß nicht, wie oft wir das Video schauen. Oft.

Mir fällt ein Kunstwerk von Bruce Nauman ein, ein Kassettengerät, eingegossen in einen Betonklotz. Man sieht nur das weiße Kabel, das im Beton verschwindet, aber daneben steht auf einem Schild, dass das Kassettengerät läuft, dass auf der Kassette ein Mann schreit, der Loop eines endlosen Schreis. Die Ungewissheit, ob das Band nicht längst gerissen ist, der Motor durchgebrannt, der Lautsprecher verstummt, der Mann tot. Den Stecker ziehen, das wäre Erlösung. Aber wollen wir erlöst werden? Ich habe selten ein Kunstwerk gesehen, das mich so aufgewühlt hat. Das war in Berlin.

Hast du einen hellgrünen Regenmantel?

Wie stellt man das ab?, fragt Judith.

Ich bewege die Maus, die Steuerungsleiste erscheint, ich drücke auf Stopp.

Ich habe eine gelbe Regenjacke, sagt Judith.

Als wir mit dem Dreh fertig waren, während wir auf Tom und Sascha warteten, bin ich noch mal hoch zum Bouquinisten und habe den Katalog gekauft. Als ich danach fragte, wusste der Händler erst gar nicht, welchen Band ich meinte, wer ich war. Dann zog er das ziemlich zerfledderte Exemplar aus einer seiner Kisten und verlangte einen Phantasiepreis, den ich, ohne mit der Wimper zu zucken, bezahlte. The Family of Man.

Das ist der Katalog einer Fotoausstellung im Museum of Modern Art in New York, sagte Wechsler, der neben mich getreten war. Das muss in den fünfziger Jahren gewesen sein, danach tourte die Ausstellung um die halbe Welt. Fotos von ganz vielen Fotografen, nach Themen geordnet, Geburt, Liebe, Arbeit, Freizeit, Tod und so weiter. Nach dem Krieg ging es wohl darum, die Gemeinschaft der Völker heraufzubeschwören:

Es gibt nur einen Mann auf der Welt
und sein Name ist Alle Männer.
Es gibt nur eine Frau auf der Welt
und ihr Name ist Alle Frauen
Es gibt nur ein Kind auf der Welt
und der Name des Kindes ist Alle Kinder.

Ein bisschen pathetisch, aber was soll's, das waren die fünfziger Jahre. Wenigstens die Frisuren waren damals noch in Ordnung.

Die letzte Seite des Bandes ist herausgerissen. Man sieht nur noch eine Ecke des Bildes, auf der nichts klar zu erkennen ist und die letzten Worte eines Zitates und sein Autor:

… your footsteps …

St.-John Perse

Auf der letzten Fotografie der Ausstellung war die Explosion einer Atombombe zu sehen, sagte Wechsler, eine Mahnung an die Völker dieser Erde. Ob es auch das letzte Bild des Katalogs war? Ob der frühere Besitzer es deswegen herausgerissen hat?

A world to be born under your footsteps …

Hasten! Hasten! Word of the greatest Wind!

III

Wir sind zurückgekehrt in unsere Leben. Am Bahnhof Zürich haben wir uns getrennt, Judiths Anschluss fuhr gleich, also gab es keine lange Verabschiedung, drei Küsse auf die Wangen, danke, dass du mitgekommen bist, es hat mir gutgetan. Wir hören voneinander.

Ich schaue ihr nach, sie verschwindet zwischen den Reisenden, dreht sich nicht einmal mehr nach mir um, und für einen kurzen Moment fühle ich mich unendlich einsam. Nur meine Zimmerpflanzen warten auf mich, aber die geben wenig an Zuneigung zurück. Ich bewege mich mit halber Geschwindigkeit durch die Bahnhofshalle, bin im Weg, Leute stoßen mich an, darum heißt es wohl Stoßzeit. Ein müdes Lächeln.

In der Straßenbahn bemerke ich einen Mann, der ebenso wenig wie ich zu wissen scheint, wohin er gehört, wohin er soll. Wir schauen uns kurz in die Augen, erkennen uns, wenden den Blick ab, als schämten wir uns voreinander.

In der Wohnung ist es kalt, ich habe vor meiner Abreise die Heizung zurückgedreht, jetzt drehe ich sie wieder hoch. Glücklicherweise haben Tom und ich nie zusammengewohnt, so konnte ich nach der Trennung ohne schlechte Gefühle hier wohnen bleiben, nichts musste aussortiert werden, nichts getilgt, gelöscht, vernichtet. Erst da merkte ich, dass er keine Spur in meinem Leben hinterließ, keine Postkarte, kein Foto, kein ausgeliehenes Buch, keine Unterwäsche zum Wechseln, keine Erinnerungen, nicht die kleinste Kleinigkeit. Nur seine Zahnbürste musste ich entsorgen, und die war ohnehin längst überfällig. Es hat mich immer wieder erstaunt, wie lange Männer an ihren Zahnbürsten festhalten. Es würde mich nicht wundern, wenn Tom sich irgendwann meldet, um das gute Teil zurückzufordern.

Ich gehe einkaufen, lasse mir Zeit. Es wird eine Weile dauern, bis es wieder warm ist in der Wohnung. Ich überlege mir, wen ich anrufen könnte, aber eigentlich habe ich gar keine Lust, jemanden zu sprechen. Also Junkfood kaufen für einen Filmabend vor der Kiste.

Mein Leben verläuft im Kreis, die Tage gleichen sich. Spät aufstehen, Kaffee machen, ein paar Stunden zielloser Beschäftigung, Mittagessen, am Nachmittag wieder irgendwelche Tätigkeiten, die nirgendwohin führen, aufräumen, Dinge sortieren, Administratives. Wenn man eine Weile gelebt hat, könnte man sich den Rest seines Lebens nur noch damit beschäftigen, wieder Ordnung zu machen, Formulare auszufüllen, Bankbelege abzulegen, E-Mails zu beantworten, beiseitegelegte Zeitungsartikel zu lesen. Ich koche Tee, blättere einen Prospekt vom Supermarkt durch, ist etwas im Angebot, was ich brauchen könnte? Waschmittel, Kaffee, Salami, Bier? Einkaufen. Noch mal einkaufen, weil ich etwas vergessen habe, den Müll runterbringen, die Topfpflanzen gießen. Ich schaue mir viel zu viele Videos von Serienmördern an. Als ich ins Bett gehe, muss ich noch einmal aufstehen, um zu schauen, ob ich die Wohnungstür wirklich abgeschlossen habe.

Das letzte Bild im Katalog hat mir keine Ruhe gelassen. Endet das Buch, Die Familie der Menschen, tatsächlich mit einer Atomexplosion mit der Apokalypse? Ich habe den Katalog in der Bibliothek bestellt, erstaunlicherweise hatten sie ihn, noch erstaunlichererweise war er ausgeliehen, und ich musste zehn Tage warten. Dann die große Erleichterung: Auf der letzten Seite ist kein Atompilz zu sehen, sondern zwei kleine Kinder in ärmlichen Kleidern. Hand in Hand gehen sie einem Waldweg entlang ins blendende Licht. Eine Welt entsteht unter euren Schritten.

Auch die Gedichte von Saint-John Perse habe ich bestellt. Ich habe keine Ahnung von Lyrik, und der Typ hat immerhin den Nobelpreis gewonnen, aber ich würde sagen, ein ziemliches Geschwurbel. Da berauscht sich einer am Klang seiner eigenen hymnischen Worte, ohne Rücksicht auf ihre Bedeutung:

Und es ist Zeit, zu bauen auf der Erde der Männer. Und ist ein neues Sprossen auf der Erde der Frauen.

Klingt ein bisschen wie verdünnter Pablo Neruda oder wie diese junge Frau, die bei der Vereidigung von Joe Biden sprach. Amanda Irgendwas.

Ich habe die zwei Bücher nicht mit nach Hause genommen und sie in der Bibliothek gleich wieder zurückgegeben.

Zwei Wochen nach der Parisreise habe ich meine neue Stelle angetreten. Man muss diese ersten Male genießen, man erlebt sie nicht wieder, wie den ersten Schultag, die erste Liebe, den ersten Sex. Hier ist Ihr Arbeitsplatz, auf dem Schreibtisch liegen Block und Kugelschreiber, eine Tasse steht da, gefüllt mit Schokolade und Traubenzucker, eine Wasserflasche mit dem Logo der Firma, daneben liegt ein Kärtchen, Welcome Andrea! Ganz herzlich willkommen in unserem Team. Wir freuen uns sehr auf die Zusammenarbeit und wünschen dir einen phantastischen Start.

Hier sagen alle Du, Jung und Alt, Chef und Lehrling, wie bei IKEA. Das ist dein Badge, dein Laptop, dein Passwort, richte dich erst mal ein.

Später: In diesem Raum findest du Büromaterial. Diese Fülle! Kugelschreiber, blaue, rote und schwarze, Bleistifte, Spitzer, Büroklammern in verschiedenen Größen, Tipp-Ex, dass es das noch gibt, sogar Klebestifte, Scheren, Heftapparate zur freien Verfügung.

Ich könnte einen Handel aufziehen mit geklautem Büromaterial.

Später: Das sind deine neuen Kolleginnen und Kollegen, die macht dies, der macht das und so weiter. Und wie man von der netten Kollegin im Haus herumgeführt wird: Hier deponieren wir die Post, hier ist die Recyclingstation, das ist das kleine, dies das große Sitzungszimmer. Es gibt Begegnungszonen, einen Kopierer, der auch als Drucker dient, und hier die Kaffeeküche. Die Kaffeemaschine funktioniert mit dem Badge. Willst du einen Kaffee? Da ist das Büro der Chefin, mal schauen, ob sie Zeit hat. Schnell Hallo sagen.

Am Mittag in der Kantine in einem Nebengebäude, lange Tische, große Fenster, die auf eine Grünanlage hinausgehen, kurzgeschnittener Rasen, mächtige alte Bäume. All die unbekannten Leute, die ungewohnten Gerüche und Geräusche, ein bisschen aufregend ist das, wie als Kind am ersten Schultag, aber schon morgen wird es Gewohnheit sein.

Da hängt der Menüplan für die ganze Woche:

Montag
Gebratener Fleischkäse mit Bratensauce,
Teigwaren und Wurzelgemüse
oder
Spinat-Tofu-Strudel mit Wurzelgemüse

Dienstag
Meat Balls an gelber Currysauce, serviert mit
Reis und karamellisierten Früchten
oder
Vegane Balls an gelber Currysauce, serviert mit
Reis und karamellisierten Früchten

Mittwoch
Bratwurst vom Angus-Rind mit Zwiebelsauce,
Butterrösti und glasierten Karotten
oder
Vegetarische Bratwurst mit Zwiebelsauce,
Butterrösti und glasierten Karotten

Donnerstag
Sautierte Pouletbrust aus dem Alpstein,
serviert an Café de Paris-Sauce, Butternudeln
und Ofen-Broccoli mit Nüssen
oder
Quorn-Schnitzel, serviert an Café de Paris-Sauce,
Butternudeln und Ofen-Broccoli mit Nüssen

Freitag
Schweineschnitzel mit Pommes Frites und
zweifarbigen Karotten
oder
Gemüseschnitzel mit Pommes Frites und
zweifarbigen Karotten

Na, der Koch ist jedenfalls bestimmt kein Vegetarier. Dazu jeweils einen Salat oder 1 dl Orangen- oder Apfelsaft für neun fünfzig, Externe vierzehn. Aber ich bin jetzt intern. Von der Firma interniert. Das heißt hier anders: Onboarding. Ich wurde an Bord geholt, und jetzt geht es auf große Fahrt. Hoffentlich geht das Schiff nicht unter.

Es müsste einen Menüplan für das ganze Jahr geben, wie beruhigend das wäre, schon am 1. Januar zu wissen, was man im Oktober oder im November essen wird.

Eine Welt entsteht unter meinen Schritten. Warum kann ich dieses dumme Zitat nicht vergessen?

Klar ist die Arbeit weniger interessant, als Dokumentarfilme zu drehen, aber am Monatsende ein Gehalt auf dem Konto zu haben, ist auch nicht zu verachten. Und was für ein Gehalt! Die schwimmen in Geld. Fertig Selbstausbeutung, ich arbeite jetzt meine zweiundvierzig Stunden die Woche, und wenn es mehr sind, schreibe ich die Überstunden auf. Wenn nur die vielen Sitzungen nicht wären.

Meine nette Arbeitskollegin hat mir schon ein halbes Dutzend Mal die Organisationsstruktur des Betriebes erklärt, aber ich habe sie noch immer nicht begriffen, die Bereiche und Sektionen und Teams mit ihren aufgeblasenen englischen Namen. Ich habe mich auch noch nicht daran gewöhnt, dass ich eine menschliche

Ressource darstelle, Humankapital, wie es auf Deutsch auch nicht viel schöner heißt. Meine Chefin scheint zufrieden zu sein mit mir. Ich bin kein Kind von Traurigkeit, wir haben Spaß zusammen im Team, und arbeiten kann ich. Dass mir das alles manchmal wie ein endloses Ferienlager vorkommt, sage ich niemandem.

Die Schläfrigkeit nach dem Mittagessen, sie scheint die ganze Belegschaft erfasst zu haben. Es kommt mir vor, als bewegten sich alle in Zeitlupe. Sofern sie sich überhaupt bewegen.

Der Blick aus dem Büro geht auf dieselbe Grünanlage wie jener aus der Kantine, nur sind wir hier etwas weiter oben, fast schon auf der Höhe der Baumkronen. Goldenes Herbstlicht dringt herein, die Blätter haben sich verfärbt, sie bewegen sich leicht im Wind, die ersten fallen von den Bäumen und auf die schmalen Kieswege. Wie schön es jetzt wäre, draußen zu sein, sich in der späten Sonne zu wärmen, den Wind zu spüren, die Verwesung zu riechen. Aber wir sind weit weg von dem allen, die Fenster sind hermetisch verschlossen. Leise rauscht die Klimaanlage, eingestellt auf die Idealtemperatur zur Lagerung von Büroangestellten.

Ich gehe in die Kaffeeküche. Das Summen des Kaffeeautomaten, das Rauschen des Geschirrspülers. In einer Stunde und dreiundzwanzig Minuten ist das Spülprogramm zu Ende. In einer Stunde zweiundzwanzig Minuten, in einer Stunde einundzwanzig Minuten, in einer Stunde zwanzig Minuten.

Die nette Kollegin kommt in die Küche, lässt ebenfalls einen Kaffee aus der Maschine, nimmt sich einen Keks aus der roten Pappschachtel, Lotus Biscoff Karamellgebäck, vegan, dreihundert Einheiten, einzeln verpackt in durchsichtige Plastikfolie. Ich komme mir selbst ein bisschen vor wie in Plastikfolie verpackt.

Am Wochenende geht die nette Kollegin wandern mit einem Freund. Genauso sieht sie aus, wie eine Frau, die mit einem Freund wandern geht. Ob sie miteinander vögeln? Bestimmt nicht, obwohl sie es beide gerne möchten, wenn sie sich nur getrauen würden. Aber ich werfe nicht den ersten Stein, ich habe noch nicht mal einen Freund, mit dem ich wandern gehen kann. Geschweige denn einen, mit dem ich …

Wo geht ihr wandern?

Von Steg auf das Hörnli und zurück, keine richtige Wanderung, eher ein langer Spaziergang.

Was gibt es dazu zu sagen? Schön. Ich war seit Ewigkeiten nicht wandern.

Die nette Kollegin nimmt sich noch einen Keks. Aber verrat mich nicht, sagt sie und blinzelt mir zu.

Schweigen. Noch eine Stunde siebzehn Minuten. Noch eine Stunde sechzehn Minuten. Noch dreiundzwanzig Jahre. Ich habe mir das alles ein bisschen einfacher vorgestellt mit dem Leben.

Die Kunst wird darin bestehen, mich selbst von der Wichtigkeit meiner Arbeit zu überzeugen. Aber das fällt nicht ganz leicht, wenn man gerade dabei ist, während der Bürostunden die Zeitung zu lesen. Ein Interview mit dem Deutschen, der in den USA wegen eines Doppelmords dreiunddreißig Jahre im Gefängnis saß und vor zwei Jahren begnadigt wurde. Er hat ein Buch darüber geschrieben. Alle schreiben ein Buch, warum nicht ich? Jedes Leben ist es wert, erzählt zu werden. Der Mann sagt, er sei unschuldig. Klar, sind wir alle. Und er sagt: Ich bin glücklich. Und: Mein Alltag ist mittlerweile ganz normal. Na also! Muss ich erst dreiunddreißig Jahre ins Gefängnis, um mich mit meinem Schicksal zu versöhnen? Die Kunst wird darin bestehen, mich mit meiner Bedeutungslosigkeit abzufinden.

Aber bedeutungslos war ich doch vorher schon. Wer hat sich denn für unsere Filme interessiert? Wer schaut sich so etwas an? Und noch wichtiger: Was haben die Leute davon, die sich so was anschauen? Ein Schriftsteller geht durch Paris, sagt mehr oder weniger kluge Dinge. Er steht am Grab von Herrn und Frau Beckett, kratzt sich am Kopf, tut, als würde er einen Ausstellungskatalog kaufen. Ein Schriftsteller geht durch das Dorf, in dem er aufgewachsen ist, erinnert sich an Kindertage. Er steht im Schulhaus, in dem er Schreiben und Lesen gelernt hat, dabei sieht er ratloser aus als das Kind, das mit sieben Jahren mühsam den Unsinn entzifferte, den man mit den wenigen Buchstaben schreiben konnte, die es schon beherrschte. Mimi im Wald. Er steht auf dem Friedhof, auf dem seine Eltern liegen und auf dem auch er in gar nicht ferner Zeit begraben wird. Es ist kalt und neblig, er friert. Er lungert im Viertel herum, in dem er aufgewachsen ist. Die Leute, die vorübergehen, schauen ihn misstrauisch an, sie erkennen sofort, dass er nicht hierhergehört, dass seine Absichten zweifelhaft sind. Er geht über den Marktplatz, auf dem in seiner Kindheit noch der Viehmarkt stattfand und der jetzt mit Autos vollgestellt ist, er sieht eine alte Frau mit einem Rollator, an die er sich vage erinnert. Wer war das noch mal? Wer war er noch mal?

Unser krampfhafter Versuch, in seiner Vergangenheit etwas zu finden, was auf sein späteres Leben vorausweist. Steckt denn der Schriftsteller schon im Kind? Er hat immer gern geschrieben, er hatte gute Deutschnoten, er war ein Eigenbrötler. Aber das gilt für viele. Er hätte ebenso gut in diesem Büro landen können, hätte sein Leben lang Sponsoringanfragen bearbeitet, Werbefähnchen verschickt, Drucksachen daraufhin geprüft, ob die Verträge eingehalten wurden, das Logo groß genug gedruckt und in der richtigen Farbe. Und manchmal hätte er von den Büchern geträumt, die er einmal hatte schreiben wollen. Wäre die Welt ärmer ohne seine Bücher? Wäre sein Leben ärmer ohne seine Bücher? Haben sich seine Opfer gelohnt? Die Kunst wird für ihn darin bestanden haben, sich das einzureden.

Wechsler geht durch das Viertel, in dem er gewohnt hat, bis er sieben war oder acht, die Kamera an seinen Fersen. In jenem Mietshaus war unsere Wohnung, unten rechts, da wo die Kleider zum Lüften hängen. Vier Zimmer an einem fensterlosen Flur, ein langer Balkon, der ganzen Fassade entlang, der Blick auf eine Wiese, die längst überbaut ist. Auf dem Spielplatz steht noch der Kletterturm, Wechsler erinnert sich an den Geschmack des Metalls, wenn er mit der Zunge die Kletterstange berührte. Warum um Himmels Willen hat er mit der Zunge die Kletterstange berührt? Sie abgeleckt? Auch der mit Zementplatten eingerahmte Sandkasten ist noch da, die Wippe ist verschwunden.

Er schaut direkt in die Kamera. Und was, wenn wir unten links gewohnt hätten oder oben rechts? Würde das etwas ändern? Dieses ganze autobiographische, autofiktionale Zeug, wozu soll das gut sein? Diese geheuchelte Authentizität, die verlogener ist als jede Erfindung es je sein könnte. Nie lügt man so schamlos, wie wenn man von sich selbst erzählt. Außerdem leben wir ja, müssen wir das denn auch noch alles nacherzählen? Es ist nichts geschehen, es wird nichts bleiben, und das haben wir festgehalten? Wozu? Für mich war die Literatur immer der Ort, an dem Dinge geschehen, an dem ich Dinge tun und lassen kann, die in der Wirklichkeit nie geschehen sind, die ich nie gemacht habe.

Wir schreiben hier kein Buch, wir drehen einen Film.

Stimmt, Wechsler lacht, aber es ist doch eigentlich dasselbe.

Jedes Leben ist es wert, erzählt zu werden. Sie sind

doch der, der immer die gewöhnlichen Leute beschreibt, die Menschen, die niemandem auffallen.

Aber das ist nicht die Wirklichkeit, sagt Wechsler, die Freiheit zeigt sich nicht im Stoff, sie zeigt sich in der Gestaltung. Die Figuren sind austauschbar. Auch Sie sind austauschbar. Wir wissen noch nicht einmal, ob Sie blond oder braun- oder rothaarig sind, ob sie blaue oder grüne Augen haben.

Wie hätten Sie mich denn gerne?

Das werde ich Ihnen bestimmt nicht verraten.

Die Gesuche, die heute eingetroffen sind: eine Faustballweltmeisterschaft. Faustball? Gibt es das? Ein Jodlerfest im nächsten Sommer, große Sache, unterstützen wir bestimmt, eine Konzertreihe mit neuer Musik, keine Chance, ein paar Jugendliche, die ihre erste CD aufnehmen möchten, könnt ihr vergessen. Ein Veranstalter, der seit zehn Jahren Autorenlesungen organisiert. Warum schreiben die Autorenlesungen und nicht Autor*innenlesungen? Soll ich das Gesuch gleich ablehnen wegen mangelndem Genderismus? Aber die alten Programme, die sie beilegen, sind ziemlich ausgeglichen, Männchen und Weibchen, friedlich vereint. Okay, ihr kriegt eine Chance.

Ich bin der liebe Gott. Niemand kontrolliert mich. Ich prüfe die Gesuche, die hereinkommen, sortiere die meisten gleich aus, schreibe Standardabsagen, nehme die Dossiers, die in Frage kommen, mit in die Sitzung, stelle sie kurz vor. Ich habe immer wieder Herzensprojekte, zugegeben, aber wenn die Chefin sie ablehnt, schlucke ich das klaglos. Ich habe es versucht, mehr kann man nicht von mir verlangen. So stelle ich mir den lieben Gott vor: Die Leute beten zu ihm, und er hält nach Lust und Laune den Daumen hoch oder runter. Er kann nicht alle erhören. Aber was sind die Kriterien? Wohlverhalten ist bei uns jedenfalls keines.

Ich könnte einen Hund kaufen. Oder ein Instrument lernen oder eine Sprache, zum Beispiel Italienisch oder Russisch. Ich könnte ein Buch schreiben oder mit Tango tanzen anfangen. Ich könnte vom Zehnmeterturm springen oder Missionarin werden, aber was wäre meine Mission? Ich könnte ein Auto kaufen und ziellos in der Gegend herumfahren. Ich könnte ein Gemüseabonnement abschließen, dann bekäme ich jede Woche eine Kiste voller zu Recht vergessener Gemüsesorten, die ich Ende der Woche in den Grüngutcontainer werfen würde, mit dem guten Gefühl, etwas für die Umwelt und die lokalen Bauern getan zu haben. Ich könnte meine Wohnung umstellen. Als ich den nächsten Kaffee hole, ist das Programm des Geschirrspülers zu Ende.

Ich muss schnell etwas besorgen.

Hat das jemand gehört? Interessiert das jemanden? Wird jemand überprüfen, ob ich ausgestempelt habe? Ob ich jemals wieder einstemple?

Ich sitze im Stadtpark auf einer Bank. Drüben beim

Spielplatz stehen die gelangweilten Mütter. Ich könnte mir ein Kind machen lassen. Aber von wem? Und was würde das ändern? Bis das Kind auf der Welt wäre, wäre es Sommer. Dann ist es zu spät.

Eine Frau sitzt auf einer Bank im Stadtpark. Sie ist mittleren Alters, mittelgroß, mittelschlank, mittelhübsch, mitteltalentiert. Rund um sie herum sind Menschen mit Hunden, mit Kindern, Geschäftsleute, alte Leute, lauter Menschen, die wissen, woher sie kommen, wohin sie gehören, wohin sie gehen und weshalb. Die Frau sitzt da, schaut den Leuten zu, ihr Gesichtsausdruck ist indifferent. Die Kamera zoomt heraus, die Frau wird immer kleiner, der Park immer größer. Würde ich einen Film machen, so dürfte er nicht enden. Also an die Arbeit!

Wechsler kommt einen Tag zu spät. Er hat irgendeinen guten Grund. Ein Wasserschaden in seinem Haus, ein Bahnstreik, ein plötzliches Unwohlsein, keine Ahnung. Jedenfalls steht er jetzt unten in der Lobby. Ich treffe ihn zufällig, als ich von meinem Spaziergang mit Judith zurückkomme, jenem ersten Spaziergang, den wir machten.

Gerade noch rechtzeitig.

Haben Sie nicht gesagt, die Tonfrau kommt auch erst heute?

Also hat er keinen Grund, er hat einfach die Termine durcheinandergebracht. Auch gut.

Trinken wir was?

Die Bar ist geschlossen, sagt der Nachtportier, der endlich Wechslers Reservierung gefunden und ihm seine Zimmerkarte ausgehändigt hat. Sie können bei mir etwas bestellen.

Nicht sehr gemütlich hier, sagt Wechsler.

Der junge Mann versteht was von Barocklyrik, flüstere ich ihm zu. Keine Reaktion.

Ich würde gern meine Sachen aufs Zimmer bringen, sagt Wechsler.

Warum soll ich nicht mit ihm aufs Zimmer gehen? Bis jetzt hat er sich immer anständig benommen, und er will es sich ganz bestimmt nicht mit mir verderben. Immerhin bin ich seine Biographin. Oder so was Ähnliches.

Sein Zimmer sieht genauso aus wie unseres, nur der Blick geht in eine andere Richtung. Osten, sagt Wechsler. Er zeigt auf ein Einfamilienhaus, das im schwachen Licht einer Straßenlaterne kaum zu erkennen ist. Das ist eines der wenigen Gebäude im Bauhausstil, die in der Ostschweiz gebaut wurden. Interessiert mich das? Da war die Praxis meines Kinderarztes. Muss ich das wissen? Der hatte den besten Hustensirup. Aha. Gibt es das noch? Hustensirup? Keine Ahnung. Ich neige nicht zum Husten. Prost.

Wollen wir unsere Zeit mit belanglosen Gesprächen vertun? Aber was wäre nicht belanglos?

Warum schreiben Sie?

Er lacht. Im Ernst jetzt? Aus Geilheit, Gier und Eitelkeit.

Das ist nicht von Ihnen.

Aber es trifft die Sache ziemlich genau.

Wir sitzen uns gegenüber, ich auf einem unbequemen Sessel, er auf dem Bett. Er hat die Schuhe ausgezogen, die Beine aufs Bett gelegt. In seinen Socken sind Löcher, aber das scheint ihm nicht peinlich zu sein. Das ist die Gnade des Alters, dass einem nichts mehr peinlich ist. Jedenfalls stelle ich mir das so vor. Wechsler macht es sich bequem, räumt die Kissen beiseite und lehnt sich an die Wand. Jetzt sind wir noch weiter auseinander. Ich gehe zu ihm, rücken Sie mal ein bisschen rüber, und setzte mich neben ihn. Unsere Schultern, unsere Becken, unsere Knie berühren sich. Wir schauen beide auf das schwarze Rechteck des Fernsehers an der Wand, als erwarteten wir von da die Antworten auf alle unsere Fragen. Ich nehme die Fernbedienung vom Nachttisch, schalte den Fernseher ein und den Ton aus. Eine Talkshow, Menschen, die sich ereifern, die lachen, einer doziert, man sieht das seinem blasierten Gesichtsausdruck an und den Gesten, mit denen er seine Worte unterstreicht. Gegenschnitt zur Moderatorin, die versucht, ihn zu unterbrechen. Wechsler nimmt mir die Fernbedienung aus der Hand, wechselt den Kanal ein paarmal, eine Liebesszene, eine Autowerbung, die Tagesthemen, Menschen, die versuchen, über einen Zaun zu klettern. Er schaltet den Fernseher aus.

Es ist wie Gott spielen, sagt er, und ich bin kurz nicht sicher, ob er das Schreiben oder das Zappen meint. Sie können Welten erschaffen, Menschenschicksale lenken, sie können Liebespaare zusammenführen oder trennen, Kinder zur Welt bringen, Menschen sterben lassen und sie wieder zum Leben erwecken, sie entscheiden über Glück und Unglück, über Leben und Tod.

Warum haben wir dann keine Affäre?

Das ist Ihre Geschichte, nicht meine, sagt Wechsler. Sie können sich vorstellen, was Sie wollen.

Wenn es Ihre Geschichte wäre, wenn ich Ihre Figur wäre, Ihre Erfindung, hätten wir dann was zusammen?

Keine Antwort.

Und wenn ich Judith wäre?

Es ist lange her, seit ich zum letzten Mal Davids Namen gegoogelt habe. Und als ich es tat, geschah es nicht aus Nostalgie oder Sehnsucht oder so was, ich war einfach neugierig, was aus ihm geworden war.

David Schoch, immer noch am Seminar für Filmwissenschaft. Da hatten wir uns kennengelernt, hatten zusammen studiert, bis ich das Studium abbrach und eine Stelle als Produktionsassistentin annahm. Ich wollte in die Praxis, er blieb der Theorie treu. Jetzt ist er Privatdozent, und ich bin gar nichts mehr. Die Kunst hat immer die Leute ernährt, die sich theoretisch mit ihr befassen oder sie unterrichteten, nicht jene, die sie machen. Aber möchte ich die Geschichte des Dokumentarfilms unterrichten oder nicht-realistische Formen filmischen Erzählens? Mal abgesehen davon, dass ich keine Ahnung davon habe?

Auf Davids Seite steht sein Lebenslauf, Doktor David müsste ich also sagen, und eine beeindruckende Liste von Publikationen, Monographien, Herausgeberschaften, Artikeln, Aufsätzen, Rezensionen, Vorträgen. Ich bilde mir gerne ein, dass er nur so erfolgreich ist, weil ich ihn damals in die Wüste geschickt habe. Na ja, könnte ja sein, quasi als Kompensation. Umgebracht hat es ihn jedenfalls nicht. Davids letzte Publikation, die auf der Webseite genannt wird: Found Footage – der partizipative Dokumentarfilm am Beispiel von YouTube. Ich lade den Artikel herunter, lese die erste halbe Seite und verschiebe ihn dann in den Ordner für Texte, die ich später mal lesen will, aka Papierkorb. Auf Davids Seite steht auch eine E-Mail-Adresse.

Ich versuche mich zu erinnern, wie genau unsere Beziehung geendet hat, einigermaßen friedlich oder mit einem schlimmen Streit. Aber David stritt sich nicht, dazu war er viel zu beherrscht, zu intellektuell, zu sanft auch. Vermutlich war er einfach sehr traurig gewesen, während ich schon mit meinem neuen Schwarm im Bett lag. Ich kann mich nicht mehr erinnern, wirklich überhaupt nicht. Also frisch drauf los:

Lieber David, lange nichts gehört. Hast du Lust, am nächsten Wochenende mit mir wandern zu gehen? Liebe Grüße. Andrea.

Ich muss selbst grinsen, als ich die E-Mail abschicke. Ganz schön frech nach allem, was ich ihm angetan habe. Aber er war immer ein duldsamer Mensch, auch das hat mich oft genervt.

Er hat tatsächlich Lust zu wandern. Wer hätte das gedacht. Schon ein paar Stunden später ist seine Antwort gekommen. Klar, warum nicht, er hat nichts vor am Wochenende. Kein Vorwurf, keine Traurigkeit, er hat geantwortet, als seien wir alte Kumpel, als sei nichts dabei. Ein bisschen nervt mich das schon wieder, aber ich habe ihm geschrieben, nicht er mir. Ein paar E-Mails hin und her fürs Organisatorische. Aufs Hörnli? Gern. Die und die Zeit, wir treffen uns im hintersten Waggon zweiter Klasse, vergiss nicht den Regenschutz. Das hat er geschrieben, er scheint der erfahrenere Wanderer zu sein als ich. Ich habe keinen Regenschutz. Und was, wenn die nette Kollegin und ihr Freund auch auf dem Zug sind? Ein bisschen peinlich wäre das schon, aber das Hörnli ist nicht ihr Privatbesitz.

Sexszenen sind uninteressant, sagt Wechsler.

Wer sagt das denn?

Es ist, wie wenn man Leuten beim Essen zuschaut. Das sieht meistens auch nicht sehr schön aus.

Ich überlege, ob mir gute Sexszenen einfallen. Hm, schwierig. Ich habe mal in Fifty Shades reingelesen, also ziemlich weit reingelesen, wenn ich ehrlich bin.

Das war bestürzend schlecht. Anastasia. Seine Zunge liebkost meinen Namen …

Kennen Sie den Witz vom Appenzeller, der nach Paris in den Puff geht?, fragt Wechsler, mit einem Gesicht, das nicht danach aussieht, als wolle er einen Witz erzählen. Ich stöhne, aber nicht vor Lust. Ich kann Witze nicht ausstehen.

Der Appenzeller kommt aus Paris zurück, sagt Wechsler, und seine Freunde wollen wissen, wie es gewesen ist, und er erzählt lang und breit vom prachtvollen Etablissement, von den Kristallleuchtern, dem dunklen Holz, dem roten Samt. Er beschreibt die schönen Frauen, die gewagten Kleider, die sie tragen, die Frisuren, die lackierten Fingernägel. Wie ihn eine Frau anspricht, wie er ihr Champagner spendiert, wie teuer – klar, er ist Schweizer – der Champagner ist, wie die Frau ihn anlächelt, ihm zuzwinkert, ihn umgarnt, ihn schließlich mit in ein Separée nimmt. Noch mehr Beschreibung, noch mehr Samt und dunkles Holz, gedämpftes Licht, ein Diwan. Dann beschreibt er, wie die Frau sich auszieht, unendlich langsam, genauso wie er seine Geschichte erzählt, was für raffinierte Unterwäsche sie trägt, Strümpfe, Strumpfhalter, wie sie sie auszieht und schließlich splitternackt vor ihm steht. Die Freunde des Mannes sind schon ganz aufgeregt. Und dann? Was ist dann passiert? Erzähl! Der Rest, sagt der Appenzeller, war wie zu Hause.

Wechsler lacht nicht, ich auch nicht.

Sie sind ein grauenhafter Witzeerzähler, sage ich. Jetzt lacht er. Ich auch.

Und wenn ich Judith wäre?

Sie haben sich ein halbes Jahr oder ein Jahr nicht gesehen. Judith klingelt nicht, sie klopft an die Tür, obwohl sie einen Schlüssel hat. Als Richard öffnet, steht sie da, strahlt ihn an. Er will etwas sagen, aber sie legt den Finger auf den Mund. Still. Sie betrachten sich. Judith trägt eine beige Stoffhose, ein ärmelloses weißes Oberteil, Sandalen, um ihr Fußgelenk ein feines goldenes Kettchen, das sie nur für ihn anzieht. Auf der Kanzel würde sich das nicht gut machen, hat sie einmal gesagt und gelacht. Eigentlich gehört das Kettchen mir, aber ich habe es ihr für diesen Anlass ausgeliehen.

Bist du gut gereist?

Sie ist zu Richard getreten, legt ihren Finger diesmal auf seinen Mund, dann umarmt und küsst sie ihn. Sie lässt ihn gleich wieder los, geht ihm voraus ins Wohnzimmer, lässt ihre Reisetasche beim Eingang fallen, tritt an die Glasfront. Jetzt umarmt er sie von hinten, seine Hände auf ihren Hüften, auf ihrem Bauch. Er küsst ihren Hals, ihren Nacken. Obwohl er ihr Gesicht nicht sieht, weiß er, dass sie lächelt. Er knöpft ihre Bluse auf, es sind ganz kleine Knöpfe, die schwierig zu öffnen sind, aber die zwei haben es nicht eilig. Richard zieht ihr Oberteil aus der Hose, da ist noch ein Knopf, er zieht es ihr aus, lässt es zu Boden fallen. Sie trägt die schöne Unterwäsche, die er ihr geschenkt hat, als sie das letzte Mal hier war, schwarze Unterwäsche. Sie waren zusammen in ein Dessousgeschäft gegangen, ein bisschen nervös wie Teenager, die zum ersten Mal Kondome kaufen. Als die junge Verkäuferin fragte, was sie suchten, merkte Richard, dass ihm die französischen Worte fehlten. Was die Verkäuferin wohl dachte? Ein altes Liebespaar, ob sie es peinlich fand oder rührend? Richard schiebt einen der Träger von Judiths BH von ihrer Schulter, küsst die Stelle, wo er ein wenig in die Haut eingeschnitten und einen Abdruck hinterlassen hat. Dann öffnet er den BH, zieht ihn ihr aus, sie hebt die Arme, um ihm zu helfen. Als er ihren Gürtel löst, dreht sie sich zu ihm um, knöpft schnell sein Hemd und seine Hose auf und streift ihm die Kleider vom Leib. Vor ihr ist er nackt, aber nicht lange. Dieses Ringen, Festhalten, Drücken, dieser Hunger aufeinander. Dann lässt Judith ihn noch einmal los, geht zu ihrer Tasche, bückt sich, nimmt eine Wasserflasche heraus. Sie trinkt aus der Flasche, Richard hat Zeit, sie zu betrachten. Manchmal macht sie Bemerkungen darüber, was ihr an ihrem Körper nicht gefällt, und er kann alles sehen, was sie beanstandet, aber wenn er sie jetzt anschaut, ist er blind dafür, dann ist sie nur die Frau, die er liebt. Und der Rest ist wie zu Hause.

Ich habe mich hingelegt, liege neben Wechsler, der immer noch dasitzt, an die Wand gelehnt, an seinem Bier nippt und auf den schwarzen Bildschirm starrt.

Warum haben wir keine Affäre? Es ist wahr, er ist

ein gutes Stück älter als ich, nicht gerade mein Beuteschema, aber so groß ist der Altersunterschied nicht, und ich muss ihn ja nicht gleich heiraten. Körperlich scheint er noch einigermaßen im Schuss zu sein, jetzt, wo er nicht mehr tot ist, aber das ist es nicht, was mich anzieht. Was dann? Vielleicht, dass er nicht bedürftig zu sein scheint, mir nicht nachläuft wie ein Hund. Vielleicht, dass er eine Geschichte hat und ein Geheimnis, das groß genug ist, um nicht gleich bei der ersten Begegnung gelüftet zu werden. Ist es Nekrophilie, wenn man in der Phantasie Sex mit einem Toten hat? Aber in meiner Phantasie lebt er noch.

Endlich legt auch er sich hin, wir liegen uns gegenüber, sind ganz nah, schauen uns in die Augen, einen köstlichen Moment lang. Er legt eine Hand auf meine Hüften, küsst mich kurz auf den Mund, es ist nur ein Antippen. Was habe ich überhaupt an? Keine Jeans, die kann man nicht würdevoll ausziehen. Ein Kleid, das er hochschieben kann? Zu einfach, zu schnell. Vielleicht einen nicht allzu kurzen Rock mit Gürtel, eine Bluse, Strümpfe. Schwarze Unterwäsche.

Und, findest du Sexszenen immer noch uninteressant?

Nicht in der Wirklichkeit, nicht in der Phantasie, sagt Wechsler, nur in der Literatur.

Wollen wir du sagen?, frage ich.

Nein, sagt er und fängt an, die Knöpfe meiner Bluse zu öffnen.

David sieht gut aus, viel besser als früher. Natürlich sieht er immer noch gleich aus, aber er ist selbstsicherer geworden, das macht einen riesigen Unterschied. Er scheint mit sich im Reinen zu sein, schaut offen in die Welt, nur diese komischen Hosen mit Taschen auf den Beinen müssten nicht sein. Aber das will ich ihm mal durchgehen lassen, schließlich gehen wir wandern, und Knickerbocker wären noch schlimmer gewesen. Andererseits hat er alles Scheue, alles Fragende, Verträumte verloren. Er ist nicht mehr der unsichere, unglückliche junge Mann, der in mich verliebt war, sondern ein erfolgreicher und selbstbewusste Akademiker, ein Jedermann.

Er steht auf, küsst mich auf die Wangen, lächelt. Schön, dich zu sehen.

Diese erste Stunde im Zug kann man streichen, da erzählen wir uns nur, wie es uns ergangen ist, was wir gemacht haben, wie unsere Verhältnisse sind, nichts, was etwas zur Sache tut. Ich ein bisschen plump: Deine Freundin hat nichts dagegen, dass du mit deiner Ex wandern gehst? Er: Ich habe im Moment keine Freundin. Aha! Und dein Freund? Er grinst. Okay, ich hätte einfach fragen können, ob du einen hast. Und du hast das Filmen ganz aufgegeben?

Das Scheitern des Filmes über Richard Wechsler war nur der letzte Tropfen auf dem heißen Stein. Es lief schon vorher mehr schlecht als recht. Wer kann von Dokumentarfilmen leben in diesem Land?

In Steg sehe ich meine nette Kollegin und ihren Freund auf dem Bahnsteig vorübergehen, sie müssen tatsächlich im selben Zug gewesen sein und sind in voller Wandermontur mit Funktionskleidung, so heißt das doch, Rucksack, Stöcken, schweren Schuhen. Der Mann sieht ein bisschen langweilig aus, aber ich kann nicht wirklich sagen, wie dieser Eindruck entsteht. Sein Gesichtsausdruck? Die Art, wie er sich bewegt? Die Farbe seiner Kleidung? Oder einfach die Tatsache, dass er mit einer etwas langweiligen Freundin wandern geht? Ich tue so, als müsste ich meine Schuhe binden, um ihnen einen Vorsprung zu lassen. Aber meine Sorge ist unbegründet, so wie die zwei losdampfen, haben wir keine Chance, sie jemals wieder einzuholen.

439 Höhenmeter können ganz schön viel sein. Leichte Wanderung, die keinerlei spezielle Anforderungen stellt, stand im Internet. Ich sollte die Betreiber der Seite wegen Körperverletzung verklagen. David muss dauernd warten. Kann der sich nicht einfach an meine Geschwindigkeit anpassen? Oder ist es ihm peinlich, von Rentnern überholt zu werden? Wenn man am Wegrand steht, kann man so tun, als würde man die Aussicht bewundern. Klar sind Rentner fitter als ich, die haben auch nichts anderes zu tun als zu wandern. Reden können wir jedenfalls während des Aufstiegs vergessen, ich kann nur manchmal nach Wasser japsen, nachdem David sich auch noch meinen Rucksack umgehängt hat.

Es gibt ein Restaurant etwas unterhalb des Gipfels, aber wir haben Proviant mitgebracht, wie es sich gehört für richtige Wanderer. Zwischen dem Restaurant und dem Gipfel ist eine große Wiese, auf der schon hier und da Leute sitzen und picknicken. Wir haben eine Stelle gesehen, die uns gefällt, da höre ich jemanden nach mir rufen. Die nette Kollegin hat mich entdeckt. Also hin zu ihr und Hallo sagen. Du hast mich auf die Idee gebracht, aber der Berg ist groß genug für uns alle. Das ist David. Freut mich. Das ist Rüdiger. Ah, aus Deutschland. Schön. Warum sage ich das? Warum ist es schön, dass sie mit einem Deutschen wandern geht? Wollt ihr euch nicht zu uns setzen? Klar, sagt der immer höfliche David. Nein, sage ich, wir müssen etwas besprechen. Wir sehen uns morgen im Büro. Die zwei vögeln bestimmt nicht.

Wir finden einen Platz am Rand der Wiese in der Nähe des riesigen Antennenmasts mit tausend Antennen drauf.

Was müssen wir denn besprechen?, fragt David.

Wenn wir Würste dabeihätten, könnten wir sie im Elektrosmog braten.

Jetzt mal im Ernst, sagt David, du meldest dich nach wie vielen Jahren bei mir, um mit mir wandern zu gehen? Was ist der wirkliche Grund für dieses Treffen?

Ich habe keine Ahnung. Es ist wahr, ich habe keine Ahnung. Diese Frau da drüben mit ihrem Deutschen, ich zeige vage in Richtung meiner netten Arbeitskollegin, die fünfzig Meter weiter unten sitzt, die hat mich auf die Idee gebracht, mit einem Freund wandern zu gehen. Das machen alleinstehende Frauen in meinem Alter.

David lacht und schüttelt den Kopf. Na gut, ich wusste immer, dass du ein bisschen verrückt bist.

Meinst du, die zwei vögeln? Oder wandern die nur zusammen?

David schaut mich mit strafendem Blick an. Andrea, bitte! Dann schaut er noch mal zur netten Arbeitskollegin und ihrem Rüdiger hinüber. Ich glaube nicht.

Aber wir vögeln. Natürlich nicht hier, später, bei David zu Hause. Geschmackvoll eingerichtete Wohnung. Statt Büchern Hunderte von DVDs, alphabetisch geordnet nach Regisseuren. Gehört das hierher? Doch, weil wir danach über das Filmen sprechen. Aber das kommt erst später. Wir liegen kreuz und quer auf dem Bett, sein Kopf liegt auf meinem Bauch, meine Hand bewegt sich in der Nähe seines Oberschenkels.

Sag mal, was du da schreibst, diese ganzen Artikel, interessiert das irgendjemanden?

Er kann sich nicht richtig konzentrieren. Keine Ahnung. Andere Filmwissenschaftler?

Aber hat es einen Einfluss auf die Filme, die gemacht werden? Könnte ich etwas daraus lernen? Könnte es mich inspirieren? Vorausgesetzt, ich würde es lesen.

Er denkt gerade an etwas anderes, und ich bin nicht unschuldig daran.

Ich habe gemeint, du filmst nicht mehr.

Ich bin eine Filmemacherin, die keine Filme mehr macht. In Zeiten von YouTube.

Er stöhnt. Also hast du meinen Artikel doch gelesen.

Den ersten Abschnitt.

Vermutlich wäre es einfacher gewesen, du hättest einen Film über einen toten Autor gemacht.

Jetzt ist er ja tot.

Ich richte mich auf, setze mich auf David. Er schließt die Augen.

Und du schreibst dann was Nettes darüber.

Zu viel Dialog. Schneller Vorlauf.

Danach haben wir über Filme geredet. Wir liegen nackt nebeneinander auf dem Bett, David streichelt mechanisch meinen Po, das nervt, ich drehe mich auf den Rücken. Er erzählt mir von Dokumentarfilmprojekten mit Massenbeteiligung, das Thema, an dem er gerade arbeitet. Jetzt ist er wieder ganz in seinem Element, der Dozent, mal abgesehen davon, dass er diese Vorlesung im Bett und ohne Kleider hält. Insgeheim bilde ich mir ein, viel mehr von Filmen zu verstehen als er, immerhin habe ich ein paar gedreht, die nicht schlecht sind. Für einen habe ich sogar einen Preis gewonnen. Aber David hat Bachtin gelesen und Eco und all die unverständlichen Franzosen, von denen ich nicht mal die Namen auseinanderhalten kann. Dagegen komme ich in einer Diskussion nicht an.

Ein französischer Künstler ließ überall auf der Welt Tausende von Interviews machen, erzählt Doktor David, in denen den Leuten immer dieselben Fragen gestellt wurden, was ist Liebe, was ist der Sinn des Lebens, was ist Glück? Und aus den Antworten hat er dann einen Film gemacht.

Und kam etwas Schlaues dabei raus?

Darum geht es gar nicht, sagt David. Der Fernsehsender Arte machte 24 Stunden-Filme über verschiedene Städte. YouTube lud seine User ein, sich an einem bestimmten Tag selbst zu filmen, und montierte danach aus den eingesandten Clips einen eineinhalbstündigen Film. Life in a Day. Schon zweimal haben sie das gemacht, mit zehn Jahren Abstand.

Aber tun die Leute das nicht ohnehin? YouTube ist doch nichts anderes als ein gigantischer Film aus hochgeladenen Clips über alles, vom süßen Kätzchen bis zum Serienmörder. Und der Algorithmus ersetzt die Cutterin.

Jede Minute werden fünfhundert Stunden Videos auf YouTube hochgeladen, sagt David, und das sind noch nicht mal die neuesten Zahlen. Wenn du dein Leben lang vierundzwanzig Stunden am Computer sitzt, kannst du dir gerade mal die Videos von einem einzigen Tag anschauen.

Er hat seinen Laptop vom Nachttisch genommen und YouTube gestartet. Ich habe mich wieder auf den Bauch gedreht. Ich glaube, es ist ihm ein bisschen peinlich, dass ich seine Vorschlagsliste sehe, Workoutvideos und Fast & Furious-Trailer. Waaas?

Aber er hat schon das Life-in-a-Day-Video gestartet, und wir schauen uns zusammen den 25. Juli 2020 an, als ein Hund bellte, ein paar Kinder geboren wurden, und eine Frau und ein Mann in einem blauen Auto nach Kansas City fuhren. Ein Mann, der in Nordsibirien in einen See springt, meint, seine größte Angst sei es, dass sein Leben von anderen unbemerkt vorbeigehen könnte, in Nordsibirien sicher keine unbegründete Angst. Ein paar Heiratsanträge und Hochzeiten gibt es auch an dem Tag, ziemlich viele Küsse, kleine Hunde, große Elefanten. The Family of Man, nur schlechter aufgenommen. Ein Film so langweilig wie das Leben. Warum schauen wir uns das an? Diese paar Leute, die nichts mit uns zu tun haben, die nicht schöner und nicht interessanter sind als wir selbst. Aber vielleicht sehen wir uns selbst in ihnen, sie sind unsere Stellvertreter, und indem sie wichtig werden, indem sie unsterblich werden, werden wir es auch.

Hat an dem Tag eigentlich niemand gevögelt?

Für diese Art von Videos gibt es andere Seiten, sagt David. Willst du lieber die schauen?

Will ich nicht.

Diese Konzeptsachen sind für die Theoretiker viel interessanter als ein gut gemachter Dokumentarfilm, ist ja klar, auch wenn sie eigentlich Quatsch sind. Da können sie drüber nachdenken und Theorien aufstellen und über die Zukunft des Dokumentarfilms phantasieren, über die Krise des Dokumentarfilms.

Das Dokumentieren ist bei diesen Projekten Nebensache, sagt David. Es ist wie beim Karneval, da geht es auch nicht um das Resultat, sondern um das Mitmachen. Der Karneval hat seine eigenen Gesetze, er ist eine Zeit der Freiheit, der Erneuerung, an der alle teilhaben.

Alle, die mitmachen, sage ich. Ich hasse die Fastnacht.

David sucht nach einer bestimmten Stelle im Film, er scheint ihn auswendig zu kennen.

Eine asiatische Frau ist zu sehen, sie kocht, ihr filmender Freund fragt, was sie koche. Frittierte Auberginen und Paprika, sagt sie. Und dass sie sich von ihm trennen wolle, weil er ihre Beziehung für selbstverständlich nehme, weil er sie ohnehin nie heiraten werde. Er reagiert nicht, filmt ungerührt weiter. Jetzt lacht die Frau ungläubig, warte, ist das für dich einfach okay so? Ich dachte, du sagst das nur für den Film, sagt der Mann mit einer Stimme, als wolle er auf der Tonspur nicht gehört werden. Nein, ich meine es ernst. Das Lachen der Frau verwandelt sich in Weinen. Oh, das ist irgendwie traurig, sagt der Mann gedrückt, ohne mit dem Filmen aufzuhören. Die Frau hat sich abgewandt, sie wischt sich mit dem Handrücken die Tränen aus den Augen. Der Mann filmt immer weiter.

David schaut mich an, grinst. Und ich denke, er

ist genauso ein Arschloch wie der Typ, der seine weinende Freundin filmt, auch wenn er meines Wissens nie eine Filmkamera in der Hand gehalten hat.

Mit Wechsler habe ich auch oft über Sinn und Unsinn des Filmens gesprochen. Er hat mir erzählt, dass es früher in seinem Dorf im Schaufenster des Fernsehhändlers eine Kamera gab, deren Signal direkt auf einen kleinen Monitor übertragen wurde und dass sie als Kinder die längste Zeit vor diesem Schaufenster gestanden und sich im Monitor betrachtet haben. Jeder Spiegel habe ein besseres Bild zurückgeworfen, aber darum ging es nicht. Der Monitor war eine andere Dimension, sagte Wechsler, eine Fiktion, in der wir über den Alltag hinausgehoben waren.

David sagt etwas ganz Ähnliches: Im Grunde gehe es bei diesen ganzen Projekten um das Vergehen der Zeit. Einer der Arte-Leute habe es so formuliert: Es wird nichts bleiben, und das haben wir festgehalten.

Und was ist mit meinen Filmen? Wird davon etwas bleiben? Wird sich in hundert Jahren noch jemand für Wechsler interessieren? Eher unwahrscheinlich. Und für unseren Film, wenn er gemacht worden wäre?

Als ich mit David zusammenkam, drehte ich gerade meinen ersten Film, das Portrait einer der Putzfrauen an der Hochschule, Emina, einer Bosnierin, mit der ich mich ein wenig angefreundet hatte. Das war noch während des Studiums, und weil ich oft bis spät in der Bibliothek saß, kannte ich die Putzleute alle. Der Film wurde gar nicht schlecht, auch wenn ein bisschen Sozialromantik dabei war, ein bisschen Arm-aber-glücklich-Kitsch. Und: Jeder Mensch ist es wert, dass wir uns für ihn interessieren, jedes Leben verdient es, aufgezeichnet zu werden. Als wäre das ein Geschenk. Ich gewann sogar einen Förderpreis, das Geld behielt ich für mich. Emina und ihr Mann kamen zur Preisverleihung und freuten sich über die Aufmerksamkeit, aber ich wurde das Gefühl nie ganz los, sie missbraucht zu haben. Danach machte ich dann vor allem Portraits von Künstlerinnen und Künstlern, da war ich auf sicherem Grund, das waren ohnehin alles Selbstdarsteller und Narzissen. Narzissten? Egal.

Ich glaube, David war immer ein wenig neidisch auf meine Filmerei. Erst zeigte er es, indem er mich über den grünen Klee lobte und behauptete, ich sei ein Genie, dann, indem er nichts mehr gelten ließ an meinen Filmen und über jede Einstellung eine Grundsatzdiskussion führen wollte, nie als ehrliche Kritik, immer nur als Vorschlag, als Anmerkung, als Idee, wie man es auch hätte machen können. Sag es doch einfach, wenn du meinen Film scheiße findest. Mach doch selbst einen Film. Vielleicht war auch das der Grund gewesen, weshalb ich mich von ihm trennte und gar nicht der eifersüchtige Esoteriker.

Andrea und David, Portrait einer gescheiterten Beziehung. Am Sex lag es jedenfalls nicht, im Bett hatten wir uns immer gut verstanden. Aber irgendwann steht man halt auf. Müsste ich diesen Film machen, ich würde uns beim Gehen filmen, David immer einen Schritt voraus, dozierend. Geht mal von rechts nach links. Und selbstverständlich ginge David von rechts nach links, während ich von links nach rechts gehen würde. Und er klammerte. Wenn er ausnahmsweise nicht vorausging, sondern neben mir, nahm er meine Hand. Ich mochte nicht Händchen halten. Schon diese Formulierung: Händchen halten. Das klang wie Pfötchen geben. Ich war doch nicht sein Hund. Wenn wir zusammen einen Film sahen, konnte ich schon die Szenen erraten, auf die er mich später hinweisen würde, konnte schon seine Worte hören: Das ist ein Zitat, Godard, weißt du noch, das war in Le Mépris. Warum konnte er nicht den deutschen Titel nennen? Die Verachtung. Ich wusste ja, dass er schlauer war als ich, dass er Französisch konnte. Und Englisch und ein bisschen Spanisch und womöglich auch noch Italienisch oder Schwedisch oder Finnisch. Aber war das die Wahrheit? Wie hätte der Film ausgesehen, den er über mich gemacht hätte, die Frau, die er liebte? Von der er wohl gesagt hätte, dass er sie liebe?

Ich am Fenster im Gegenlicht, ich trage etwas Durchsichtiges, das Licht zeichnet die Konturen meines Körpers nach. Verträumte Klaviermusik, Davids Stimme, leise, als spreche er zu sich selbst. Seine Zunge liebkost meinen Namen.

David hielt mich für hochbegabt. Klar, drunter machten wir es nicht. Auch Kinder gibt es nur noch in zwei Ausgaben, entweder sie sind hochbegabt oder verhaltensgestört, Hauptsache sie sind etwas Besonderes. Hochbegabt hieß aber eigentlich nur, sie hat noch nichts Rechtes hingekriegt. Ich glaube, ich wäre lieber verhaltensgestört gewesen oder wenigstens verhaltensauffällig. Jedenfalls war ich damals wie heute sicher, dass ich nicht hochbegabt war oder bin oder jemals sein werde.

Am Morgen weiß ich, dass ich einen Fehler gemacht habe. David ist früh aufgestanden, hat Croissants gekauft und Orangensaft, frisch gepressten, und Blumen. Wenigstens keine Rosen, nur Herbstastern, saisongerecht. Als ich aus der Dusche komme, sitzt er am Tisch und strahlt wie ein Marienkäfer. Oder ein Maikäfer? Irgendein Käfer halt. Ich setze mich nackt an den Frühstückstisch, da schaut er mich schon wieder so an. Vermutlich ist das unhygienisch oder unangemessen.

Er erinnert mich in vielem an Tom, außer dass der, hart gesagt, ein Versager war. Er befriedigt mich im Bett, er ist intelligent, rücksichtsvoll, hat Geschmack, er verdient gut. Und er ist verliebt in mich. Wer dafür ist, dass ich wieder zu ihm zurückkehre, möge bitte die Hand erheben. Alle? Dann tschüss!

Ich hatte mal eine Affäre mit einem Mann, der hatte einen Bart. Der Bart gefiel mir nicht, und ich sagte ihm das. Als wir uns das nächste Mal trafen, hatte er den Bart abrasiert. Da habe ich ihm gleich den Laufpass gegeben. Ich hatte mal eine Affäre mit einem anderen Mann, der hatte auch einen Bart. Der Bart gefiel mir nicht, und ich sagte es ihm. Als wir uns das nächste Mal trafen, hatte er den Bart immer noch. Das hielt auch nicht viel länger. Männer, das ist eine Lektion für euch! Ein Auszug aus den Weisheiten der Andrea: Wenn ihr einen Bart habt, der eurer Freundin nicht gefällt, schneidet ihn ab oder lasst ihn stehen, es wird euch beides nichts nützen.

Ich muss jetzt los. Ja, klar, ich melde mich. War schön. Die Blumen darf ich mitnehmen? Danke. Mach's gut.

Die Blumen werfe ich in den nächsten Mülleimer. Und wenn David sie entdeckt? Auch egal, dann wird er sich wenigstens nicht wundern, wenn er meine WhatsApp kriegt. Vielleicht bin ich nicht genug verliebt. Beziehungsweise gar nicht.

Ich fahre jetzt jeden Tag mit dem Rad ins Geschäft, obwohl es schon kalt ist. Das ist jeweils der Höhepunkt meines Tages. Ich habe mir Handschuhe, eine Mütze und einen speziellen Regenschutz gekauft, eine Art Poncho, der über den Lenker geht, dunkelblau mit reflektierenden Streifen. Eigentlich wollte ich einen hellgrünen, aber den gab es nicht. Wenn ich am Morgen losfahre, dämmert es erst. Es hat geregnet, die nasse

Fahrbahn reflektiert die Lichter, die Geräusche, der Regen spritzt mir ins Gesicht. Diese Frische. Auf der Straße liegt Laub, in einer Kurve wäre ich fast hingefallen.

Probleme im Büro. Nicht das Büro ist das Problem, ich bin es. Schon wie ich immer vor den anderen mit meinen Filmen prahle, gefällt mir nicht. Ich, die Künstlerin, bin etwas Besseres als ihr. Sie ertragen mich duldsam, aber ich ertrage mich nicht. Ich bin oft schlecht gelaunt, richtig fies. Ich habe die nette Kollegin gefragt, wie es Rüdiger geht. Schon dieser Name! Wenn ich mir einen Deutschen ausdenken müsste, würde er Rüdiger heißen. Oder Holger. Gut, hat sie gesagt. Und dann habe ich sie gefragt, ob er sie vögelt, nicht mit diesen Worten, aber sie hat mich schon verstanden. Das hätte ich besser nicht getan. Sie fing an zu weinen, und danach musste ich mir die ganze traurige Geschichte anhören, die aber nichts zur Sache tut, also lassen wir das. Jedenfalls bin ich jetzt so was wie ihre Vertraute, und sie will immer mit mir mittagessen gehen in die Kantine, obwohl ich viel lieber ein schlappes Schnitzelsandwich oder ein Pizzabaguette beim Discounter hole und am Arbeitsplatz esse. Ohne auszustempeln, versteht sich. Meine Chefin hat das bemerkt und mich darauf angesprochen. Sie war sehr diplomatisch, rücksichtsvoll, es sollte auf keinen Fall wie ein Vorwurf klingen. Sie verstehe gut, dass ich nach meiner Selbständigkeit die Arbeitszeiterfassung nicht gewöhnt sei. Aber sie wäre trotzdem froh … ein freundliches Lächeln.

Die Hälfte des Tages weiß ich nicht, was ich machen soll. Die anderen scheinen irgendwelche Techniken oder Tricks zu beherrschen, sich zu beschäftigen, jedenfalls sitzen sie dauernd an ihren Computern und tippen mit hoher Geschwindigkeit und machen konzentrierte Gesichter. Eine Zeitlang probiere ich es mit YouTube-Videos aus, aber ohne Ton machen Interviews mit Serienmördern keinen Spaß. Also treibe ich mich im Google-Labyrinth herum.

Ein spannendes Detail aus dem Leben der Dreifingerfaultiere: Sie leben in Symbiose mit Motten aus der Gruppe der Chrysauginae, die sich in ihrem Fell einnisten und Eier in ihre Exkremente legen. Die Motten geben Stickstoff- und Phosphorverbindungen ins Fell der Faultiere ab, die das Wachstum von Algen fördern. Die Algen werden bei der Fellpflege von den Faultieren gefressen, die so zu wichtigen Nährstoffen kommen, die in ihrer üblichen kargen Blätternahrung nicht enthalten sind. Und einmal die Woche klettern sie vom Baum, um zu scheißen.

Wie viel Zeit kann eine Büroangestellte glaubwürdig auf der Toilette verbringen? Meine Kollegen müssen glauben, ich hätte einen Reizdarm. Das Internet sagt, Mist, dass der Arbeitgeber Toilettenbesuche nicht zu bezahlen braucht. Hoffentlich weiß das meine Chefin nicht.

Das Wetter in Paris, stark bewölkt, vier Grad. Das Wetter in Moskau, starke Schneeschauer, ein Grad, das Wetter am Südpol, sonnig und trocken, minus neununddreißig Grad. Ach, wäre ich doch am Südpol, Pinguine filmen.

Mich nerven die Sponsoringanfragen, die jeden Tag reinkommen, immer mehr, besonders die von Künstlermenschen. Was die sich alles ausdenken. Und wir sollen das dann finanzieren. Dabei heißt es in den Richtlinien klipp und klar: Künstlerische Vorhaben von Einzelpersonen werden nicht unterstützt. Können die nicht lesen? Ich habe inzwischen den Ruf, dass ich bei Filmprojekten besonders streng sei. Mag sein, aber es wird auch viel Quatsch gedreht. Und wenn das dann nachher tausend Leute im Kino sehen, ist der Impact auch nicht gerade atemberaubend. Das eine oder andere Mal haben mich ehemalige Kolleginnen auch direkt kontaktiert und um Geld angebettelt, wie würdelos. Aber die ließ ich immer gleich abblitzen. Ich habe dann einfach behauptet, wir hätten eine One-Brand-Strategie und ihr Projekt widerspreche unseren Brand Values, was auch immer das heißt. Vielleicht kann ich euch ein paar Kugelschreiber schicken oder Fähnchen.

Kurz: Es geht mir nicht gut.

Neblige Tage. Manchmal fahre ich am Wochenende irgendwohin, nur um nicht zu Hause zu sitzen. Eine

Ausstellung in einer Kleinstadt, eine Künstlerin, die ich schätze. Außer mir kein Mensch in der Ausstellung. Es ist früher dunkel geworden, als ich gedacht habe. Nebel liegt in den Gassen der fremden Stadt, obwohl es Samstag ist, ist kaum jemand unterwegs. Ich nehme den Zug zurück, fahre durch die dunkle Landschaft, dann und wann Lichter, eine Station, deren Namen ich nicht lesen kann, eine Straße, die parallel zu den Gleisen verläuft und sich dann langsam und plötzlich sehr schnell entfernt, ein leerer Fußballplatz im Flutlicht, ein hell erleuchtetes Industriegelände.

In meiner Wohnung ist es kalt. Ich sitze im Bett, trinke Rotwein aus der Flasche, etwas theatralisch, ich geb's zu, schaue Videos auf meinem Handy. Ich langweile mich mit mir selbst. Ich möchte wieder jemanden wie Richard oder Judith in meinem Leben haben. Klar, manchmal haben sie genervt, aber immer, wenn ich mit ihnen zusammen war, hatte ich das Gefühl, dass mein Leben, meine Taten relevant waren. So wie die Geschehnisse eines guten Buches, die einen Sinn ergeben und nicht einfach eine Aneinanderreihung von Zufällen sind wie mein Leben. Ich lege mich hin, schließe die Augen und flüstere, kommt, kommt! Es ist wie eine Séance, eine Geisterbeschwörung.

Da sind sie, ich bin in einem riesigen, hell erleuchteten Saal in einem Schloss. Ich trage einen Reifrock und Schuhe mit hohen Absätzen. Walzermusik erfüllt den Raum, sie klingt wie ein Sturm, und Richard und

Judith kommen hereingetanzt. Die anderen Ballgäste weichen zurück, bilden eine Gasse. Das Paar kommt direkt auf mich zu, und dann tanzen wir plötzlich zu dritt, ich weiß gar nicht, wie das möglich ist, aber es geschieht wie von selbst. Wir lachen und schweben durch die Luft, unter uns tanzen jetzt wieder alle, sie scheinen uns schon vergessen zu haben. Wir sind überglücklich, das Glück verbindet uns, es trägt uns, wir sind eins.

Als ich erwache, weiß ich nicht, wie spät es ist. Ich bin angezogen, meine Kleider sind zerknittert. Ich muss dringend auf die Toilette und habe Durst wie eine Kuh. Beim Aufstehen werfe ich die leere Weinflasche um, die neben dem Bett auf dem Boden steht.

Draußen liegt immer noch dicker Nebel. Ich erinnere mich nur mit Mühe an das, was gestern war, die vergangenen Tage und Wochen und Monate; es kommt mir vor, als sei ich aus dem Nichts erwacht, als sei mein ganzes bisheriges Leben nur ein Traum gewesen, der sich im trüben Licht des Tages auflöst.

Auch die Küche kommt mir fremd vor, ich muss lange suchen, bis ich den Kaffee finde, die Filter, die Kanne. Später gehe ich nach draußen. Kein Mensch ist unterwegs. Ich habe mein Handy vergessen, es kann Morgen sein oder Mittag oder Nachmittag. Ich bin in ein Viertel geraten, in dem ich noch nie gewesen bin, gehe eine breite Straße entlang, an der Industriebauten stehen, Bürogebäude, einmal einige Wohnblocks. Bei einer Bushaltestelle setze ich mich auf eine Sitzbank, auf den grün lackierten Holzlatten haben sich vom Nebel kleine Wassertropfen gebildet. Mein Hintern ist nass, es ist kalt. Ich gehe weiter. Dämmert es schon, oder hat meine Sehkraft nachgelassen?

Ich bin umgekehrt, immer der Straße entlang zurück gegangen, bis ich wieder gewusst habe, wo ich bin. Unten im Haus, in dem ich wohne, hängt ein Brief der Verwaltung. Stoßlüften steht als Betreff über dem Schreiben. Die Bewohner des Hauses werden gebeten, die Fenster während der Heizperiode nicht unnötig lange offen stehen zu lassen, um Heizkosten zu sparen. Im letzten Abschnitt wünscht der Verwalter allen eine schöne Adventszeit und frohe Festtage. Ist es schon so spät?

In meinem Briefkasten liegen der Bettelbrief eines Kinderhilfswerks und ein Gratisanzeiger. Auf der ersten Seite die Schlagzeile: Achtung Zeitumstellung: Die Sommerzeit ist vorbei.

Ich habe die Uhren zurückgestellt, meine Armbanduhr, den Wecker, die Uhr im Festnetztelefon, jene des Backofens; jetzt geht es mir besser. Es ist zwölf Uhr mittags, ich sollte etwas essen, aber ich habe keinen Hunger.

Mein Handy klingelt. Judith wieder mal. Sie hat sich von ihrem Mann getrennt, schau an, fragt, ob sie ein paar Tage bei mir wohnen könnte.

Ich stelle mir die Szene vor. Judith ist im Gottesdienst gewesen, nicht als Pfarrerin, als Zuhörerin, oder wie sagt man? Als Mitglied der Gemeinde. Danach war sie noch kurz auf dem Friedhof, obwohl erst morgen Allerheiligen ist. Richards Grab ist noch frisch, der Stein nicht gesetzt, vielleicht liegt ein welk gewordener Kranz da, aber eher nicht, die Friedhofsgärtner haben aufgeräumt für den Totenmonat, der morgen beginnt, die Gräber für den Winter neu bepflanzt. Heidekraut und Chrysanthemen.

Beim Mittagessen ist Judith wortkarg. Es gibt Suppe und Brot, wie immer am Sonntagmittag, wenn nicht viel Zeit zum Kochen ist. Dann sind die Mädchen in ihre Zimmer verschwunden, und Judiths Mann hat zwei Tassen Kaffee aus der Maschine gelassen und Judith eine gereicht. Judith steht am Fenster, eine dunkle Silhouette vor der Szenerie des herbstmüden Gartens. Wäre das ein Film, dann würde ich hier schneiden, das Gespräch ist zu schmerzhaft, so was will niemand hören. Braucht auch niemand zu hören, das ist Privatsache.

Judiths Mann hat es nicht verstanden, Judith versteht es vermutlich selbst nicht. Das mit Richard hätten sie ausdiskutieren können, verarbeiten, vielleicht hatte ihr Mann auch mal was mit einer Kollegin oder mit der Mutter einer Schülerin. Es wären Narben geblieben, aber welche Beziehung ist schon ohne Narben. Judiths Mann hat versucht, mit ihr zu sprechen, sie umzustimmen, dann hat er es aufgegeben und ist in den Garten gegangen. Er recht das Laub auf der Wiese zusammen, irgendetwas muss er ja tun. Ein schönes Bild: der abgeerntete Garten im Nebel, das nasse Grün des Grases, das Braun und Gelb des Laubes, die Verwesung, dieser ratlose Mann mit dem langen Rechen. Klaviermusik, Satie oder so, etwas Ruhiges, Nachdenkliches. Wer jetzt allein ist, wird es lange bleiben.

Hat Judith mit den Kindern gesprochen? Bestimmt. Sie ist hochgegangen ins obere Stockwerk, wo ihre Zimmer sind. Wie sieht es denn hier aus?, sagt sie, als sie in Anns Zimmer tritt, kannst du nicht endlich mal aufräumen? Sie ruft nach Ella. Kommst du kurz rüber?

Auch die Mädchen verstehen es nicht, aber sie fragen nicht nach Gründen. Vielleicht ahnen sie, dass es einen anderen Mann gibt, und das wollen sie nicht wissen. Was sie wohl denken würden, wenn sie wüssten, dass es den Mann schon lange gegeben hat, dass er gestorben ist? Dass er vielleicht ihr Vater war? Ella weint, Ann nimmt sie in den Arm. Sie sehen aus wie zwei begossene Dackel. Wie geht es jetzt weiter? Ich gehe für ein paar Tage weg. Ich brauche ein wenig Abstand, ein wenig Zeit. Keine Angst, ich bin bald zurück, ja?

Aber wohin? Soll Judith ein Hotel nehmen? Im Sanitätszimmer im Kirchgemeindehaus übernachten? Da ruft sie mich an, aus dem Schlafzimmer, dabei hat sie jetzt keine Geheimnisse mehr, braucht sich nicht zu verstecken. Aber die Mechanik der Trennung hat etwas Peinliches. Warum kommt sie ausgerechnet auf mich, hat sie denn keine Freundinnen im Dorf, keine Vertrauten, die ihr beistehen, die sie aufnehmen würden? Aber dort ist sie die Pfarrerin, und es wäre ein kleiner Skandal. Es ist ein kleiner Skandal. Oder ein großer.

Klar, komm einfach, ich bin zu Hause.

Ich stelle keine Fragen. Sie wird mir eine WhatsApp schicken, wenn sie weiß, wann ihr Zug ankommt. Vielleicht hole ich sie am Bahnhof ab.

Ich stelle mir vor, wie sie eine Tasche packt, nur das Nötigste. Die schönen Dessous packt sie ein, hat sie Angst, ihr Mann könnte sie entdecken? Oder tut sie es, weil es fast das Einzige ist, was ihr von Richard geblieben ist? Das Buch über jüdische Mystik legt sie auch in die Tasche.

Judith ist unkonzentriert, vergisst die Zahnpasta, fast auch die Lesebrille. Sie verabschiedet sich von den Mädchen, das ist vielleicht der schwierigste Teil. Die beiden sitzen immer noch im selben Zimmer, sie scheinen geredet zu haben, schauen die Mutter mit ängstlichen Augen an, als hofften sie, sie hätte es sich anders überlegt. Judith umarmt sie schweigend, eine nach der anderen, die Geste hat etwas Offizielles, wie bei einem Staatsbesuch oder der Einweihung eines Flughafens. Judith gibt den Mädchen ein paar Anweisungen, erwähnt Essensreste, die noch im Kühlschrank stehen und die sie zum Abendessen aufwärmen sollen. Passt gut auf Papa auf. Als sie die Treppe hinuntergeht, kommt es ihr vor, als seien ihre Beine aus Blei.

Sie geht in den Garten, spricht kurz mit ihrem Mann. Wir sehen die beiden durch das Wohnzimmerfenster, hören nicht, was sie sagen, ihre Gesichter sehen traurig aus, müde, nur einmal lächelt Judith kurz und dann auch ihr Mann. Schnitt.

Im Zug weiß sie nicht, wie sie sich fühlen soll. Sie ist traurig, aber auch erleichtert, unglaublich erleichtert, glücklich, unsicher, verwirrt. Kurz nach Frauenfeld bricht die Sonne durch den Nebel. Da bin ich schon unterwegs zum Bahnhof. Aus dem Schaufenster eines Reisebüros lächelt mich eine Bikinischönheit an: Sonne satt wie Sand am Meer. Was für ein bescheuerter Slogan.

Das letzte Mal am Meer. Wechsler hätte mich nach Trouville eingeladen. Er ist schon da. Warum hat er einen früheren Zug genommen? Er holt mich vom Bahnhof ab, ist von der Krankheit gezeichnet, aber er besteht darauf, zu Fuß zum Hotel zu gehen. Wir spazieren der Mole entlang. Der Fluss führt fast kein Wasser, es ist Ebbe, die Fischerboote liegen umgekippt im Schlamm.

Ein kleines Hotel am Strand, hier war er bestimmt auch mit Judith, aber das erwähnt er nicht, ganz Gentleman. Es ist selbstverständlich, dass wir ein Zimmer teilen. Zwei Betten oder ein Doppelbett?, fragt die Frau an der Rezeption. Ein Doppelbett, sagt Wechsler schnell, er fragt mich nicht mal, aber ich hätte ohnehin dasselbe gesagt. Wir haben keine Zeit zu verlieren.

Obwohl wir nur eine Viertelstunde gegangen sind, ist Wechsler erschöpft. Er will sich ein wenig hinlegen, danach wird er mir den Ort zeigen. Er liegt in Unterwäsche und Strümpfen auf dem Bett. Ich ziehe mich aus und lege mich zu ihm. Es ist schön mit ihm, langsam, unaufgeregt und doch intensiv. Es erregt mich, dass er mich immer noch siezt, das verleiht dem Moment eine seltsame Würde und Ernsthaftigkeit. Er schaut mich die ganze Zeit an, und ich sehe wieder das Blaue in ihm, das Quecksilbrige, das nicht zu fassen ist. Er macht ein sehr ernstes konzentriertes Gesicht, als sei, was wir tun, die wichtigste und schwierigste Sache auf der Welt.

Ich habe wieder das Gefühl, dass er mich aussaugt, aber diesmal stört es mich nicht. Ich würde ihm einen Teil meiner Lebendigkeit geben, wenn ich das könnte. Vielleicht kann ich es ja, vielleicht ist es genau das, was ich gerade tue. Und was tut er? Er nimmt mir etwas, und er gibt mir etwas. Was das ist und was ich damit anfange, ist meine Sache.

Das letzte Mal am Meer. Wir gehen die Strandpromenade entlang, ein Weg aus Holzplanken, der erst parallel zur Uferstraße verläuft und dann, als diese gegen das Landesinnere abbiegt, im Sand zwischen dem

Meer und der ersten Reihe von Häusern. Die Häuser und Hotels stehen etwas erhöht über einer Verbauung, einer Mauer. An manchen Stellen hat der Sand die Planken der Promenade fast zugedeckt. Es sind nicht viele Leute unterwegs, die Saison ist vorbei oder hat noch nicht begonnen. Wir setzen uns auf eine der Bänke, schauen auf das Meer hinaus, schweigen.

Ist Heimat eigentlich da, wo man herkommt, oder da, wo man hinwill?, fragt Wechsler endlich. Es ist eine dieser Fragen, die sich selbst genügen, die keine Antwort brauchen. Im Schweigen scheinen wir uns näher zu sein als im Reden.

Am Abend essen wir Meeresfrüchte auf der Terrasse eines Bistrots. Ich esse zum ersten Mal Austern, Wechsler vermutlich zum letzten Mal. Ich schaue ihm zu und ahme ihn nach wie ein Papagei. Er wirkt glücklich.

Jedes Mal, wenn ich in Zukunft Austern esse, werde ich an Sie denken, sage ich, an diesen Abend mit Ihnen. Und sofort nervt mich, dass ich das gesagt habe. Er ist noch nicht tot.

Am nächsten Tag ist es mild für die Jahreszeit, und wir frühstücken auf der Terrasse. Wechsler hat erstaunlich viel Appetit. Er fragt, ob ich Lust hätte, im Meer zu baden. Er hat unruhig geschlafen in der Nacht, ich bin ein paarmal aufgewacht deswegen. Sein Unterhemd war nass vor Schweiß. Er ist sehr früh aufgewacht, hat sich ans Fenster gesetzt. Ich habe getan, als schlafe ich noch, und bin dann wirklich wieder eingeschlafen und spät aufgewacht. Wir hätten beinahe das Frühstück verpasst.

Ebbe. Wir müssen lange gehen, bis wir das Wasser erreichen. Es ist eiskalt, und dass der Boden so unendlich langsam abfällt, macht die Sache nicht leichter. Wechsler hat mich bei der Hand genommen, und gemeinsam gehen wir immer weiter, bis uns das Wasser zu den Hüften reicht. Dann werfen wir uns hinein. Die Kälte verschlägt mir den Atem.

Wir liegen auf unseren Badetüchern. Wolken sind aufgezogen, und es weht ein leichter Wind. Ich friere, drücke mich so flach auf den Boden wie möglich. Die Kälte werde ich den ganzen Tag nicht mehr los, obwohl ich später einen dicken Pullover anziehe.

Ich stehe am Fenster, nackt bis auf den Pullover. Wechsler tritt hinter mich und umarmt mich. So stehen wir die längste Zeit da und schauen auf das Meer, das jetzt wieder ganz nah ist.

Ich reise einen Tag früher ab als geplant. Wechsler hätte gern, dass ich bleibe, aber das geht nicht.

Bereuen Sie, dass Sie gekommen sind?

Nein, ich habe es keine Sekunde bereut. Aber jetzt ist es genug.

So könnte es gewesen sein. Das letzte Mal am Meer.

Unterwegs zum Bahnhof ärgere ich mich kurz. Was habe ich mit Judith und Richard zu tun? Warum lassen sie mich nicht in Ruhe, weder in meinem Kopf noch in der Wirklichkeit? Ich muss an jenes erste Video denken, das wir von Wechsler im Museum gemacht haben. Als er über Vallotton sprach: Der Künstler ist der Liebhaber, der das Modell oder die Landschaft berührt und von ihnen berührt wird. Er feiert ihre Schönheit, das Bild ist eine Art Liebesakt.

Habe ich Richard berührt? Hat er mich berührt? Wer von uns ist der Künstler, wer das Modell? Geht es gar nicht um ihn oder um Vallotton, sondern um mich? Ist es von Anfang an nur um mich gegangen? Aber warum? Warum ausgerechnet um mich? Und gefällt mir dieser Gedanke, oder beunruhigt er mich, macht er mir Angst? Ich bin Richards Vermächtnis, eine Figur, die er nicht zu Ende geschrieben hat und die jetzt umherirrt im Limbus der ungeborenen Romanfiguren und nicht weiß, wo sie hingehört.

Ich ziehe das Handy aus der Tasche und filme mich selbst in der Straßenbahn, schaue in dieses fremde Gesicht auf dem jämmerlich kleinen Bildschirm. Hinter mir sitzt ein Mann, der eine Grimasse schneidet und dann den Platz wechselt.

Judith hat keine Tasche dabei, sondern einen Rollkoffer, denselben, den sie schon nach Paris mitgenommen hat. Wir umarmen uns kurz wie alte Freundinnen und gehen dann schweigend zur Straßenbahn.

Die Selbstverständlichkeit, mit der sie sich bei mir einnistet. Ich habe Platz gemacht im Kleiderschrank, zeige ihr das Bad, die Küche, wo sie Kaffee und Tee finden kann, Zucker braucht sie nicht, Milch habe ich keine. Sie wird auf dem Sofa schlafen, einem dieser Convertibles, die sich von einem schlechten Sofa zu einem schlechten Bett umbauen lassen. Zu Hause hat sie es bestimmt bequemer. Jetzt siehst du mal, wie andere Leute leben, kreatives Prekariat. Na, werden wir mal nicht wehleidig, ich könnte mir eine größere Wohnung leisten, jetzt sowieso, wo ich die Stelle habe. Aber mir gefällt dieses mönchische Leben. Kann man auch nonnisch leben oder nur mönchisch?

Und jetzt? Gehen wir spazieren.

Ganz in der Nähe von da, wo ich wohne, gibt es einen riesigen Friedhof, aber weil sich immer mehr Leute kremieren lassen, ist es inzwischen eher ein Park mit alten Bäumen, Naturwiesen, Sitzbänken. Friedhöfe kommen bei Wechsler auch oft vor, also bewegen wir uns im Rahmen des Erwartbaren, Wechsler-Country.

Es ist kalt, zum ersten Mal in diesem Herbst riecht es nach Winter. Aber die Sonne scheint; die Herbstfarben, die Gerüche, die Kälte auf der Haut, es ist eine Wonne. Nein, Wonne gehört in den Frühling. Es ist eine Pracht. Die Friedhofsgärtner blasen das Laub zusammen, neben dem Eingang liegen schon zwei gewaltige Haufen. Vielleicht wäre das doch ein Beruf für mich.

Sogar hier gibt es Abteilungen, wie bei mir im Büro, und die Gräber haben Nummern. Nicht einmal die Toten entkommen dem Ordnungswahn dieses Landes.

Um ein Grab hat jemand einen Schneckenzaun angelegt.

Wir gehen durch eine beängstigende Allee aus riesigen Thujas, die uns auf dem Kiesweg dazwischen fast erdrücken. Judith ist schweigsam, sie macht ein ernstes Gesicht. Mitleid müsste ich mit ihr haben, ich sehe, dass sie leidet, aber ich kann ihr Leid nicht teilen. Für mich ist es ein Sonntagnachmittag wie jeder andere, sogar ein bisschen schöner als andere, weil ich Gesellschaft habe und Judith mag. Ich filme sie mit dem Handy, sie lächelt milde zwischen den Lebensbäumen, ein bisschen resigniert. Bereut sie es schon, dass sie ihren Mann, ihre Familie verlassen hat?

Das Krematorium sieht aus wie ein Tempel und wirkt irgendwie heidnisch, ich weiß auch nicht, warum dieser Eindruck entsteht. Es hat etwas Unbelebtes, Überdimensioniertes, bestimmt ist es drinnen kälter als hier draußen, aber die Türen sind verschlossen. Über dem Portal gibt es eine Inschrift, die wir nur mit Mühe entziffern können: Flamme, löse das Vergängliche auf, befreie das Unsterbliche. Das klingt nicht wirklich christlich. Welche Religion ist das mit der ewigen Flamme? Sind das die Zoroaster? Das weiß nicht mal Judith. Googeln. Nein, nicht googeln.

In der Nähe des Eingangs haben sich schwarz gekleidete Menschen versammelt, die Männer rauchen, ein paar Kinder rennen schreiend herum, bis sie eine junge Frau in einer fremden Sprache zurechtweist. Jemand muss gestorben sein, wir haben hier nichts zu suchen, das ist nicht unsere Tragödie.

Wir gehen weiter durch Gräberreihen, lesen die Namen der Verstorbenen, betrachten die Grabsteine. Da liegt ein Ehepaar, beide im selben Jahr gestorben, da sind vermutlich Vater und Sohn zusammen im selben Grab. Und wo ist die Mutter? Die Möblierung der Gräber ist auch nicht viel geschmackvoller als jene der meisten Wohnungen, viel Kitsch, viel Konvention. Und auf fast allen Gräbern blüht Heidekraut, das kostet nicht viel und ist pflegeleicht und langlebig.

In der Nähe des Ausgangs finden wir die Gräber von Gottfried Keller, kaum was gelesen, und Johanna Spyri, da kenne ich nur den alten Heidi-Film mit, wie hieß er noch mal, der mit der Knollennase? Der war noch schwarz-weiß. Auch da wächst Heidekraut.

Ich fühle mich gerade ein bisschen wie Heidi in der großen Stadt, sagt Judith, zugleich aufgeregt und traurig. Sie hakt sich bei mir ein.

Dann bin ich Herr Sesemann? Oder Fräulein Rottenmeier?

Danke, dass du mich aufgenommen hast, sagt Judith.

Sie will nicht über ihre Familie sprechen, lieber erzählt sie von Richard. Wie lange hat dieses Verhältnis mit ihm gedauert? Das Wort Verhältnis gefällt ihr nicht. Liebesbeziehung, stimmt, so hat sie es schon damals auf dem Berg genannt. Oder einfach Liebe. Wie lange hat diese Liebe gedauert? Fast zwanzig Jahre. Für ihn noch länger.

Es fing auf einem Friedhof an, das war bei der Beerdigung von einem unserer Klassenkameraden. Ich weiß gar nicht, warum wir hingegangen sind, er war uns beiden nicht besonders nah. Aber Richard war ohnehin zu Besuch bei seinen Eltern, und ich hatte Lust, die alten Freunde wieder einmal zu sehen. Da hatte ich gerade eine neue Stelle am Bodensee angetreten und kam mir noch ein wenig verloren vor. Vielleicht wollte ich auch nur Richard sehen.

Und jene Reise nach Paris mit dem Metzger und dem anderen Freund? Als du und Richard euch ein Zimmer geteilt habt?

Judith schaut mich an, ihr Gesicht verrät nichts. Wer hat dir davon erzählt?

Die Geschichte kommt in einem von Richards Büchern vor.

Da war nichts, sagt Judith kurz angebunden.

Soll ich ihr das glauben? Aber welchen Grund hätte sie, mich zu belügen? War sie vielleicht mit einem der anderen Männer im Zimmer und hat mit dem …? Vielleicht sogar mit dem Metzger, und Richard hat sie ertappt? Immerhin scheint sie ein wenig aus dem Konzept geraten zu sein. Sie sammelt sich, fängt noch einmal an.

Also die Beerdigung jenes Schulfreundes. Wenn ich

ehrlich bin, hatte ich mal für ihn geschwärmt. Dann hatte er angefangen Drogen zu nehmen. Er ging nach Indien, kam zurück, fand sich nicht mehr zurecht. Und dann starb er an einer seltenen Krankheit, man hörte alle möglichen Geschichten und Gerüchte. Aber darum geht es nicht.

Es waren nicht viele Leute da, die ich kannte. Richard und ich haben uns gleich gefunden, sind in der Kapelle nebeneinandergesessen. Da lag schon etwas in der Luft. Nach der Beisetzung gab es einen kleinen Empfang, Wein, aber nichts Richtiges zu essen. Richard und ich standen in einer Ecke und redeten über alte Zeiten, und dann sagte er, wollen wir spazieren gehen? Ich muss hier raus.

Wir waren ein bisschen beschwipst, glaube ich. Wir gingen zum Fluss, es war Frühling. Richard war da schon ziemlich erfolgreich, und ich müsste lügen, wenn ich behauptete, das hätte mich nicht beeindruckt. Und er hat mir zugehört. Ich glaube, ich habe die ganze Zeit geredet, und er hat fast nichts gesagt.

Wir sind an unserem alten Schulhaus vorbeigekommen, dann am Kanal entlanggegangen, da gibt es eine Pferdezucht, wo ich als Mädchen eine Zeitlang geritten bin. Wir haben den Pferden zugeschaut, sie waren ganz zutraulich, kamen zu uns an den Zaun. Richard hat einem Pferd den Kopf gestreichelt, den Widerrist, und es war mir, als streichle er meinen Kopf und meinen Nacken.

Dann kommt da ein Stück Auenwald, der sich am Fluss entlangzieht. Es ist Mittagszeit, außer uns ist kein Mensch unterwegs. Wir gehen in den Wald hinein, noch ist das Laubwerk nicht dicht, auf dem Boden sind Sonnenflecken zu sehen. Der Weg führt geradeaus durch den Wald, aber Richard verlässt ihn ohne ersichtlichen Grund, schlägt sich durchs Unterholz, das sich bald lichtet. Ich folge ihm. Ich glaube, wir wissen beide nicht, weshalb wir den Weg verlassen haben, über den unebenen Waldboden stolpern. Irgendwann hält Richard an, es ist keine richtige Lichtung, nur ein Ort, an dem die Bäume etwas weniger dicht stehen und die Sonne sehr hell ist, als sei ein Scheinwerfer auf uns gerichtet. Richard hat sich umgedreht, schaut mir schweigend entgegen. Ich gehe auf ihn zu, ich sollte anhalten, aber ich gehe ganz nah zu ihm hin, bis er gar nicht anders kann, als mich zu umarmen und festzuhalten. Dann haben wir uns da im Wald geliebt. Ich habe versucht, an nichts zu denken.

Auf der Rückfahrt im Zug habe ich mich in der Toilette nackt ausgezogen und all die Ästchen und trockenen Blätter abgewischt, die mir am Körper klebten. Jemand hat mehrmals an die Tür geklopft, und als ich endlich fertig war und rauskam, stand da ein alter Mann und hat geschimpft. Und ich fand das nur unheimlich lustig. Komisch, dass ich mich noch so gut an diesen alten Mann erinnern kann, aber nur sehr vage daran, wie Richard und ich uns geliebt haben im Wald.

Und bald darauf ist deine erste Tochter zur Welt gekommen.

Judith schweigt. Ist Judiths Tochter Richards Kind? Hat sie es ihm gesagt? Warum kümmert mich das? Komme ich mir selbst vor wie ein Kuckuckskind? Ist Richard mein wirklicher Vater? Alle Kuckuckskinder haben denselben Vater.

Die nächsten Jahre haben wir uns nur gelegentlich geschrieben, sagt Judith. Richard hat mir seine Liebe gestanden, und ich habe ihn mehr oder weniger freundlich zurückgewiesen, habe ihm erklärt, warum ich ihm nicht mehr schreiben könne, und habe ihm doch immer wieder geschrieben. Er hat mir seine Bücher geschickt mit andeutungsvollen Widmungen, die ich herausschnitt und in einer Schublade versteckte. Und dann sahen wir uns wieder, er war für eine Lesung in der Gegend, und ich ging hin, und als ich mich danach verdrücken wollte, ließ er mich nicht gehen, und ich trank mit ihm und den Veranstaltern ein Glas Wein und fuhr ihn danach zum Bahnhof, obwohl er genauso gut zu Fuß hätte gehen können. Dort auf dem Parkplatz beim Bahnhof küssten wir uns so lange, dass er fast seinen Zug verpasst hätte. Das war, so seltsam es klingen mag, viel intimer als der Sex im Wald. Da war es um mich geschehen.

Das ist so ein Satz, der klingt wie aus einem dieser Mädchenbücher. Da war es um mich geschehen. Aber schön ist er doch. Und warum soll sie das nicht sagen, wenn sie es so empfindet? Um mich war es, glaube ich, noch nie geschehen.

Das war nur der Anfang, sagt Judith. Anfänge sind schön, aber weniger wichtig als man denkt. Das Wichtige kommt erst danach, die Arbeit. Aber das erzählt sie mir nicht.

Jetzt will ich mal was erzählen. In der Grundschule hatten wir ein Aquarium im Klassenzimmer mit Guppys, kleinen bunten Zierfischen. Jede und jeder musste die Fische mal füttern, es gab einen Plan, wer an der Reihe war, der hing am Anschlagbrett. Das Futter waren so feine verschiedenfarbige Flocken in einer kleinen Plastikdose, ich kann mich noch heute an den würzigen Geruch erinnern. Am Tag, nachdem ich die Fische gefüttert hatte, schwamm einer Bauch nach oben tot im Aquarium. Der Lehrer meinte, das sei normal, Guppys lebten in Aquarien nicht lange und ich hätte bestimmt nichts falsch gemacht. Trotzdem hatte ich ein schlechtes Gewissen. Nicht nur, weil der Fisch gestorben war, sondern vor allem, weil es mir vollkommen egal war. Das war meine erste Begegnung mit dem Tod.

Hat das irgendetwas mit irgendetwas zu tun? Eher nicht. Aber es ist mir gerade eingefallen, vielleicht, weil wir auf einem Friedhof sind. Ich habe mich geekelt vor dem toten Fisch. Die anderen haben ihn dann hinter dem Schulhaus begraben.

Judith will ihre Stelle kündigen und eine neue suchen.

Weißt du noch, wie ich dir in Paris erzählt habe, dass ich meinen Glauben verloren hätte? Er ist nicht wieder zurückgekommen, und eigentlich empfinde ich es als eine Befreiung. Ich lebe jetzt in einer kühleren Welt, aber die Luft ist klarer, ich fühle mich viel erwachsener. Und dafür musste ich fast sechzig werden! Bestimmt könnte ich weiter Pfarrerin sein, aber ich käme mir wie eine Hochstaplerin vor. Und ich habe auch keine Lust dazu.

Sie wird sich etwas im sozialen Bereich suchen, sie hat schon in der Gemeinde viel mit Jugendlichen und alten Leuten gearbeitet, das kann sie, das gefällt ihr.

Sie wird in die Stadt ziehen, sich eine kleine Wohnung nehmen, ein paar Möbel kaufen und ein Fahrrad. Ann und Ella werden vorerst bei ihrem Vater bleiben, sie werden ohnehin bald ausfliegen.

Bist du auf Abenteuer aus?

Ich will nichts ausschließen, sagt sie und lacht, ich habe in meinem Leben nur mit vier Männern geschlafen, da liegt noch was drin. Oder ich wechsle die Seite. Wie heißt es immer so schön: Ich bin offen für Neues. Aber ich werde nicht verzweifelt danach suchen. Ich werde ins Theater gehen, in Konzerte, ins Literaturhaus, vielleicht werde ich Mitglied in einem Lesekreis. Und sollten wir da eins von Richards Büchern besprechen, werde ich nur zuhören, was die anderen sagen, und werde denken, ihr habt keine Ahnung.

Warum bin ich eifersüchtig auf dieses Leben, das sie mir so begeistert schildert? Meins sieht ganz ähnlich aus, außer dass ich bestimmt nicht Mitglied in einem Lesekreis werde. Vielleicht bin ich eifersüchtig auf ihren Enthusiasmus, auf ihre Freude über die neu gewonnene Freiheit. Sie hat ihr Leben lang noch nie allein gewohnt, von zu Hause zog sie direkt in eine WG, danach lebte sie mehr als dreißig Jahre mit ihrem Mann zusammen. Jetzt ist sie frei, aber Freiheit kann nach einer Weile ganz schön anstrengend werden.

Und wenn sie pensioniert wird in ein paar Jahren? Dann wird sie in Rente sein und allein. Hat sie keine Angst davor?

Doch. Natürlich.

Eine Art Idylle: Wir sind beide zu Hause, Judith sitzt auf dem Sofa, die Beine angezogen und liest in einem Buch. Sie trägt einen kurzen Rock, dicke Wollstrumpfhosen und Hausschuhe. Wenn ich die Augen ein wenig zusammenkneife, kann ich mir einbilden, wir seien noch Studentinnen und wohnten zusammen in einer Wohngemeinschaft. Wir sind beste Freundinnen, erzählen uns alles, kuscheln und flüstern zusammen.

Ich sitze am Schreibtisch und erledige Mails und schaue mir dazwischen ein paar Videos an, mit Kopfhörer, um Judith nicht zu stören. Draußen ist es neblig, und es wird langsam Abend. Ich habe Kerzen angezündet, jetzt fehlt nur noch sanfter Jazz, und die Szene wäre perfekt. Es hat schon was, nicht alleine zu wohnen. Wie es wohl wäre, wenn Judith einfach hierbleiben würde? Sie ist fast zwanzig Jahre älter als ich, aber was soll's. Ich glaube, wir würden uns vertragen. Ich stelle mir vor, wir seien ein Paar, nichts Sexuelles, nur wegen der Nähe. Ich würde ihr die Haare bürsten, sie würde mir den Rücken massieren, mich in die Arme nehmen, mir zuhören, wenn ich von den Problemen im Büro erzähle. Wir würden uns in die Augen schauen, hätten uns gern auf eine ganz einfache Art und Weise.

YouTube verschont mich inzwischen mit Serienmördern, vielleicht kenne ich schon alle, und schlägt mir stattdessen Videos über polygame Sektenführer vor, auch nicht wirklich mein Interessengebiet. Ein Typ in Utah, der 79 Schwesterfrauen hatte und jetzt im Gefängnis sitzt, weil er sich auch an Teenagern vergangen hat. Ein anderer, der fünf Frauen hat und sagt, das sei genug. Als ich die Polygamisten durchhabe, es scheint weniger zu geben als Serienmörder, kommen die Jesusse, erst einer aus Sibirien, dann einer aus Brasilien und schließlich einer aus Australien mit cooler Sonnenbrille und buntem T-Shirt. Der Jesus aus Petropavlovka hatte wenigstens ein langes weißes Gewand an, aber der Australier fährt mit einer gelangweilten Maria Magdalena auf dem Rücksitz in seinem Minivan durch australische Landschaften und phantasiert über dreizehn Dimensionen und mathematische Beweise für seine Existenz. Glaubt er an Dinosaurier? Klar, er hat sie gesehen. Muss eigentlich über jeden Verrückten, über jede abseitige Sekte ein Film gedreht werden? Dieser ganze Mist, diese Zeitverschwendung, warum lese ich nicht wieder mal ein Buch wie Judith?

Oder wir gründen zusammen eine Sekte, Wechsler wäre unser Messias, wir würden seine Bücher auslegen und darin nach spirituellen Botschaften suchen, seine Lehre verbreiten und eine Kirche für ihn bauen, einen Altar mit seinem Bild und Blumen und Räucherstäbchen. Er hat doch mal gesagt, man müsse Opfer bringen. Aber ein Huhn würde ich nicht für ihn schlachten.

Judith hat mich heute Morgen gefragt, was ich mir zum Abendessen wünschte, was mein Lieblingsessen sei? Das hat mich ratlos gemacht. Haben das nicht nur Kinder, ein Lieblingsessen? Mir ist einfach nichts eingefallen, ich weiß nicht, wann mich das letzte Mal jemand nach meinem Lieblingsessen gefragt, geschweige denn es für mich gekocht hat. Wie traurig ist das denn? Schnitzelsandwich? Brathühnchen? Tomatenspaghetti? Oder etwas Raffinierteres, Osso Buco? Tafelspitz? Keine Ahnung. Ich esse alles außer Zunge. Ich habe mich fast ein wenig geschämt vor Judith. Ihre Töchter haben bestimmt Lieblingsessen, Pfannkuchen mit Nutella oder Dampfnudeln oder Pommes Frites, was Kinder halt so mögen. Aber sie sind keine Kinder mehr.

Also eher Sushi oder Poke Bowl oder was gerade angesagt ist. Als ich nach Hause gekommen bin, stand in der Küche eine Einkaufstasche voller schöner Sachen.

Meine Festplatte ist voll, ich räume ein wenig auf, lösche Filme, die ich heruntergeladen habe und doch nie schauen werde, leere den Papierkorb. Ich habe immer noch die ganzen Proxydaten vom Wechsler-Film auf der Harddisk, die kann ich jetzt ja löschen. Das Rohmaterial ist gut gesichert auf Harddisks bei der Produzentin, vielleicht hat Tom auch noch eine Kopie. Und ein Film wird daraus sowieso nicht mehr.

Ich schaue kurz rein in die Aufnahmen, Wechsler geht durch Paris, redet, trinkt Kaffee. Er lächelt mich an. Wenn du wüsstest, wie wenig Zeit dir bleibt. Dann lösche ich jede Datei einzeln, so mühsam, wie wir sie aufgenommen haben. Ich mag diese repetitive Arbeit, den kleinen Dialog mit dem Computer, wenn ich den Papierkorb leere: Möchten Sie diese 11 Elemente wirklich unwiderruflich löschen? Ich denke kurz nach, dann sage ich, ja, ich will. Weg damit.

Judith hat das Buch beiseitegelegt und gesagt, sie mache sich ans Kochen. Jetzt hantiert sie in der Küche herum. Sie hat das Radio eingeschaltet, hört Nachrichten. Wir würden zusammen kochen, uns gegenseitig helfen, manchmal würden wir uns kurz über den Arm streichen, der anderen ein Glas Weißwein einschenken, ihr eine Hand auf die Taille legen, wenn wir in die Töpfe schauten. Ich glaube, es braucht noch etwas Salz.

Frag einfach, wenn du etwas nicht findest, rufe ich. Ich weiß nicht, ob sie mich gehört hat.

Ein Gigabyte nach dem anderen verschwindet im Papierkorb. Ja, ich will. Bei einem Clip bleibe ich hängen, die Aufnahme muss Tom gemacht haben, als ich nicht dabei war. Sie stammt vom letzten Drehtag in Paris am späten Nachmittag, einige Stunden nach jenem Fiasko im Café, als Wechsler aus der Aufnahme rausgelaufen ist. Ich versuche mich zu erinnern, was danach geschah. Wir hatten noch kurz mit ihm gesprochen, Tom entschuldigte sich, Wechsler beruhigte sich, sagte, er sei müde, die Filmerei sei anstrengender, als er gedacht habe. Aber ich konnte sehen, dass das nur eine Ausrede war. Wir verabschiedeten uns und gingen zurück in unser Hotel, um das Equipment abzuladen und uns frisch zu machen. Danach zog ich noch mal los, um ein bisschen zu shoppen, wenn ich schon mal in Paris war. Tom sagte, vielleicht gehe er auch noch spazieren. Wir verabredeten uns für das Abendessen in einem Restaurant, in dem wir schon am Vortag gegessen hatten.

Ich fuhr noch einmal zum Café Les Mouettes, wo Tom sich mit Wechsler gestritten hatte. Dort gab es ein Warenhaus, von dem Wechsler behauptete, es hätte die beste Lebensmittelabteilung von ganz Paris. Was soll ich mir denn sonst kaufen als Feinkost? Kosmetik brauche ich kaum, Kleider habe ich genug, Dessous? Ach was! Also Delikatessen.

Aber statt ins Warenhaus ging ich, ohne recht zu wissen weshalb, durch den schmalen Durchgang, auf den Wechsler uns hingewiesen hatte und geriet in einen kleinen Hof, von dem eine Treppe hoch zur Offenbarungskapelle der Fremdenmission führte. Drinnen lief Synthesizermusik, Jean-Michel Jarre, Vangelis, so was in der Art. Eine Zeit lang hatte ich diese Musik exzessiv gehört, vor allem Vangelis, Antarctica, eine Musik so tot wie die Landschaft am Südpol. Zwei Männer waren eben dabei, eine Musikanlage aufzubauen, Lautsprecher und Mikrophone, ein Keyboard, vielleicht fand heute Abend oder morgen eine Veranstaltung statt, ein Gottesdienst mit Livemusik oder was Fremdenmissionare halt so feiern. Ich setzte mich in eine der Bänke und schaute den Männern eine Weile lang beim Verlegen der Kabel zu.

An den Wänden hingen Bilder zu den Stationen des Kreuzweges. Jesus sah darauf aus wie ein Indio, auf den ersten Bildern trug er einen weißen Anzug, ich hatte Jesus noch nie in Hosen gesehen, es kam mir ein bisschen ungehörig vor, ich weiß auch nicht warum. Die römischen Soldaten, die ihn malträtierten, sahen eher aus wie Inkakrieger oder Azteken oder Mayas, ich kann die nie auseinanderhalten.

Dann und wann kamen Leute herein und grüßten mich leise, als hätten sie mich hier erwartet, als seien sie nur meinetwegen gekommen. Ich hatte mir beim Eingang eine Broschüre mitgenommen, Missionar werden, und blätterte darin. Es waren lauter Erlebnisberichte von properen jungen Männern mit ebenso properen Bärten, die ihren Lebensweg beschrieben. Zwei Frauen kamen auch zu Wort, eine indische Nonne und eine französische Praktikantin. Ich verstand nur die Hälfte von dem, was ich las, aber alle waren von Gott berufen worden und beseelt von ihrer Arbeit, fanden Trost und Zuspruch im Gebet. Alle sahen nett aus und ziemlich langweilig, Joseph, Paul, Gabriel, François, Schwester Stella und Marie de Lorgeril. Ein Gemälde: der Abschied der Missionare aus dem neunzehnten Jahrhundert, der musste in dieser Kapelle stattgefunden haben. Die Geistlichen tragen schwarze Kutten, sie sehen alle aus wie Frauen, zart, duldsam, vergeistigt, alles andere als bereit für die Abenteuer und Strapazen, die ihnen bevorstehen. Einer wird von einem alten bärtigen Mann umarmt und geküsst, einem anderen küsst ein Kind den Saum des Gewandes.

Wir stehen da in der Kapelle, die neuen Missionare, die in die Welt hinausziehen werden. Die Orgel spielt eine Hymne, die Charles Gounod extra für diesen Anlass komponiert hat, und der Bischof, unsere Lehrer vom Seminar, unsere Freunde und Familienangehörigen, die Mitglieder der Gemeinde küssen unsere Füße. Wie sind die Freudenboten willkommen, die Gutes verkündigen!

Dann die lange Reise, Wochen auf dem Meer, Stürme werfen das Schiff hin und her, wir beten und singen. Großer Gott, wir loben Dich, Herr, wir preisen Deine Stärke. Wir erreichen Madagaskar, gehen von Bord, kommen in einem Kloster unter. Die Schwestern, die schon länger hier sind, sehen verhärmt aus und müde. Sie leiten mich an, führen mich in den Dienst ein, ich gehe meinen Weg. Ich tue Gutes, spende Trost, pflege die Kranken, verteile Lebensmittel und Medikamente. Ich befreie mich von all meinen Sünden, von Eitelkeit und Selbstsucht, werde leer für Gott und für meine Mission. Viele von uns werden nicht zurückkehren, werden in der Fremde sterben an Krankheiten, werden getötet für ihren Glauben, unglückliche Märtyrer der frohen Botschaft.

Ich stehe mit George Clooney auf einem madegassischen Markt, wir verteilen Nespressokapseln an die Bedürftigen, Indriya, Rosabaya, Fortissio Lungo. Frauen heben flehend die Hände, Kinder hängen sich an unsere Kutten und schauen uns mit großen Augen an. George lächelt mir milde zu, aber ich habe allen weltlichen Freuden abgeschworen und komme nicht in Versuchung.

George muss weiterziehen nach Timor oder Neuguinea, manchmal schreiben wir uns noch Briefe über unsere Freuden und Zweifel, über Erfüllung und Anfechtungen, über dunkle Stunden. Dann wird er dahingerafft von einer Seuche. Ich werde alt und runzlig und sterbe, von allen vergessen, an Altersschwäche in einem Buschkrankenhaus im Schatten von Mangobäumen.

Und was war Wechslers Mission? Er hatte mir mal von einem Romanprojekt erzählt, die Geschichte einer Heiligen wider Willen, einer jungen Frau, die Visionen hat und sich nicht sicher ist, ob Gott zu ihr spricht oder der Teufel oder ob sie einfach verrückt ist. Sie wehrt sich, versucht davonzulaufen, aber es hilft ihr nichts, sie ist auserwählt.

Und warum haben Sie das Buch nicht zu Ende geschrieben?

Er lachte und breitete die Hände aus. Es geht beim Schreiben nicht darum, etwas zu machen, sondern etwas zu finden. Ich hatte geglaubt, dass in dieser Geschichte etwas verborgen sei, aber ich habe es nicht gefunden.

Vielleicht seine Mission? War es das, was er gesucht und nicht gefunden hat? Leer werden und dann die Leere füllen mit Worten?

Es geht um die Präsenz, hat er einmal gesagt, ganz da zu sein in diesem Moment, an diesem Ort. Man kann es nicht wirklich erklären, aber wenn es geschieht, dann weiß man es, dann ist man sich so sicher, wie man sich noch nie vorher sicher war. Dabei ist es nichts Großartiges, es kann jederzeit geschehen. Jede und jeder kennt das: dass sich alles richtig anfühlt. Dann kann man ganz Paris mit einem Apfel in Erstaunen versetzen, dann braucht es gar nicht mehr. Nicht einmal mehr Worte.

Einer der Männer, die die Anlage aufgebaut haben, hat sich ans Keyboard gesetzt, klimpert erst ein bisschen darauf herum und spielt dann ein paar Akkorde, die klingen wie aus einem Science-Fiction-Film. Es war einmal vor langer Zeit in einer weit entfernten Galaxie.

Ich bin fast aus der Kapelle geflohen und dann doch noch ins Warenhaus gegangen, um wieder zu mir zu kommen, habe ein paar Delikatessen gekauft, Gänseleber und Sardinen aus der Bretagne in hübschen Dosen und kolumbianischen Kaffee und später nebenan noch ein Parfum, L'Heure Bleue von Guerlain, nur weil mir der Name so gut gefiel. Dann bin ich ins Hotel zurückgefahren und habe meinen Koffer gepackt. Morgen, ganz früh, fahren wir zurück.

Die Aufnahme ist in unserem Hotelzimmer entstanden, eine seltsame Wahl, das passt nicht in den Film. Aber es scheint keine Verlegenheitslösung zu sein, der Bildausschnitt wirkt sorgfältig gewählt. Eine Halbtotale. Wechsler sitzt auf einem Sessel, in der Hand einen golden glänzenden Stift wie einen Zauberstab, vor sich, auf einem niedrigen Tischchen, ein Glas Wasser. Kein künstliches Licht, nur die Abendsonne, die schräg durchs Fenster fällt und dunkle Schatten erzeugt und vom Wasserglas gebündelt einen hellen Fleck auf das

Tischchen wirft. Im Hintergrund sieht man das ungemachte Bett, darauf meinen roten Koffer, der offen daliegt, halb gepackt, ein paar Kleider quellen heraus. Bücher liegen auf dem Bett, Papiere. Das Bild sieht komponiert aus wie ein Gemälde, könnte von Kubrick sein. Die Kamera muss auf dem Stativ stehen, sie bewegt sich während der ganzen Aufnahme keinen Millimeter. Wechsler trägt kein Mikrophon, es gibt nur den Kameraton. Von Tom ist weder etwas zu sehen noch zu hören. Es ist, als habe Wechsler die Kamera selbst aufgebaut. Aber wer hat die Aufnahme gestartet?

Wechsler sitzt nur da, er wirkt konzentriert, schaut auf den Boden vor sich, auf der Tonspur ist der schwache Verkehrslärm von draußen zu hören, der an- und abebbt, später dann und wann ein leises Geräusch aus dem Raum, das Klicken des Kugelschreibers, mit dem Wechsler herumspielt, ein tiefes Einatmen, ein Seufzer, ein leises Rauschen, vielleicht die Toilettenspülung oder die Dusche im Nachbarzimmer. Nach einer Weile schaut Wechsler in die Kamera, als habe ihm jemand ein Zeichen gegeben, lächelt kurz, kratzt sich am Ohr, scheint etwas sagen zu wollen, aber nimmt dann nur einen Schluck Wasser und stellt das Glas zurück, exakt an den Ort, an dem es vorhin gestanden hat. Er rutscht auf dem Sessel nach vorn, räuspert sich, schaut wieder in die Kamera. Sein Gesichtsausdruck verändert sich kaum, trotzdem erkenne ich ganz unterschiedliche, dauernd wechselnde Gefühle. Mal wirkt er hilfsbedürftig, fast hilflos, dann trotzig, kurz überdrüssig, dann wieder ganz aufmerksam, wachsam, liebevoll. Sein Blick ist melancholisch, soll ich ihm das abnehmen? Aber da ist auch der Anflug eines Lächelns. Und die ganze Zeit habe ich das sichere Gefühl, dass noch jemand im Raum ist, dass er mit jemandem in Verbindung steht. Er scheint sich zu sammeln, beugt sich vor, öffnet den Mund, als wolle er endlich etwas sagen, atmet dann nur tief ein und aus, schließt den Mund wieder, nimmt noch mal einen Schluck Wasser. Jetzt wirkt er nervös, ein wenig fahrig, er drückt ein paarmal schnell auf den Knopf des Kugelschreibers, lässt die Mine rein und raus schnellen. Er schüttelt kaum wahrnehmbar den Kopf, schaut wieder kurz auf den Boden, dann in die Kamera, aber es ist mir, als schaue er mich an.

Wenn du springst, dann springe ich auch.

Wenn du fällst, dann falle ich auch.

Wir sehen uns auf der anderen Seite.

Der Clip dauert fünfzehn Minuten und zweiunddreißig Sekunden, und ich habe erst dreieinhalb Minuten davon gesehen.

Ein Scheppern ist zu hören, das mich in die Wirklichkeit zurückholt. Ich setze den Kopfhörer ab. In der Küche läuft das Radio, Azzurro von Adriano Celentano. Judith singt mit.

Wechsler sitzt immer noch da, und plötzlich nervt mich dieses Getue, diese Inszenierung. Soll ich mir das wirklich antun? Fünfzehn Minuten und zweiunddreißig Sekunden lang? Soll er mir leidtun? Will er seinen letzten großen Auftritt? Sich zwischen mich und Judith drängen? Er nimmt genau so viel Platz in meinem Leben ein, wie ich ihm gebe, denke ich. Das klingt ein wenig nach Lebenshilfebuch, aber was soll's, es ist wahr. Tschüss, Baby, tut mir leid. Ich schließe den Player und lösche das File. Ja, ich will.

Schnell jetzt, sonst wird das Essen kalt!

Ich lasse den Laptop zuklappen und gehe in die Küche, um Judith beim Hereintragen der Teller zu helfen. Sie hat Saltimbocca mit Safranrisotto gemacht, dazu glasierte Karotten, gelbe und orangefarbene mit frischem Thymian, es sieht aus wie im Restaurant. Der Tisch ist schön gedeckt, Kerzen brennen, sogar Servietten hat sie aufgetrieben, wusste gar nicht, dass ich noch welche habe. Ich mache mit dem Handy ein Foto vom Essen, eins vom Tisch, dann schalte ich auf Video, filme Judith, die dasitzt und mich anlächelt.

Sag etwas.

Was soll ich sagen? Das Essen wird kalt.

Im Kühlschrank steht eine angefangene Flasche Chardonnay, der Wein der einsamen Frauen. Wir sind nicht einsam, aber den Chardonnay trinken wir trotzdem.

Bist du jemals von Zehnmeterturm gesprungen?

Noch nicht mal vom Fünfmeterturm, sagt Judith. Und du?

Ich schüttle den Kopf. Ich weiß gar nicht, wo es einen gibt.

Das stimmt nicht ganz. Ich habe im Internet recherchiert, und es gibt ein paar solche Türme in der Nähe, aber ich habe vergessen, wo genau sie stehen. Das war, als unser Projekt bergab ging. Da dachte ich kurz, es würde etwas ändern, wenn ich spränge, magisches Denken. Natürlich war das Quatsch, und ich habe die Idee nicht weiterverfolgt.

Was war das eigentlich für eine Bibelstelle, die du bei seinem Begräbnis zitiert hast?

Judith überlegt einen Augenblick. Zweites Buch Samuel, Kapitel vierzehn, sagt sie dann. Wir müssen alle sterben und sind wie das Wasser, das man auf die Erde schüttet und nicht wieder einsammeln kann.

Jetzt erinnere ich mich. Das Wasser, das nie verloren geht, der ewige Kreislauf. Das Blaue, das nicht zu trüben ist.

Richard und ich haben über dich gesprochen, sagt Judith.

Oh! Oder eher: Oh?

Nichts, worüber du dir Sorgen machen musst. Das mit dem Film hat ihm leidgetan. Er hat nicht damit gerechnet, dass ihr gleich aufgebt, wenn er nicht auftaucht. Er dachte, aus dem Scheitern könnte etwas Neues entstehen, etwas viel Spannenderes, ein Film, in dem es nicht mehr nur um ihn gehen würde, sondern auch um euch, um eure Beziehung, um das Leben und das Schreiben, das Filmemachen, den Menschen an sich, um die ganze Welt, du kennst ihn ja. Er hatte seine eigenen Vorstellungen, das Biographische hat ihn nie interessiert. Vielleicht hätte er mit euch darüber reden sollen. Du und Richard hättet den Film gemeinsam machen sollen. Und dann hast du gleich aufgegeben.

Ich glaube, er hatte einfach keine Lust mehr.

Er hat viel von dir gehalten, sagt Judith, nicht vom Kameramann, wenn ich ehrlich bin. Sie lacht. Der war ihm zu nett. Aber von dir hat er sich alle Filme angeschaut, die er auftreiben konnte.

Ich sage nicht, was ich denke: Wäre ich ein Mann oder zwanzig Jahre älter, er hätte sich nur halb so sehr für mich interessiert. Es ist wahr, er hat mich nie angebaggert, aber dass ich ihm gefiel, war ziemlich offensichtlich. Das hat er auch zugegeben. Ist das schlimm? Das wäre nicht der schlechteste Antrieb. Vielleicht haben wir beide etwas im anderen gefunden. Nichts gemacht, aber etwas gefunden.

Warum haben Tom und ich denn aufgegeben? Es war doch nicht der erste Film, bei dem wir Schwierigkeiten hatten. Vielleicht war gar nicht Richards Verschwinden ausschlaggebend, sondern es waren die Spannungen zwischen uns beiden. Vorher hatten uns Schwierigkeiten jedenfalls nie abgeschreckt, im Gegenteil, sie hatten uns beflügelt. Darüber haben Richard und ich uns auch mal unterhalten, über das Scheitern und wie wichtig es für die Arbeit ist.

Meine besten Filme waren immer jene, bei denen ich die größten Schwierigkeiten hatte, die erst mal schiefgingen und aus denen dann doch etwas wurde, aber etwas ganz anderes, etwas viel Besseres, als ich gedacht und geplant hatte.

Das war bei einem unserer ersten Vorgespräche. Richard hatte in der Schweiz zu tun, und wir verabredeten uns, und dann konnte Tom aus irgendeinem Grund nicht kommen. Es war ein eiskalter Wintertag, trotzdem spazierten wir die längste Zeit am See entlang, rauf und runter, und phantasierten über den Film, den wir machen wollten. Unser Film war nie so schön wie in diesen ersten Gesprächen.

Wir stecken schon mittendrin, sagt Wechsler, das ist die erste Einstellung: Wir gehen am See entlang und diskutieren, es ist eiskalt. Pappeln, ein Schiffssteg, der Blick über das Wasser, Tiefenbrunnen. Schon dieser Name hat etwas Poetisches.

Wenn dieser Film etwas werden soll, er ist stillgestanden, hat sich zu mir gedreht und schaut mir in die Augen, dann müssen auch Sie sich ganz hineingeben. Je mehr Sie sich preisgeben, desto mehr werden Sie erfahren. Das ist das ganze Geheimnis.

Kommen Sie, sagt er und läuft ziemlich waghalsig über die dicht befahrene Straße. Auf der anderen Seite beim Bahnhof gibt es einen Kiosk. Wechsler kauft zwei Lose, reicht mir eines. Wir öffnen die Lose, beides Nieten. Hätte ja sein können, sagt er und lacht.

Wir gehen wieder am See entlang Richtung Innenstadt. Die Idee des Scheiterns scheint Wechsler zu faszinieren.

Man müsste das Scheitern mitdenken, sagt er. Als Teil der Entwicklung des Werks. Es könnte ein Film werden über die Unmöglichkeit, diesen Film zu machen. Eine Art 8½ des Dokumentarfilms. Fellini.

Ich weiß. Hält er mich für einen Dummkopf? Eine Dummköpfin?

Vielleicht ist das Scheitern ohnehin unausweichlich, sage ich, die einen scheiterten einfach früher als die anderen.

Später: Eine Geschichte ist dann zu Ende gedacht, wenn sie ihre schlimmstmögliche Wendung genommen hat. Das hat Dürrenmatt geschrieben, ich habe auch ein paar Zitate auf Lager. Aber die schlimmstmögliche Wendung ist nicht voraussehbar, sie tritt durch Zufall ein.

Was wäre die schlimmstmögliche Wendung für unseren Film? Und was wäre die schlimmstmögliche Wendung für Wechsler? Sein Tod?

Aber Wechslers Tod bedeutet nichts. Wechsler ist nicht gestorben, weil es folgerichtig, weil es dramaturgisch interessant war, es ist einfach passiert. Er war krank, und daran ist er gestorben. Der Tod bedeutet nichts. Die Wirklichkeit schreibt keine Geschichten. In der Fiktion kann man nicht leben, aber auch nicht sterben.

Wann war das? Wann habt ihr über mich gesprochen?

Das Essen schmeckt vorzüglich. Ich esse sogar die Salbeiblättchen, obwohl ich die sonst nicht besonders mag.

Das war kurz vor seinem Tod, sagt Judith. Er wollte das Meer noch einmal sehen. Wir sind zusammen nach Trouville gefahren. Das ging Hals über Kopf. Judith lacht wieder. Er hat mich angerufen, und ich habe gesagt, ich komme. Ich habe meinem Mann nur gesagt, ich muss für ein paar Tage weg, ich hatte nicht die Geduld und nicht den Kopf, ihm irgendetwas zu erklären oder vorzumachen, und er hat das akzeptiert und keine Fragen gestellt. Vielleicht hat er da schon etwas geahnt. Aber das war mir egal. Bei der Arbeit habe ich mich krankschreiben lassen.

Richard hatte ein paar Therapien hinter sich und war wieder in seinem Haus in Sceaux. Judith fuhr mit dem Zug nach Paris und mietete dort ein Auto.

Bist du schon einmal mit dem Auto durch Paris gefahren?

Als wir die Aufnahmen machten, war ich zum ersten Mal in der Stadt. Und dann nur noch mit dir. Ich schreibe es auf meine Bucket List: Autofahren in Paris.

Besser nicht.

Als Judith ankam, ging es Richard verhältnismäßig gut, aber er sah mitgenommen aus von den ganzen Therapien und Medikamenten. Sie fuhren nach Trouville, Judith hatte ein Zimmer im Hotel reserviert, in dem sie schon öfters gewesen waren, ein ziemlich großer, hässlicher Bau, aber nah am Meer und mit einem überdachten Pool. Sie verbrachten vier Tage dort im Zimmer, am Pool, am Meer, in Restaurants, sogar im Casino und sprachen über alles Mögliche, auch über mich, nur nicht über die Krankheit; nicht weil Richard sie verdrängte, die Zeit war ihm einfach zu schade dafür.

Die Tage vergingen, als nähmen sie kein Ende, sagt Judith. Aber am Schluss war es doch hart. Ich hatte ihn zurück nach Sceaux gebracht, hatte ihm geholfen, seine Sachen auszupacken, sogar seine Wäsche gewaschen und für ihn gekocht. Wir schliefen ein letztes Mal im selben Bett, und am Morgen musste ich los. Mehr erzählt Judith nicht, und mehr muss ich nicht wissen.

Hast du dich schon einmal von einem geliebten Menschen verabschiedet, wenn du weißt, dass du ihn nie wiedersiehst? Am Schluss bin ich einfach davongelaufen.

Wenn du weiter so kochst, kannst du bleiben, so lange du willst, sage ich, als wir die leeren Teller zurück in die Küche tragen und in den Geschirrspüler räumen.

Wer weiß, sagt Judith und schaut mir in die Augen, was mich verlegen macht, ich verstehe selbst nicht weshalb.

Du darfst ihn nicht so ernst nehmen, sagt sie. Ein

wenig Theater ist immer dabei. Er hat sich ja selbst nicht ganz ernst genommen, hat immer geschwankt zwischen Lebensfreude und Vergänglichkeitspathos. In seinen Büchern kam eher die dunkle Seite zum Vorschein, wenn man mit ihm zusammen war, eher die helle, findest du nicht?

Es ist wahr, wir hatten ziemlich viel Spaß mit Richard, auch wenn er kein guter Witzeerzähler war oder vielleicht gerade deshalb. Es schien, als sei die Filmerei, als sei alles für ihn nur ein Spiel. Vermutlich habe ich ihn deshalb gemocht. Es war etwas Leichtes um ihn, etwas Leichtsinniges, Lebendiges, etwas Blaues.

Vielleicht fange ich wieder an, Filme zu machen, sage ich. Ich habe ein paar Ideen. Nichts Dokumentarisches, ein paar Geschichten, die ich erzählen möchte.

Judith legt mir einen Arm um die Schultern und sagt, das wäre schön. Das würde Richard freuen.

Vielleicht schreibe ich auch meine Autobiographie. Oder ein Lebenshilfebuch, einen Beziehungsratgeber für Frauen im mittleren Alter wie wir. Judith verdreht die Augen und lacht.

In einem meiner Gespräche mit Richard kamen wir darauf, was die wichtigsten Eigenschaften eines Menschen seien. Er erwähnte die Kardinaltugenden, Frömmigkeit, Gerechtigkeit, Tapferkeit, Mäßigung. Platon hat die Frömmigkeit durch Klugheit ersetzt, sagte er, keine schlechte, aber eine überraschende Wahl. Immerhin sei Klugheit fast das Gegenteil von Frömmigkeit. Aber für ihn sei ohnehin der Humor die wichtigste Eigenschaft, die Gelassenheit.

I don't give a shit, sagte er, sei vielleicht überhaupt der wichtigste Satz für einen Künstler. Oder eine Künstlerin. Er lächelte, sehen Sie, ich lerne dazu. Es kümmert mich nicht. Was die Leute denken, was die Kritiker schreiben, was der Markt will, wie meine Verkaufszahlen aussehen. I don't give a shit. Ich mache, was ich für richtig halte.

Man muss es sich leisten können, das zu sagen.

Man kann es sich nicht leisten, das nicht zu sagen.

Ich habe Judith nichts von der letzten Aufnahme gesagt, warum auch? Es tut mir schon leid, dass ich sie gelöscht habe, aber vermutlich kam gar nichts mehr nach jenen ersten Minuten, die ich gesehen habe. Gelassenheit heißt auch, irgendwann sagen zu können, es ist genug, sagte Richard, im richtigen Moment aufhören zu können. Mein Ziel ist es, mich immer mehr zurückzuziehen, immer stiller zu werden und schließlich ganz zu verstummen, mein letztes Werk wird das Schweigen sein, ein heiteres Schweigen wohlgemerkt. Das Buch wäre wohl kein Verkaufsschlager, sagte ich, und Richard lachte. Nein, das wäre es bestimmt nicht.

Ich stelle mir vor, dass er in der Aufnahme irgendwann gegrinst hat und aufgestanden und zum Fenster gegangen ist. Da steht er am Rand des Bildes, wo er immer lieber war als im Mittelpunkt und schaut aus dem Fenster in die Welt hinaus, die ihn immer mehr interessiert hat als der Blick in den Spiegel, der Blick in die Kamera. Eine Sirene, ein Krankenwagen fährt draußen vorbei, eine andere Geschichte. Und dann? Nichts mehr. Schnitt.

Dieses Buch wurde inspiriert vom Film »Wechselspiel – Wenn Peter Stamm schreibt«, den Georg Isenmann und Arne Kohlweyer über dessen Entstehung gedreht haben.

Das im Buch erwähnte Kunstvideo über die Turmspringer basiert auf dem Kurzfilm »Hopptornet« / »Ten Meter Tower« (2016) von Axel Danielson und Maximilien Van Aertryck.

Peter Stamm
Wenn es dunkel wird
Erzählungen

Georg geht bald in Rente. Im Büro wird er schon nicht mehr beachtet, zu Hause wartet kein Essen auf ihn. Er scheint sich langsam aufzulösen und fühlt sich, als würde er schweben. Sabrina ist geschmeichelt, als ein Künstler sie anspricht, und dann erschrickt sie, als sie sich zum ersten Mal als Kunstwerk sieht. Was, wenn die ungeheuerliche Phantasie realer wäre als die Wirklichkeit? In all seinen Büchern lotet Peter Stamm meisterhaft die Facetten menschlicher Existenz aus. Seine Figuren sind Versehrte und Phantasten. In diesen Geschichten führt er uns ins Unheimliche, erzählt von zärtlichem Grauen, abgründigem Schwindel und gespenstischer Liebe.

192 Seiten, gebunden